大 美 中 国

河山寂寥

杨献平 著　云南民族出版社

图书在版编目（CIP）数据

河山寂寥 / 杨献平著. -- 昆明：云南民族出版社，
2014.4
　（大美中国）
　ISBN 978-7-5367-6082-0

　Ⅰ．①河… Ⅱ．①杨… Ⅲ．①散文集－中国－当代
Ⅳ．①I267

中国版本图书馆 CIP 数据核字 (2014) 第 044802 号

书　名　河山寂寥
作　者　杨献平著

策　划　高力青 赵和平
主　编　柳　岸
责任编辑　李福春 杨浩林
责任校对　李怡函
装帧设计　吴楚人

出版发行　云南民族出版社
　　　　　（昆明市环城西路 170 号云南民族大厦 5 楼　邮编：650032）
邮　　箱　ynbook@vip.163.com
印　　制　南京汇文印刷有限责任公司
开　　本　787mm×1092mm　　1 / 16
印　　张　16
字　　数　260 千
版　　次　2014 年 3 月第 1 版
印　　次　2014 年 3 月第 1 次
印　　数　1～5000
定　　价　32.8 元
书　　号　ISBN 978-7-5367-6082-0 / I·1157

本书若有印装错误，请与承印厂联系调换。

总序

美丽中国! 中国美丽!

这种美只能是一种大美, 一种大气、大化、大写之美: 既有杏花春雨的优美, 又有骏马西风的壮美; 既有肃穆山岳的静美, 又有奔腾江河的流美; 既有高楼广宇的华美, 又有边村野寨的淳美; 既有椰林蕉风的自然美, 又有秦关汉月的人文美; 既有古色古香的经典美, 又有日新月异的时尚美; 既有乡风民俗的人情美, 又有大餐小吃的风味美⋯⋯不同美的形态, 体现了不同的文化特征; 不同的文化特征, 又造就了不同的文化地域: 江南、西北、塞外、中原、湖湘、岭南、青藏、川渝、皖赣、齐鲁⋯⋯大体上便组成了中国的文化地域版图。

深入中国的文化地域版图, 了解不同地域的文化, 或许是我们许多人都有的愿望, 因为中国文化的这条大河虽然宽阔而绵长, 但它毕竟是由一条条支流汇集而成的, 唯有深入这些支流, 才能了解中国文化的来龙, 当然也更能把握其去脉, 以及其特质、品位和优势, 以至懂得如何珍惜, 如何利用, 如何发展。

因为是深入支流, 自然面临的或许是更小的支流, 甚至是一条条文化的毛细血管, 所以我们选择以散文的语体来叙写——唯有散文的语体, 可以或记叙, 或描写, 或议论, 或抒情, 使作者自由书写、多方地揭示; 唯有散文语体, 最平实, 最亲切, 最生动, 最自然, 使读者可读、可感、可思、可叹; 唯有散文语体最能与实地印证，与实物比读，与实景对照，使读者"读万卷书"后，方便"行万里路"。

本丛书的十位作家，都是生活在各文化地域中的一流实力散文家，老、中、青三代，各书都是他们有关本地域文化散文的精品力作。全书采用图文并茂的版式，精编精印，以期为读者提供一套精品文化读物。

我们期望你通过本书的阅读，能更加了解"中国的美丽"，进而更加热爱"美丽的中国"；

我们期望你读完放下本书后，能走出书斋，就此踏上人生"行万里路"的征程，去追寻更广阔的世界；

我们期望再次回到现实的你，能为自己的人生书写出更丰富，更美丽的篇章，也为"美丽中国"增添上新的美丽。

柳 岸

2014年3月20日

目录

风景风物 *之美*

　　幽燕北方，山岳耸拔，沃野千里；女娲、王屋、愚公的太行山，绵延四百公里，链接京都与黄河，横贯晋冀豫三省。那里的人们历来随王朝更换颠沛流离，在崎岖山间与沃野平原寂无声息地生存繁衍。自历史黎明时期起便是诸民族征战与交融之地，战争史诗悲怆苍凉，宫闱斗争血腥凄惨。神话至今流传口舌，草野之间英雄、土匪、王侯、商贾与盗贼蜂拥；普通民众深陷儒教，信仰复杂而功利，生存艰难而自得其乐，精神荒芜却自觉安然……

风雨风流 *之美*

　　在人所不知，或者被时代遗忘了的偏僻乡野，总有一些人，在岁月之中卑微而又坚强地活着；甚或那些渐渐消失了的民间传说，也在时间的齿缝中逐渐淡远。再者，平凡人始终占据多数。凡者身上，不仅有劣根与斑点，更能显现人性之华丽和光亮。他们和我们，和这个世界上每一个人一样，都是宝贵的生命。并且在自己的生活与命运当中，时常让我们感到悲伤、温暖和无奈……

风月风雅 *之美*

　　每一个在乡村长大的孩子都有许多难忘的记忆，山间的花朵，风中蒲公英，叮咚流水与掠着草尖与涟漪的蛙鸣，乃至成长过程中各种各样的遭际与奇遇，都是生命中最动听的旋律，也都是内心之间持续一生的美好与光亮……

风情风貌 *之美*

　　一方地域一方人，很多东西可能是一成不变的，也有一些是时代变迁之后的自然结果。但人心人性，尤其是一方地域的文化传承乃至民俗风情，不仅能够体现他们自身的精神谱系，更能够烛照一地人群的内心世界及其灵魂景象……

风俗风味 *之美*

　　十里不同音，隔河隔山移风俗。北方也是如此，即使是一衣带水的自然村落，因为距离，因为人群，也有诸多的不同。其中还有一些蹊跷的因素，致使人和人之间，就有了区别和偏差，更有了不可思议与某种必然……

风景风物 之

幽燕北方，山岳耸拔，沃野千里；
女娲、王屋、愚公的太行山，
绵延四百公里，链接京都与黄河，
横贯晋冀豫三省。
那里的人们历来随王朝更换颠沛流离，
在崎岖山间与沃野平原寂无声息地生存
繁衍。自历史黎明时期起便是诸民族
征战与交融之地，战争史诗悲怆苍凉，
宫闱斗争血腥凄惨。神话至今流传
口舌，草野之间英雄、土匪、王侯、
商贾与盗贼蜂拥；普通民众深陷儒教，
信仰复杂而功利，生存艰难而自得其乐，
精神荒芜却自觉安然……

河北南部的城市地理

　　河北南部,我在太行山南麓的一座村庄出生。第一眼看到的是起伏连绵的山川,高谷深涧,奇峰险崖,青天当中的流云和飞鸟或高或低的飞翔。潺潺的流水从深谷发源,流经田地和村庄。读书时候,学到《愚公移山》,蓦然觉得自己司空见惯了的太行山充满了远古的神奇色彩。曾经站在房后山岭上,向着蒿草遍布,岩石深嵌的山坡张望了好长时间,也没有见到传说的任何一点异相和痕迹。

冬日的南太行乡村

　　后来看到了南边山岭上的破败长城,还有几座哨楼,在深厚的茅草和树木之间隐没和蜿蜒——直到1992年,才有人在长城面前竖立一块石碑,说是省级保护文物:明代长城遗址。这段长城的尽头,是山西和河北交界的摩天岭上的峻极关——十多岁时,跟着母亲到山西左权串亲戚,路过一次,但见关隘已是乱石一堆,来自左权县榻铺村的羊只在最高处吃草,咩咩而叫,浓重的骚味在风中蔓延。

　　再后来,知道太行山还有五行山、王母山、女娲山等好几个称谓。那时候就想:孙悟空被如来压在五行山下,女娲炼石补天、精卫衔石填海、共工怒触不周山等等神话都和太行山有关,但故事的遗迹又在哪里?还有近代在太行山进行的抗日战争——有一年,从武安到涉县,再到左权的路上,路过左权将军牺牲的麻田镇,忍不住热血沸腾。后来记住了与太行山有着亲密关系的平型关大捷、武乡八路军纪念馆、杨成武击毙日军"名将之花"阿部规秀，以及曹操的"北上太行山，艰哉何巍巍。"李白"欲渡黄河冰塞川，将登太行雪满山。" 王安石的"放身千仞高，北望太行山。"顾炎武的"步上太行山，磐石郁相抱。"等诗人诗句。

从村庄东望，群山低纵，逐渐苍茫。沿路的北武当山悬崖百丈，秦王湖波光鳞鳞。到渡口村后，逐渐丘陵，继而平缓，偌大的冀南平原烟云浩淼，工业的烟雾和煤炭的碎屑到处飞扬，尤其是冬天，迎面的风中夹杂着粗糙的煤尘甚至铁粒——从隋朝得名的沙河已然跟随周边的大环境，由萧条而繁荣。新式的建筑拔地而起，京广公路上车流往来，铁路也是长龙蜿蜒。

我第一次走进沙河大致是14岁。如果不是一个本家的姐姐嫁到沙河附近的南和县某村，我的沙河之行恐怕还得推迟几年。当时的沙河已经够我眼花缭乱了，再两年之后，以学生的身份来到，到处都是陌生，先前的低矮楼房和平房一个个消失了，取而代之是装有钢化玻璃，表面雄伟的大楼——虽然我不知道为什么会这样，但隐隐觉得，这是一种趋势——我也想，沙河之外的城市也大都如此吧。

其中几个街道很是熟悉，虽然不是很长，但在我心中，它似乎就是所有城市的街道的模样了。其中一条路叫京广路，多次听说，那条路上几乎每天都有事故发生，都有人在车轮下丧生。后来去的时候，母亲一再交待我，没事千万不要去京广路溜达啊！还有一条是太行街，东西走向，里面有市委、市政府、电影院、新华书店和邮局。在附近中学读书的时候，我还和几个同学到那里的电影院看过几次电影，都是港片。一个人到新华书店看书，去邮局寄东西。

南太行山区奇峻的山峰

每次路过市委市政府大门的时候，忍不住往里面看，那么干净的大门、墙壁和玻璃，还有走路文雅高贵的人——市政府大楼一边，是文化馆，门前墙壁上时常张贴着一些举行讲座或者展出的海报；紧接着的是中医院，有一段时间，村里的一个堂哥在里面学习，我去了好几次，和他一起在市一中周围转悠，偶尔买一根冰棍吃，也时常到书亭翻看各类文学杂志。

站在京广路口，向北，我知道是石家庄、保定和北京——虽然只有几百里路，但我仍旧觉得遥远。有一次，在路上遇到一个本家的叔叔，他在市政府上班，说是刚去石家庄买书——我忍不住一阵羡慕，想自己也能有一个去石家庄买书的机会——而距离最近的是邢台，有一年，我去了，带了100块钱，到大通街路口下车，直奔新华书店，在文学作品专柜寻找和翻看了一个上午，口干舌燥，最终买了英国E.M.福斯特的《小说面面观》、刘再复的《性格组合论》，还有金庸的《射雕英雄传》。

走出书店，已是正午，阳光热烈得将柏油路面烤得热气腾腾。我背着几本书，一只手在兜里捏着剩下的二十多块钱，在路边买了一根冰棍，边走边吃，到马路街一个巷道口，看到不少人在吃炒面、包子和豆腐脑，不知道吃一碗面需要多少钱，怕不够回家的路费，先问了一个包子要多少钱，买了三个包子，到车站，买好车票之后，才把三个包子依次放进嘴巴。

第一次的邢台，让我感到我与城市人、城市与乡村，还有城市与城市的差别。邢台的街道两边，长着巨大的法国梧桐，夏天的阳光在灰尘当中飞扬。即使站在阴凉当中，也还感觉到无与伦比的燥热，整个身体就像着了火一样。回到沙河，我特意到学校的图书室查了邢台的历史和由来：古名叫做邢州，春秋时期先是邢国辖域，并为其都邑："古邢国，今州城内西南隅小城是也。"（《太平寰宇记》）公元前661年，强狄犯邢，邢即迁都于今邢台县西境之浆水村附近。秦代在此置信都县，属邯郸郡（《秦集史》）；秦末，项羽立张耳为常山王，治信都，并更名襄国。西汉时改置为襄国县。隋为龙冈县，元称顺德路，宋宣和二年（公元1120年），以此为古邢国地，并筑有檀台，遂改称邢台县。

这时候，我才知道，每一座城市都有它的历史，丰富或者简单，浅薄或者悠久——我没有想到的是，邢台居然也被作过国都，虽然没有太大的名气，但对于一个土著来说，也是稍可安慰的。还记得当时邢台有一个拖拉机厂，邯郸也有一个，有一次，几个同学在街上看到两家生产的拖拉机停放在一起，武安（隶属邯郸）的同学说，邯郸的拖拉机就是比邢台的好，我立刻反对，其他几个同学也各执一词，都说自己所在地方生产的拖拉机好。

关于这个片断，让我想起"儿不嫌娘丑"这句话。事实上，邢台和邯郸生产的拖拉机都有优点，也有缺点。当时各不相让的原因，大致包含了一定的私心和狭隘。从那时候，我也知道：元朝著名的科学家郭守敬也是邢台人。是他，在世界测量史上首次运用海拔概念；所创造的简仪是世界上最早制成的大赤道仪；编制的《授时历》，与现在全球通用《格里历》完全一致；创立"招差术"、报时钟——公元1263年前后，改造和兴修了华北水利，后又在宁夏等地修复、新建了数十条引黄灌溉渠道。

后来再去邢台，专门去了达活泉公园，参观了郭守敬纪念馆，占地面积巨大的纪念馆内仍旧弥漫着一种崇尚科学的清澈气息，站在郭守敬塑像前面，我忽然觉得自己很卑微——那时候，自己立志要做一个科学家，或者有点作为的政治家，而当这两项志愿在现实中逐渐破灭的时候，忽然像那些多愁善感的女孩子一样，开始喜欢文学……在郭守敬面前，我很清楚地感到了自己的狂妄、无力和羞怯——出纪念馆，一个人漫无目的地在街道上行走，从达活泉路到清风楼，穿越古式的建筑时，忽然想到，在曾经的年代，一些外来者是不是也像我一样，在这座亲近而又疏远的城市当中，一个人孤独行走，四周都是人，但没有一个可以喊出姓名，都是车辆和楼房，但没有一寸可以立足。

郭守敬像

带着伤感，坐在尘土飞扬的小摊上吃了一碗炒面。这时候，才发现，旁边有个清风剧院，正在连续放映一部叫做《鹰爪铁布衫》的武打片。看看头顶热烈的天空，我买了一根冰棍，进到电影院内……两个小时后出来。又一个人，步行穿过顺德路，到邢台汽车站。买了回程的票后，蹲在一边的书摊上翻看封面妖艳的杂志,那时候,《女友》杂志好像很火爆,还有席慕蓉、汪国真的抒情诗和崔健的《一无所有》都很流行。我选了半天,最终买了席慕蓉的诗集,坐车回到沙河。

　　忽然有一天,也想去与邢台距离相同的邯郸看看,至今票价依然等同。在我那时的印象中,邯郸不仅比邢台的面积要大,而且还充满了某些混乱性——有去过的同学说,在邯郸撒泡尿都得要钱,有时在街上走着,就有人明着向你要钱……我想,这些都是传说,再说我没有什么钱,穿着又不时髦,谁会无缘无故地欺负我呢?

　　到永年境内,在一个路口,看到黄粱梦的名字。觉得很新奇,我没有想到的是,传说竟然距离自己这么近。早就在课外书上看到成语"黄粱美梦",总有一种说不清楚的感觉——那时候,我是爱做梦的,有时候在课堂上,大睁着眼睛就开始做梦了,设计自己的未来,梦想的都很美好,甚至奢侈,醒来后却都是一片沮丧。我知道,黄粱梦吕仙祠是根据唐代沈既济传奇小说《枕中记》于北宋初期建

造的。那个久试不第,再次北上科考的卢生,在邯郸遇见道家名人吕洞宾,躺在瓷枕上,在梦中实现了娶富女、登高科、高官厚禄的奢华生活,极尽富贵之后,醒后人生依旧——这一点,与我当时大多数的梦境是相同的,尽管没有吕洞宾的瓷枕,也没有卢生梦境的完整。

　　就要到达的邯郸——我知道,早在七千三百多年前,这里就孕育了新石器时代早期的磁山文化。公元前386年,赵敬侯把都城迁到邯郸,前后历经8代国君,158年。邯郸的外围都是麦地,建筑不是很多,城郊有不少修理自行车、汽车的房子和小摊,一些人在其间忙忙碌碌。背后的京广铁路火车往来,缓慢或者快速,都拉着长长的笛音,从古赵国的遗址,和现代邯郸的楼群之间穿过。

　　到邯郸火车站广场,看到"胡服骑射"雕像,想起赵武灵王,大将廉颇和名相蔺相如,或许就是这些人,使得邯郸有了一种武功与文治的厚度,也使得这座城市在很大程度上具备了穿越历史而盛名永久的潜力和资质。当然,还有把国都定在这里的曹操,虽然他的"邺城"已经淹没,但史书记载并彪炳了他邯郸的存在。当然,还有那个叫做罗敷的女子,采桑的女子,美丽的女子,被人传颂千载而始终被词语掩面的女子。

　　再还有"邯郸学步"、"完璧归赵"、"负荆请罪"、"毛遂自荐"等典故,几乎每一个成语背后,都是一个故事,完璧归赵的机智,负荆请罪的坦诚,邯郸学步

的夸张和有趣——处在邯郸，成语典故张口就是，还有胸怀大略的赵武灵王力倡改革，雄心称霸的丛台遗址、为纪念韩厥、程婴、公孙杵臼、蔺相如、廉颇、赵奢、李牧七君子而建的"七贤祠"等。到车站下车，一个人走出来，站在邯郸的大街上，心里总是惶惶的，感觉像是一只遗址贸然下落在邯郸的孤单飞鸟。

我不知道该去那里，想了一下，还是去书店，但又不知道书店在哪里。买了一张地图，仔细浏览后，才感觉复兴区有一个大的书店。一个人穿过车站广场，到复兴区的街道上东张西望，但都是商场，一个接着一个，再就是一些小小的百货店铺，兜售冷饮的老太太面无表情，街边的槐树也无精打采，叶子上也粘结了不少的灰尘——我走了很远，但还是没有找到书店。想叫辆出租车带我去，可又怕像其他同学说的那样，被拉到荒郊野地……或者在城市四处兜圈，让我多出路费。

或许我是多虑了，我相信并不都是传说的那样——但却害怕了，一个17岁的少年，对周边的世界乃至陌生人仍旧是充满脆弱的戒备的。就这样，半天的时间就要过去了，只好沿路返回，坐在车站广场一边槐树下面，长时间地仰望"胡服骑射"，头顶的天空不是很明净，有些苍灰，就连从太行山飘来的白色云彩，也好像不怎么单纯了。然后又看车站进进出出的人：有的成群结队，有的孤身一人，有的

胡服骑射

浓妆艳抹，有的朴素贫寒……每个人的姿态都不一样，神态千奇百怪——我想，这么多人，他们来自哪里，又都去往何地？

还有：所有人出行的资费都是怎么筹集的？花掉之后，会用什么样的方法去挣呢——这些问题很奇怪，但也很实际，大致和我当时的境况有关，与个人的年龄、知识和思维有关。站起身来，从广场向南张望，大街似乎没有尽头，不断有车辆进出，感觉那条街道就像一个巨大的洞窟，时时都在吞纳。我唯一知道的是：再向南，有著名的黄河，黄河之后是郑州，郑州之后呢——上海、徐州、济南和西安……那是多么遥远的地方，我没有再想，转过身来，又回到了汽车站。

返回路上，又看到了"胡服骑射"，又联想起已经消失了的赵国，王侯与将相，雄伟或者美，都只留下一个名字和一段简略的事迹。想到美丽的罗敷，她到底成为了谁的妻子（似乎还有一个罗敷被权势者逼迫而死的传说）？路过黄粱

武乡县八路军纪念馆

梦村时候，想起爷爷说的吕洞宾——这个道者似乎有点好色，有关于他的传说也非常旖旎有趣——我想这个仙人是快乐的，至少少了其他仙者所刻意谨守的所谓规矩——性格和我自己有点相像。除此之外，在邯郸，当然还有太极拳一代宗师杨露禅，他好像是永年人，将身体的极限发挥到极致——重点在于独创和创新，杨露禅的这一点，是最令人尊敬和羡慕的了。

几个月后，我就又回到了太行山南麓的村庄，再一次来到沙河市区，却是远走他乡的第一天。那个晚上，在迎宾路的一个饭店里喝了一次邯郸的丛台酒，还有邢台的水仙花酒。第二天，启程到石家庄，看到的城市更加巍峨和幽深，但没有出站，又上了去往新疆的火车。一个小时后，又看见了刚刚离开和路过的邢台、沙河，走过邯郸，看到浑浊的黄河，咆哮的黄河，想起著名的歌曲《保卫黄河》——郑州之后，一切都是陌生的，作为终点的巴丹吉林沙漠也是陌生的——好在有足

够的时间让我用来习惯。

女娲像剪纸

此后多年，有几次回家，或在邯郸下车，从武安方向回到村庄，或在邢台下车，沿着熟悉的道路，看见日复一日，颜色依旧的出生地。所不同的是，对于邢台、沙河和邯郸这三个与老家最为亲近的城市，感觉完全变了，我也不是原来的那个在它们的街道上独自行走的少年了，也再不用担心没钱吃饭，和没有回家的车费……当然，看待那里的历史古迹的心情也变了。历史的薄厚只是一个城市的一个方面——它们应当是人性的和人居的，是文化的也是经济的，是宽容的也是艺术的，是每一个居者的肉体巢穴和精神信仰，也是每一个人心中，轻浅或者幽深，疼痛抑或愉悦的宗教根据地。

16年了，我离开那里，一次次的回往也只是片断，曾经的感觉和生活真如梦境。我知道，异地的生活毕竟有限，总有一天，我会回到那里，三个曾经的城市，在我心里，所有的印象并不都是过往，或许还包含了期望、等待、寻找和发现等等因素——我想当我真的在那里落足，在太行山和冀南平原穿梭的时候，总会有一些更为新鲜的东西被发掘和自行诞生。很多年前，我就在一首诗歌这样说：

在平原可以探头，山坡唱歌
还有一些河流，从内心流过
山上住着我的母亲，我的根
我们和你们，每天都能够看到绿树和花朵
在这里的每一个感觉
都像我们的孩子一样：干净、健康、走路唱歌。

山脉与河流

　　有一个还没做皇帝的人，半路上遇到一对父女——老父死了，姑娘无依无靠。正逢乱世，一个弱女子投进去，如同一朵鲜花落入浊流浩荡的江河——出于古老的义气，或者天性中还没有泯灭的善良，他把她送了回来——这是令人感动的，作为当事者的那位姑娘更是。携带着大面积感激之情的爱慕之心油然而生——而这个男人一去不复返，后来做了皇帝，才得知她因思念他而猝亡的消息。

　　这时候，他已经不再是以前的那个"人"了，嘴巴也被人们说成金口，感动之余，将那位姑娘猝亡时所在的山"封"作望君山（若是平头百姓，即使流传，最多叫做望夫山），山的下面是一道峡谷，红色高崖犹如刀劈，整齐划一，十分陡峭——再后来，人们在那里建造了水库——命名为"京娘湖"。这就是著名的故事："千里送京娘"，男主人公是宋朝的开国皇帝赵匡

摩天岭

胤——我从不怀疑这个故事的真实性，有一次从被他命名的望君山下经过，晚霞之下，远山薄暮，高耸的峰顶，真像是一个端坐又焦急东望的女子模样。

　　这里太行山南麓——峰峦叠嶂，幽深高迈，很久以前，人们不知道走出这些山谷之后，还会有更为广袤的地方。望君山之后，众多的山峰拔地而起，奇形怪

状，峰峰相连，从太行山南麓一直延伸到著名的"燕山"——毛泽东曾作诗说："燕山雪片大如席"，我也有这样一句诗歌："燕山藏刀，幽州窖血"。前者是基于自然的激情想象，后者则是针对历史的抽象思维。

山上和山涧之中，纵横的道路并不都是人的功绩——在遥远的古代，马蹄甚至骡子帮了先祖们的大忙——蹄铁和脚掌一起开凿深山，连通世界。从望君山向西，大片的峡谷后，是高耸于晋冀两省的摩天岭——爷爷多次对我说，这山岭上先前长着一棵巨大的槐树，遮蔽了河北和山西大片地域——我们都是大槐树的子孙。我觉得惊奇，一棵树怎么能够那么庞大呢？后来我才知道，这不过想象罢了。但槐树肯定包含了一个有意思的隐喻，我联想到"槐"字所蕴含的文化意义，还想到槐树在中国的历史乃至精神象征。

而当我站在这座山岭上，却发现传说中的大槐树是乌有的，甚至连一棵幼小的槐树都没见到——只是觉得高——可以看到晋冀两省的村庄，炊烟犹如青蛇，攀援直上；山川纵横，植被茂密苍翠，牛羊在青草的风中咩咩而鸣，哞哞叫喊。站在明代峻极关前，清朝山西商旅在青石上踩下的印迹依旧光滑。茅草匍匐，大风凛冽，天地一片苍茫——向东的山峦参差不齐，我们的村庄就在其中，众多的山峰是怀抱也是牢笼，是挡风的自然高墙，也是限制肉体甚至梦想的巍峨幕帐。

摩天岭是这一带最高的山峰——其次是东边的北武当山——后来所取的较"文雅"的商业名字，当地人叫老爷山。传说，道教名人张三丰曾在那里修行，并传说其在此挥动长剑，与为害一方的妖怪打斗，得胜后插剑于百丈高崖，至今依旧隐约可见——早年间，我爬过两次，高坡倾斜，灌木横生，我双腿发软，气喘如牛——再后来，武安有人出资开发为旅游区，修了栈道，架设了缆车，在两峰之间修建了铁桥——我第一次从其上走过时，正是隆冬，大风如雷，天地苍黄，身体左右摇摆，随时都有摔下深渊的危险。

下面是乱石——红色的，一些灌木长在悬崖上，身子探出，像望月的猴子或者凌空飞行的神者。在最高的峰顶，我看到对面的和尚山，像是一个身披袈裟的和尚，双手合十，朝西默诵，姿态虔诚，神情安详，看得久了，令人身心澄明，觉不到时间的存在。

老一辈人都说，和尚山上长有仙茶——饮之可医治百病，长寿不老——但人不可以随意采摘，一条成仙的巨蛇在那里看护。有人说，某一日清晨，他看到一条屋梁粗细的大蛇，从和尚山凌空飞来，到下面的河沟，喝水后，又腾云驾雾返回——这大致是编造了，我在那里长到十八岁，日日都可以看到，可是没有一次是横飞的巨蛇。

幼时——我总是躺在夏天的房顶上，听任细风吹拂，树叶哗响——看着金黄的月亮，我总是会想起美丽的孤独的女人：嫦娥，还有那一只不停捣药的白兔，以及砍伐桂树的吴刚——想着到嫦娥身边去，做一个奴仆，或者代替后羿的位置——转身看到模糊成一团黑影的和尚山，梦想着一个人，赤手，最多用镰刀打败那条巨蛇，我梦想着去采集一些仙茶回来，给爷爷奶奶和爹娘喝，让他们身无病恙，长生不老。

尽管我不可能做到，但从不怀疑自己的梦想——这就是美的，面对缥缈的梦想和神秘的传说，我总是可以展开想象的翅膀，神灵活现，而又不乏艰险地在内心进行一场只属于自己的奇异旅行——我还听大人说，在大年初一午夜子时，人若是骑在扫帚上，就可以飞起来——就像后来的西方电影《哈里波特》所表现的那样——去到天庭的任何地方，见到自己想见的神灵，尤其是美丽善良的仙女——我要她们做我的妻子，给我生最美丽的孩子，唱人间听不到的歌。

不知是这里高耸连绵，奇形怪状的山脉影响了我，还是人从它们形状上衍生的那些传说，使我经常耽于幻想，渴望奇迹——有很多次，我一个人爬到这些山峰之上，仰望和俯瞰到的都是博大的，森林成为缩影，村庄就像磐石，炊烟似乎神仙座下的祥云——但在这些山峰和传说当中，也有一些凶险的，被人传说当中的妖怪占据——我们村后十公里处，有一座状似乌龟的山，一边连着平坦的山坡，一边则是万丈悬崖。有人说——很多人上去之后怎么也下不来，看见路，但不是路，看到的草也不再是草，就连天空也像海水一样——还有鸡冠寨，有一年，一个放羊的人攀登上去了，下来的时候，怎么也找不到路，喊人没人应，只有大风在他耳边不停吹动。

另外一座是鹰嘴岩——传说是一个成精的狐狸的家园，茅草茂盛天空，洞穴深如洞府；抗战时候，村里一个人到里面躲避，不小心摔了下来——这种悲惨遭遇使得鹰嘴岩更为神秘。我小的时候，可以割光它附近的灌木和茅草，可就是不敢折下鹰嘴岩上的一根草茎。

这种心理的影响是巨大的，所有的丑恶或者美妙都是由人所赋予，但人时常会被自己编造的故事所吓倒——我明明知道，高山之间都是草木，岩石和飞动的生灵——它们在人之外：幽深是一种习惯，自由是它们身体乃至内心的要求——有一年秋天的凌晨，我和父亲在山里遇到狼。它蹲在黑暗的山冈，像是一块石头，锐利的眼睛发出骇人的光。听祖父说，山上还产有一种价钱昂贵的药草，村话叫"五玲芝屎"（音），是一种鸟儿的粪便，巢穴多在数十丈高的峭崖之上的岩洞里，人要采挖，须等到鸟儿出去觅食。腰里拴了绳子，由崖壁而下。找到一窝儿，可以卖到十两银子的价钱——村人多舍命采挖，摔死者每年多达十几人，但也有人因此过上了物质围绕的尘世幸福生活——但我至今不知那鸟儿模样，以及它的粪便对人身体的功用。

靠山吃山，这是至理名言，也是数千年以来的生存经验总结——太行山南麓太大了，其中的土壤孕育了名称乃至脾性繁多的草，有的一无所用，只为牛羊及其他草食动物所享；有一些具备了祛病消毒功用，比如党参、柴胡、桔梗、黄芩等，如果按照李时珍的说法，连岩下滴水、风化石片、模样丑陋的蝎子和身为恐龙后裔的蜥蜴都可以用来为人治疗疾病，还有动物的皮毛、内脏、蹄足甚至器官。

在疾病当中，我一直喜欢草药，尽管它们包含了铅。但也是干净的，相比那些生物合剂，少了许多人工成分——党参：长根——叶子和花朵不过是一种摆设，或是向众草证实自己存在的一种手段，更为了人在需要它们的时候，便于找到。说有补血养颜和调经的作用。村里妇女秋时挖掘，用开水冲泡后，呈淡红色，饮服，据说很有功效。

柴胡：多生长在背坡细草稠密的地方。茎叶青翠，至老不枯，近闻，有香气，

雾中深水

通人肺腑，牛羊特别喜欢吃。根细长，年久者有虫噬之状，颜色黑，多直向下生长，根系单一，细若猫须。李时珍说："柴胡根，味苦，性平，无毒。主治腹部胃肠结气，饮食集聚，寒热邪气。推陈致新。叶子可治突然耳聋，取之捣汁频滴即可。"

桔梗：喜欢在山顶或是阳坡杂草茂密处生长。根儿像小孩的手指，呈黄白色，八月时方可采掘。掰开来，可以看到它的细心，犹如蚁道。春天长苗茎，至秋天可长一尺多高。叶好像杏叶但比杏叶长，四枚叶子相对而生，嫩幼时可采来煮着吃。夏天开出紫绿色小花，颇似牵牛花。秋后结籽。其根主治胸肋如刀割般疼痛，腹满肠鸣和惊恐悸气。

黄芩：长在阳坡，阳光充足之处，即使石砾很多的地方，也有生长。

荆芥：最为常见，秋天，垦有坡地的山坡多有生长。学名假苏，叶子尖而细，春天时候，其叶有辛香味道，可以当野菜吃。秋后干枯，长处细针状的籽粒，扎人裤管，非用手摘不下来。其叶主散淤血、除湿痹、祛诸多风邪，利血脉，助脾胃——但吃鱼肉后，不可饮荆芥水。

我经常使用的大致是柴胡和黄芩，都是清凉去火，消毒消炎的，针对疼痛和上呼吸道感染的——这样的病犹如药草一样常见。小时候，我也曾跟着许多小伙伴，扛着撅头，到山上采挖，一些可以直接用来泡水喝，更多的是卖给那些收购药材的——它们去向了远方，为更多的身体疗祛病恙——后来，我觉得这是一个伟大的行为，充满人道主义和救死扶伤的悲悯品质。

白冰黑沟

也曾捉过蝎子——张牙舞爪的家伙，尖利的尾部有毒——有一次，它真的蜇了我的左手食指，迅速青紫，接着疼痛，顺着胳膊一直向心脏蔓延。我坐在夏天的中午，一声一声哭叫娘——娘告诉我，被蝎子蜇了后，越是叫娘越是疼痛——因为蝎子没娘，它们生下来，就把自己的母亲分而食之了。

这是动物的残忍——还有蜈蚣，个头儿虽然不大，但浑身是毒。我看到就跑，尽管它追不上，但内心的那种恐惧是巨大的，足可以让全身瘫软，心跳如鼓——接下来是笨拙的蜗牛，下雨后，它们从石头下纷纷爬出来，姿态十分优雅，但动作缓慢，充满危险，天空的燕子、麻雀、啄木鸟都会俯冲下来，尖利的嘴巴啄进它们的身体——灵魂消失，只有坚硬的壳从半空降落。

柳树，大致就是苏轼说的那种水杨或蒲柳——可以用来作箭杆，春天的绒毛也可以擀成毡子，小孩睡在上面，再炎热的天气也不会生痱子——杨树和柏树，这两种大都与亡者有关，在他们的坟茔前后，织成绿荫——柏树籽和杨树叶芽、虫絮都是药材，但我不知道治疗什么疾病。只是听大人们说——寒食节那一天，弄一些柏树枝，还有破旧的荆条篮子，再浇上一些人类的粪便——点着，熊熊火焰可以让人一年不生病。

再就是河里的蝌蚪和乌龟了——蝌蚪卵，像鱼眼，附在水草上，几天后成为黑色的蝌蚪，在水塘中成群游动——他们说：捉蝌蚪在温水杯里，放上一些白糖后，一同喝下去，可以治疗鸡眼——在太行山南麓，没人以为乌龟是戴绿帽子的意思，而延续了古老的象征传统——他们说："千年王八万年龟"，长寿依旧是太行山人对乌龟的主题印象——他们还有一个说法是：刚生产了的妇女喝了王八汤，奶水特别充足，即使男人和孩了 起吃，也吃不完。

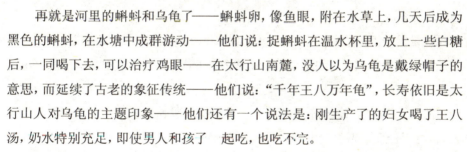

从前的太行山南麓水源丰沛，即使干枯的山崖之上，也有泉水滴落。小时候放牛，在很远的大裳山根下——有一汪清澈的泉水，被众草围绕，成为人和牛羊，乃至狐狸、狼、野猪乃至飞鸟共同的生命之源。14岁那年夏天，我一个人，坐在阳光热烈的青色巨石上，用树叶舀水，清洗自己的身体——空旷的山谷寂静极了，只有飞鸟的声音在林中传唱——笨拙的黄牛卧在树下，大口嚼着阴凉——我平生第一次认真看了自己的肉体，白色的美，匀称的美，生机勃勃的美，弹性的美——就连自己那只刚刚开始发育、未经污染的生殖器，也异常俊美、温柔乖顺、干净无比——清水抚过，一阵阵的清凉让我觉得了泉水在内心乃至灵魂中的那种奇异而美妙的韵律感。

而泉水之前，乱石横陈，不见一滴水——它们隐匿了，像是善于偷袭的作战者，地下兵团——三里之后，它们又冒出来，似乎温柔的孩子，安静地聚集在一起，形成水泊，再涨满，溢出，流淌，越过粗沙和乱石，叮叮咚咚，敲着大地，走向人类的村庄。

再后来是池塘，微小的水聚集起来，成为一个整体，流进田地，庄稼们的喉咙是响亮的——尤其是清晨和傍晚，咕咕的声音像是唱歌，青蛙蹦跳，蚊虫乱飞，就连那些不起眼的萤火虫，也趁着隆重的黑暗打亮了自己的灯，飞舞在庄稼和人的头顶。

多余的水总是要逃跑的，从地上，也从地下——到更大的河流，拥有一种奔涌的力量——那些年，我时常听到它们哗哗的响声，穿峡过谷，去向人可望而不可抵达的地方——沿途有人修建了水库，夏天时候，我和几个同伴经常到那里玩水——赤条条的身子从大坝上鱼跃而下，扑通扑通的声音，溅开一朵朵明亮的水花——我们大呼小叫，叫得整个村庄中午不得安静，中年人站在院子里大声呵斥，老年人则捋着胡子嘿嘿笑，还有一些同龄的女孩子，羞答答地捂了眼睛，从指缝里偷着看。

这是最为浪漫的乡村时光——成年人不敢赤裸身体，我们却毫无顾忌，一览无遗——水中的欢乐来自生理的萌动和内心的渴望，幼年的幸福似乎就是由一个个的细节组成的——有些时候，我们也会害怕，他们总是说幽深的水库中住着可怕的神灵，还有喜怒无常的妖精——我们太容易相信了，后来才知道，那是大人们为了劝阻我们不再玩水，吵闹他们而编造的"神意谎言"。

很多的初夏时节——天是旱的，土地龟裂，庄稼枯死，水库里也只剩下了污泥和乱石——天空蓝得让人感到绝望，硕大的太阳喷射着无数灼热光芒——打在脸上，一片生疼，巨石如火，可以烙饼——直到6月，乌云从山顶覆压，雷鸣电闪，村庄黑暗，大地沉默——大雨暴降，骇人的声音由远而近，由小到大——万千马蹄一样，踏过高岗、绿树、青草、田地和人类的屋顶。

有一些大树被一分为二，有些山崖坍塌了——暴烈的雷电就在头顶，闪电刀子一样，犁开大地的心脏——这时候，我是害怕的，时常躲在母亲身边，满心的仓皇——我知道自己害怕什么（迷信的传说）——或许只是对自然本身所具备的某些威力的一种内心认可。

　　大雨之中，山川成河，从高处，一泻而下，携带着黄色的泥土，到沟底汇合，向着东方，一路浩荡，到30里外的高山峡谷，它们被彻底截住了，两边坚硬的山崖久浸不化，雄伟的水泥大坝成为它们暂时的容身之地——有人说，唐朝的李世民曾在这里带兵打仗，至今遗迹众多，名闻遐迩——有好事的文人将之命名为"秦王湖"（李世民为皇前封秦王）。

　　有人在里面投放了鱼虾，螃蟹还有甲鱼——都是为人所享用，到冬天，结成巨大的绿冰，可以行驶车辆，还有人砸开一个窟窿，掏出鱼虾。每年春秋季节，都会开闸放水——来自太行山南麓的水，流向冀南平原，在田地里消失不见——这种消失是彻底的，只有其中一部分再次升到天空，成为云雾，更多的却成为了固体的秸秆和茅草，还有草木和庄稼们的结实籽粒。

　　近些年来，先后几次回到太行山南麓的村庄。闲暇时候，我重新游历了太行山南麓的山脉，看到依旧蓬勃的植被、高崖、药草和河流，村庄的炊烟高出山峰之后，就再也看不到了；河流只剩下河谷巨石下的一点水印；药草隐藏得更深了，我怎么也找不到它们藏身的地方；自由、灵性而孤独的狼绝迹了，还有狐狸，黄鼠狼和野猪——我不知道它们都去了哪里；这么好的土壤，森林和山脉，应当是它们最好的生存疆场。

　　有人在摩天岭上重修修复了明代的峻极关；在北武当山上修葺了供奉的庙宇；还有一些人，在秦王湖购买了游船——夏天常常有人去玩，坐在如镜的水上——我不知道他们具体做些什么，两边的山峰犹如就要出击的庞大怒狮，两两相对，鬃发飞扬。有一次攀登北武当山，在半山腰，遇到一个卖水果的老年村人——他说，每天，他都会早早起来，挑一担子苹果、桔子、梨子，到高崖下面等候顾客——在望君山，遇到一个肤色白皙的女子，一个人站着，面朝东方，表情凝重；她说：现在的爱情都只剩下了传说；在明代的峻极关，看到一个背着口袋的老年人，踩着清代的青石山路，艰难攀登，穿过古老的关隘，消失在山西的方向。还有一个放羊的人，坐在红色的石头上咿咿呀呀地唱——好像是民歌，尖利、土腥的嗓音在风中跌宕。

原始的村庄，疏散与聚拢

除女娲、王母、悟空、愚公外，最先来到南太行莲花谷区域的，应是一个僧人，最终在南边的山岭上，站成了一座始终双手合十朝西膜拜的石头雕像；再后来，是太极的张三丰，在石像背后另一座山上，凿壁安居；再后来，就应是在历代王朝中由各地迁徙而来的流民、草民以及隐匿者。我时常想，在偌大的南太行山区，倘若仅仅容纳了至今不足一百多人的莲花谷，其生命力也必是极其短暂的。毕竟，一片地域并不可以由一个人或几十上百个人来独享，需要不断的加入者，拓展面积，改善环境；更重要的是，一个家族的壮大需要外来者的配合和支持，才不致因为自身的繁衍功能衰竭而出现整体性的消亡。莲花谷村乃至其周边的羯羊圈、杏花村、李家庄、里沟、垴顶山、砾岩坪、奶头山等村庄，最初的情况毫无二致，都是几个同姓或是同胞兄弟落足后，经过原始的修整和积累，再行女嫁男婚，才逐渐繁衍成现在的规模。

究竟是哪个村庄的先人最先在这里落足，后来者几乎没有一个人能够准确说出。但有一点可以肯定，一个村庄诞生不久，紧跟着又有一个村庄诞生。血缘上的亲近和家族的依赖感浓烈且强硬，任何外姓的加入都会遭到一定程度的排斥。即使通婚的两个不同姓氏的家族，在感觉上和行为上，也有很大的差别。尽管时间可以导致社会和人的思维意识的变迁，古老的规矩或者族约偶尔也会被打破，但莲花谷和附近村庄的人们依然坚持着，即使一座村庄和另一座村庄仅隔一道山岭，只需趟过一条河，甚至拿着一根长杆就可以搭在另一座村庄人家的房顶上，但决不会混淆，是哪个村的就是哪个村的，强行加入和别人指称都不可以，无论是谁，都会从心理上进行排斥，从语言和行为反对。

由此可以判定，最初情况是：这一个山凹杨姓占领了，张姓便重寻一块地处，这一道沟李姓盖了房子，白姓就爬上了山腰……依此类推，逐渐形成了杨姓的莲花谷，张姓的砾岩坪，白姓的奶头山，傅姓的羯羊圈，曹姓的杏花村，郭姓的垴顶山，李姓的李家庄。直到今天，莲花谷和附近几座村庄一个姓氏一个村庄，决不允许外姓人加入的模式一直不曾改变，这一规矩曾经达到了皇家律令，不容侵犯的严格程度。

据祖父说，解放前，谁要是触犯了这一条"律令"，轻则被家族长辈号召年轻人捆绑起来，吊在梁头上，用沾了水的荆条子抽打，重则就逐出村庄，由他自生自灭。直到天下太平，成立了公社和大队，在政策和干部的干预下，这条"律令"的威力才有所削弱，但有人触犯，还照样会受到全村人一致的口头谴责，所不同的是，当面说的人少了，背后唧唧喳喳的人多了，按照长辈话说：现在的人都变得圆滑了，有话不当面讲，背地里大声骂娘，甚至损坏你的庄稼和器具，来发泄心中的不满。

最初，两个村的人见面了，开始是陌生，打过几次交道，就相互摸准了脾性。这个村的和那个村的人若是投了脾气，拜个干朋友，做个儿女亲家，甚至这个人的媳妇和那个女人的男人偶尔有个什么过分的事情，也都认为再正常不过，只是，闲话还是要说的，但叽咕几天后，就又在村人的嘴巴里面销声匿迹。

莲花围裹的村庄。

祖父说，在咱们这几个村庄里面，羯羊圈和砾岩坪原先住得很远，都是后来从山里边迁来的。比如说砾岩坪村，最开始在奶头山最里面，抬头就可以看见的和尚山根，离咱村还有十五里的路程。那时候也没有一条正儿八经的路，就是沿着河谷，慢慢地踏出了一条路，等夏天秋天河水大了，砾岩坪村的想出也出不来，外面的人想串个亲戚，到那儿锯几根木头，都要等着河水小了，才能够出来进去。

关于砾岩坪村旧址，我十二三岁时，经常跟着父亲去那里砍柴、锯木头、采药材、捉蝎子和摘山楂。直到我参军的那年，那里还住着一个老光棍和一个孤寡老妇人。基本还像村子的模样，除了老光棍住的房子外，原先的数十座房子都变成了废墟，满目荒凉、幽闭和破败。地基上长满荒草、枯树和细软的藤蔓。孤寡老夫人住得更高，离砾岩坪村旧址还有五里的山路。

整个砾岩坪村旧址周围都是高耸连绵的山岭。树木、野花、杂草和荆棘杂草匍匐、高举、葳蕤葱郁。挨河谷的阳坡上面，以杨树、槐树和几丈高的大椿树为最。每年春天，杨槐树枝头上挂满了一骨朵一骨朵的白花儿，甜香味在整个和尚山上角角落落里弥散，蜜蜂和大黄蜂嗡嗡。再向上，偌大和尚山腹怀里的沟沟岔岔，坡坡岭岭上都长满了松树，松涛阵阵，到处都是鸟儿的叫声，从这道山谷传到那道山谷。住在那里的砾岩坪村人，整年都有绿色看，整年都有音乐听，还不缺柴烧，随便拣掉河边的石头，就可以种庄稼，不管种什么，都有水，就连麦子，也长得和人一般高。玉米和高粱穗子大不说，秆子可用来打狼。

这当然有些夸张，但森林里有狼却是真的，而且不是一匹，而是成群结队，具体数目狼自己也没数过。狼这种动物，和人一样，一个可以是十个，十个可以是一百个，不光是它们强健的繁衍能力，更有它们的残忍和凶猛。开始，也不知是砾岩坪村哪一位先人，把村子建在这深山老林里，简直就是跟狼作对。而且还有经常糟蹋庄稼的野猪、獾，逮小鸡的狐狸和香气四溢的麝，野鸡、野兔和松鼠更不要说了，多得脚下绊的都是，随便在哪儿下个套子，一天能捡十几只。

对最初的砾岩坪村人来说，狼和野猪，绝对是个不小的威胁。听祖父说，那时候的狼很厉害，夜里大声嚎叫，即使在咱村，一到晚上，狼叫的声音听得也特别清楚，就像在对面的坡地里似的，更别说基本上和狼同窝的砾岩坪村了。一到晚上，成群结队地进到村子里面，在院子里乱窜，嚎嚎叫着。尤其有月亮的晚上，从窗户里面往外看，远远近近的山坡上，到处都是绿眼睛，沓沓的蹄声从河谷传来，敲得人心寒。狼们的胆子比人大，太阳一落，满山遍野都是它们的嚎叫，到了深夜，就跑到村里来，撞门子，撞窗户，劲道儿特别大，若是谁家的门板薄了，插销细了，一家人就非喂了狼不可。为此，砾岩坪村人也给牲畜们盖了房子，用料和人的房屋差不多，若不是有硬石头挡着，养多少驴子、牛、猪羊和鸡都不够喂狼。

但狼们大都在夜晚活动，夜晚是它们的天堂，这些自由、狂傲、不妥协的生

近山

命，英雄主义者的精神图腾。现在已经消失了，村里人谁也说不出它们消失于何时，以怎样的一种方式，如今的松林里，再也不见了它们的踪影，听不到了它们的嚎叫。倒是庞大的尖牙利齿的野猪和獾，还在无日无夜地拱来拱去，咬噬庄稼，横行霸道。村里人自制了土炮，炸死不少野猪。有剽悍的男人，几个人合起伙来，到山里去伏击野猪，屡次得手之后，人便狂妄起来，潜意识形成了野猪也不过如此的印象，砾岩坪村的张二黑就是一个例子，自以为五大三粗，一身力气，对付一个野猪没有什么问题，结果让恼怒的野猪给咬死了，还有先前提到的那个白栓子的亲爹，葬身猪口也是因了狂妄的过错。

如今，咬死那两个人的野猪或许早已死了，不知在山的哪个角落，但它的子

孙和人的子孙一样，又一一出现在同一块地方。在生存权利上，动物和人绝对平等。那些蔑视自身之外动物的人们，自己的血脉不一定就比其他动物久长。

郭姓的垴顶山虽离莲花谷只有5里的山路，人口很少，把老的小的没有出世的全部算起来，至今也不过五十多口人。也不知郭姓的先人当初是怎么想的，硬把一个村庄挂在半山腰，而且还是下午太阳照不到的背坡。为此，邻村的人经常嘲笑垴顶山人说，你们那儿天黑得早，半天等于俺这儿一天。垴顶山人很生气，但不好发作，回敬说，那可不是，我们这儿的天早早就亮了，哪像你们，半晌了还在被窝里放臭屁给自己吃呢？然后独自嘿嘿笑一声，自感舒服了许多。我们莲花谷村和垴顶山村遥遥相望，每天早上一起床，就相互看见，虽看不到人在干什么，但有一点可以肯定，大家做的事儿干得活儿吃的饭没有太大区别。即使现在，垴顶山村谁家的儿子要说媳妇，到谁家里，一听是垴顶山的，就说：垴顶山那地方，半天不见太阳，到那里去过半天的日子呀。这是对垴顶山的一般人家或者穷人家说的话，如果是富裕一些的人家，被提亲的那一家大人就把这句话省了，衡量衡量条件，往前想想，朝后看看，觉得合适，还是要把自家的闺女给垴顶山人的。有句话说得很好：穷在闹市无人问，富在深山有远亲。这一点不假，有了钱了，即使躲在3000米高的老爷山顶，也有人吭哧半天，跑到跟前说东说西，用嘴巴、礼物或者其他什么来讨好。

周边村人觉得垴顶山的地理位置不好，风水也不好，主要是垴顶山村里出了几个歪歪扭扭，有点智障的人。在村庄，人们对风水依然看重，别说建村盖房婚丧嫁娶诸如此类的大事，就是出个远门，都要找懂阴阳八卦掐指算命的人算算，看今天是羊冲牛，还是马踏鼠，往东顺利还是向西平安。村子建成后，盖房子就成了头等大事，从选地方开始，就找个远近闻名的风水先生，用眼和双脚勘探勘探，用罗盘定定方位，主要是看这地处旺不旺人，下一代人傻还是俏，如果是可以诞生大官、大富之人的好地方，那主人家就兴奋得不得了，几天几夜都睡不着觉。遇到顶好的，村里人就相互争了起来，哪怕六亲不认，打出活人脑袋也寸步不让。通常，一个地处先由一个风水先生看了，大致确定下来，可毕竟是一个人说的，村里人不太相信，就再找一个来，重新看看。往往，一处宅基地要三个风水先生看后，房主才可以放心打根基，拉石头，找个空闲的时间，再找些人来，叮叮当当地垒起来。人住多年，什么事情都没发生倒还罢了，若是谁家的儿子女儿考上了大学，当了官儿，在外面混出国家人了，就又旧话重提，说人家那房子地方确实占得好。

据说，垴顶山村的先人到这儿后，也找人看了，可能是个平庸的要不就是混饭吃的假风水先生，胡乱比划说，这地方，面北朝南，站得地势高，面前的鸡冠山堆金流银，绝对错不了。垴顶山村的先人也就信了。再多年，村里却是出了个当官的，也就是郭二愣子的大儿子郭大名在部队当了连长，要说官儿确实不大，但在村里人那里，那是很大很大的官儿了。至于别人家出的那几个歪歪

枯败

扭扭，有点傻的儿子女子，大家都异口同声说，垴顶山村的精气被小连长郭大名拔光了，其他人家出几个傻子是必然的事情。

羯羊圈村在莲花谷村后一道沟里，曲曲弯弯的沟坡上一色裸露的褐红色岩石，上面的荆条子和茅草再稠密，也不可能长到石头上，远远看起来，像是一群喝醉了酒的醉汉，一个摞一个地躺成了高矮不一的山峦。沟底有几片椠树林，椠树林子边上，就是一层层的旱地，种些花生，红薯，玉米谷子等作物。在向前一段，就是羯羊圈村了。和其他村庄不一样的是，羯羊圈村零零落落的傅姓人家谁也不跟谁合着，东面山坡上一家，西面山坡上一家，沟底一家，沟口一家，好像盖世仇家一样，谁跟谁也不靠拢。

在我曾祖父杨万身还年轻的时候，羯羊圈村还在后面的大山里面。我小时候捉蝎子时去过多次。和砾岩坪村旧址不同的是，羯羊圈村旧址是在阳坡的山沟底

23

下，没有松树槐树大椿树，草和葛条（一种柔韧的类似绳子的藤蔓植物）倒是很多，核桃树也很多。大约十年前，我还吃过树上的核桃，用刀子从中间缝隙插进去，再顺着缝儿一旋，就可以吃到里面脆生生的仁儿了。后来蓦然听祖父说，那沟里曾经吊死过几个人，有日本鬼子干的，也有自己想不开一吊了之的，有被鬼子侮辱了的妇女，也有穷得过不下去的健壮男人。出了这事后，羯羊圈村夜夜不安静，不是他听见了鬼哭，就是你看到了鬼魂。为此，村人专门请了几个阴阳先生，埋了犁铧、桃木弓、柳木剑等等所谓的"镇物"（迷信词，为镇压神鬼之类的手工品），就这样都不管事儿，该发生的还发生，该看到的还看到，一把全村人搞得心神不宁。

村里人看这样下去不行，非再闹出个什么大事儿不可，就思谋着搬出这山沟，到离莲花谷、砾岩坪和杏花村近的地方重建村庄。

我真有点后怕，以至和父亲一块儿去那儿割荆条时，心里还很紧张，尤其是夏天中午时候，蟋蟀和鸟儿的叫声更使沟底村庄的废墟安静得瘆人，冷不丁掉了一块石头，沟底就响起一阵回声，一想到吊死人的事儿，我就头皮发紧，头发好像竖了起来一样，全身起鸡皮疙瘩。

羯羊圈人记取了垴顶山人的经验教训，大规模迁徙虽有点集体行动的意味，但基本上是各顾各，谁也不给谁掺乎，即使亲兄弟，也是你找你的地儿，我找我的房基地。各自找了五个以上的风水先生，一个冬天的时间，就都搬到了离原址4里开外的山凹里，住着新房子，种着以前的地，说着以前的话，生着以前的火，冒着以前的烟。

转眼到了1970年，平（县，现属石家庄市）涉（县，现属邯郸市）公路从这里经过，当时说是战备公路，村庄人虽然穷一点，但一听说要修路，而且是战备公路，可是头等大事，男人们就一个个卷了铺盖，揣上粗瓷大碗，参加到了修筑战备公路的劳动中。因为山高石险，修路的过程中，砸死炸死不少人，但路终于修通了，村里人再不要娶媳妇骑毛驴，走路靠脚板，拿东西用肩扛、架子背了。远在深山的砾岩坪村、羯羊圈村和垴顶山村的人们看到了挨公路近的巨大好处，就逐渐地搬出远山深沟，和莲花谷、里沟、杏花村、李家庄和奶头山一样，家家户户、参差不齐地都住在了公路边。

北河沿

　　莲花谷内第一座自然村应是北河沿,坐落在一道河谷的阳面。正面山坡上,长满大片的杨槐树,还有松树。大致是公社时期集体栽种。几十年过去,树木代替岩石,青草超越苔藓。二十余年前,南坡之山,狼群出没,野猪横行。通常,天还没完全黑下来,狼嚎声就擦着耳膜嚎叫了。某日,一个孩子回家晚了,迎面遇到一匹狼,始以为狗,跑过去,低头一看,狼一伸舌头,半张脸就没了。

　　我小时,经常会听到狼夜入村庄,捕猎家禽的消息,闹得人心惶惶。有一年初秋,村里有人鸣锣请客,众人蜂拥而上,坐在红石头粗木桩上一顿吃喝。第二天才知道,那　锅香喷喷的肉,竟然是一匹被十炮炸死的狼。——唯一贯穿全村的一条公路修建于文革时期,北到平山县,西南到涉县乃至长治。至今,几座石拱桥的两侧石壁上还写有“大海航行靠舵手”“中国共产党万岁”、“备战备荒为人民”“深挖洞,广积粮”、“打倒美帝国主义野心狼”等口号标语。

　　上个世纪八十年代中后期,处在南太行摩天岭、北武当山和京娘湖之间的莲花谷石碾子区域,才陆续连通市电。夜晚最先明亮的是石碾子村——石碾子村人一下子陡然趾高气扬,见到还在煤油灯下抠抠索索的其他村子的人,骄傲得像刚从母鸡背上下来的公鸡,连牙缝里都洋溢着一股瞧不起。

　　石碾子村闺女找婆家,一听说是山里的,张口就说,那山砣崂儿里连电都没有,吃饭都吃到鼻子里去了,俺不!

　　两年后,人马喧闹,汽车轰鸣。南岔和柳树湾通电工程正式拉开帷幕。可市电还没接通,北河沿就传出两个有意思的事儿。其一,北河沿一个闺女到工地帮忙,天长日久,爱上电力局做职工的一个小伙子。有次,俩人在树林里亲嘴。可亲着亲着,电就通了,而那个小伙子,却再没有出现。那闺女等了两年。出嫁的头一

如今乡下也赶时髦的孩子们

天傍晚，还一个人坐在桥头石墩上，扯着嗓子哭了个天昏地暗。

其二，乡里发现铁矿，开办选矿厂。北河沿村一群小伙子终于当上了梦寐以求的"工人"。每天早起晚归。有一段时间，铁粉销得正旺。一天要干十几个小时。小伙子们累得够呛，连媳妇都闹起了意见。某日清晨，几个人骑着车子一路狂飙，半道上突生奇计。撇了根大树枝，扔到低处的高压线上。噼哩啪嚓冒了一顿火花。

人是轻巧了，第二天早上，抱着媳妇还没睡醒，警察破门而入。——三年后，矿石挖完了，北河沿村的工人们，重新回到村庄。抡锤碎石，扛锄下地，日子一如往常，炊烟下面是灶台，灶台四周堆着粮食和蔬菜。

北河沿有几户残障人家。其一，一口气生了三个痴呆孩子，两男一女。我小时，不敢从他家门前路过，那个女性痴呆者总是坐在门前的石头上，披着一头沾满黑泥的头发，张着眼睛，恶狠狠看人。几年后，她出嫁，婆家在很远的地方，那个男人长得白白净净，说话很文气。次年春天，生了一个男孩。

另外两家，一家尚有一个健全的女儿，嫁了一个在乡政府当了好多年干部的汉们（男人）。到了婚娶年龄，姐夫出面，给他张罗了一门亲事（这是许多光棍梦想的待遇）。新婚第二天上午，有人问他：咋样啊？他嘿嘿笑，抬起袖子，抹了一把口水和鼻涕，瓮声瓮气说：妈的个×的，俺还没想到，干那事还挺使得慌（累）！半黑夜起来，要不是半黑夜那两包方便面，今儿个恐怕下不来炕了。众人哄笑。

几天后，人又问：（你）一晚上能整几回？他再嘿嘿笑。说，头天晚上干了12回，第二天晚上16回。第三天少了，第四天干脆啥也没干。人说，咋不干呢？他说，得劲儿（舒服）是得劲儿，可妈×的就是太使得慌。几年时间，夫妻俩一口气生了

26

3个姑娘和1个儿子。而另一个残障人，却没有他那福分儿，三十好几了还光棍一条。——可无奇不巧的是，两家竟然住在同一个院子里。某日，他下地回来，慢吞吞进门，忽然一声大吼，抄了一把剪刀。紧接着，是一阵呜哩哇啦的叫喊。半顿饭工夫，另一个男人一手提着裤腰子跑了出来。随后是他妻子，一边拢着蓬乱的头发，一边去茅房。

消停一段时间。他发现，俩人又开始热火朝天。这一次，他没发火，有人问及。他说，那事能看住啊？人说，那咋办？他说，整呗！反正戳不破，磨不烂。人说，自己的老婆让别人睡，多吃亏？他说，谁说俺吃亏？那杂种每来一次，得给俺交五块钱。

除此之外，北河沿村的光棍数量为莲花谷自然村为最多，他们的共同特点是：都没啥生理问题，不傻也不茶（俗语，笨的意思）。或是好偷窃（成性且屡被抓获），或是懒，或是挥霍，或是吊儿郎当、不务正业（其实，在乡村或者南太行乡村，偷窃也是一种生存乃至发家致富的手段，只是会偷和不会偷的问题。懒汉是对农民职业道德的严重亵渎。能够挥霍的人，大致出在富裕人家。懒惰和吊儿郎当是对生活和民俗习惯的行为叛逆）。

最典型的，要数张三。姊妹弟兄5个，大哥、大姐结婚早，只剩下他和二哥，每天夜里，躺在老屋土炕上，弟兄俩，俩光棍，夜夜烙肉饼。有一年冬天，下了一场大雪，白茫茫一阵子后。老三半夜醒来，忽然不见了二哥。第二晚还是。忍不住狐疑。半个月后，有人议论说，恁二哥和某某大伯家的堂嫂子好上了。

太行深处莲花谷

老三一想，那堂哥在煤矿，一年回不了几次家。再说，堂嫂……想了整整一夜，老三判断，流言百分之百确凿不错。半年后，老三又听说：他二哥又和那个堂嫂的亲妹妹好上了。老三再想：姐姐和一个男人那个了，妹妹再给这个男人……这事儿绝对不大可能，即使有，也百年一遇。再三个月，二哥结婚了，嫂子果真就是那个堂嫂的亲妹妹。

此后，以前俩人烙饼的土炕突然空旷起来。老三睡不着，看着鼠叫蹦跳的屋顶，想了好多。某些深夜，老三开始满村转悠，45码的大脚轻若羽毛。这个窗下停会，那个门上敲敲。村里单身媳妇聚在一起，窃窃说：俺晚上听到啥啥声音，吓得一夜没睡好。有性格暴烈的，说，下次哪个王八羔子再敢糊弄老娘，老娘非拿菜刀剁了他！还有的谋算说，要不咱往门吊子上拉根电线，只要有声音，就插上电。

老三听了，暗暗吸了口凉气。——数日后，老三开始集中往原先那个堂嫂家跑。一进门，一屁股坐在人家的炕沿边，或者椅子上，扯淡话，说家常，拧怪话，打哑谜。堂嫂说：老三，12点了。老三说：12点了？堂嫂说：该回去睡觉了。老三说：这会儿睡觉？还不迟哎。堂嫂说：你鸡巴站起来是一根儿，躺下来一条儿，闲鸡巴的没事干，当然不困，俺困。老三说：那就睡觉吧？堂嫂说：不睡干啥？老三说：能干啥？堂嫂嬉笑说：你鸡巴想干啥？老三说：俺鸡巴想干啥……嫂子你还不知道哎？

此后，老三就一直泡在堂嫂家。冬天，那个堂嫂的三妹妹出嫁，老三站在马路边，看着披红挂花的婚车转了一个弯儿，有人放了一挂鞭炮，进了别人家门。当天晚上，老三买了一瓶衡水老白干……昏睡了两天。醒来后，照常每晚去堂嫂家，到第二天早上才回来。

此后无事，第三年冬天，不知为了啥事，老三和堂嫂恶狠狠地吵了一架。大年初一早上，鞭炮响彻山间，堂嫂和自家男人正在吃饺子，忽见老房子燃起一堆大火。堂嫂一声长嚎，眼睛翻白，仰面瘫在炕上，男人连声怒吼，冲着村庄大骂，叫了亲戚，挑水铲土，好大一阵儿，才把大火扑灭。回到家里，一边洗脸，一边对媳妇说：总共损失了咱他娘的三根丈三长的大梁，还有千把来斤喂猪的麸糠！

垴顶山

垴顶山村因地势而得名。远离公路不说，还处在背坡，终年见不到一绺阳光。每天早上，拉开吱呀乱响的木板门。北河沿村人都习惯性地抬头往南边山坡上看一眼。一是要看太阳爬升到哪儿了，二是要看垴顶山村人在干啥。两村人遇

野地向西

到一起，通常会逗逗嘴，北河沿村人对垴顶山村人说：恁都住在背坡上，别说太阳整天照不到屁股，就是脸也白得像那个王八肚儿。垴顶山人听了，脖子红，脸发紫，鼻孔忽闪的粗气能吹着火。对北河沿村人说：看恁都晒得像驴球差不多，屁股红罡罡的，哪儿还像个人哩？！

北河沿村人一听也不恼，咧开嘴巴，哈哈笑一声，说：俺驴球也

儿好啊！大补！垴顶山人眼睛一瞪，脸色涨红，张张嘴巴，咽回一口唾沫。

垴顶山村总共不过十户人家，一色青石垒砌的房子散落在一面山坳里。四面都是树林。春天的洋槐树开出满山的白花，蜜蜂成堆，鸟雀擦着头皮。即使炎热的夏季，也到处飘着清爽之风。

收获的村庄

夏天，人都说，垴顶山算是个避暑胜地，比空调还舒服。

老人们说，1939年，日本鬼子开进莲花谷，第一个遭殃的是垴顶山。年轻人兔子一样向高处的山崖跑，找个洞窟躲起来。眼看鬼子就要进村了，一个耳聋的老人死活不肯走。儿子急得直跺脚，老人大着嗓门说：鬼子也是人，看他们还能把恁爹的鸡巴咬掉不成！

儿子干嚎一声，还没转身，就不见了人影。鬼子冲进村子，把老人拖出来，用不怎么流利的汉语问：八路地，窑洞（存放着八路军的粮食、弹药和布匹）地，在哪里？老人耳聋听不清，盯着鬼子的脸，反问：洋桶（铁皮做的桶）？没有！小日本再问，老人仍旧反问。鬼子急了，抽出马刀，"八嘎"一声，老人的脑袋就被砍了下来。趴在高处的儿子看到：鲜血喷起老高，老爹的身子像根硬木桩，扑腾倒在地上。鬼子一无所获，骑了高头大马，冲向北河沿村。

北河沿村早就人去村空，鬼子抓了一些家禽，点着柴堆，吃喝了一顿，沿着巨大的河滩，向山西方向开进。——确信鬼子走远了，儿子才放声大哭，从山上跑下来，捡起老人血淋淋的脑袋，擦掉尘土，放在脖子上，然后哭号着埋进自家祖坟。

还有一年，石友三的部队从垴顶山经过。据老人们讲，那当兵的就像一群老公

0

鸡，耷拉着脑袋，脚跟儿贴着地面走。——解放战争时期，垴顶山村出了解放军连长。可爹娘在村里老受那些自以为能耐的人欺负。解放后，部队专门派人来，在北河沿村召开群众大会，对那些无故欺负军属的村人进行了严厉批评和警告。自此，爹娘再没人敢打骂。现在人说起来，也还对那时候优抚政策赞叹不已。

上个世纪八十年代初期和中期，我十多岁，不管上学还是走亲戚，打柴、放水浇地还是捉蝎子，每天都要从垴顶山下路过。也时常听到这村子发生的稀奇事儿。其一，北河沿村一位妇女，婚后连生3个闺女，还堕了两次胎。

某夜，垴顶山村一赵姓光棍家门吱呀而开，随后传来窸窸窣窣的声音。凌晨，门再次吱呀而开。朦胧晨光中，妇女矮矬的身子像是一块快速翻滚的红石头，不一会儿，又传来一声开门声。一切悄无声息。

一年后，北河沿村果真生了一个儿子。那个光棍既高兴又难过。有人开玩笑说，拿着种子不当回事，咋乱播吧。光棍，嘿嘿一笑，说，谁叫咱家没（mo）地呢？其二，还是这光棍。有一门补鞋的手艺，不论冬天夏天。每日背着钉鞋机，走村串户，叮叮当当，也能挣一些钱。有一年冬天，光棍到十三里外的乡政府大门口一待就是一个冬天。

村人说，这家伙今年可挣到钱了。谁知，话音还没落，就听那光棍哎呀一声，头包白纱布，耳边还流着血，噗通一声躺在了自家床上。人问这是咋回事。光棍不吭声。后来听说，光棍在某村补鞋的时候，和一个妇女好上了。村人说，好上了就好上了呗，光棍找女人，一点也不过分。这个人的话还没完，那个人接口说：要是你老婆，你该咋的？

那人闭了嘴巴。

其三，1999年，我的未婚妻一个人回到我的石碾子老家。与几个小侄女玩的时候，遇到一个个子只有1.4米的娘们（村里已婚妇女的俗称），脸蛋长得很好看，说话也很伶俐。几天后，未婚妻发现，这人也智障，只要一吓唬，就像兔子一样，眨眼间，就沿着山路跑了个无影无踪。

我在南太行生活了17年，真正到垴顶山村，印象中只有两次。一次，同学哥哥结婚，我们这些孩子拿了一幅画轴去祝贺，吃了一顿猪肉炖粉条，就大呼小叫跑了回来。第二次是去南山接打柴迟回的父亲，夜幕之中，森林幽深，狼嚎之声犹在耳膜。吓了一身冷汗，不顾一切地冲到闹顶山村，找了一个亮光，才站稳了身子。

大地初醒

　　2005年，我带妻儿回家，串亲戚回来路上，遇到一个半痴呆的男人，戴着一顶油亮的灰色鸭舌帽，满脸黑垢。走路东倒西歪，嘴巴嘟囔不停。母亲对我说，这人也是垴顶山村的，爹娘死了以后，兄弟姐妹谁也不管，今儿个给这个干半天活，吃顿饭，明天给那个帮个手，蹭盒烟。

　　现在，垴顶山村人大都认识到了高居山阴的不好和不便处，一家家，先后在对面阳坡修了房子，陆续搬了下来。但还有人在老村住，都是些老人，每天冒出的青烟，像是一条条飞天的青蛇，从山坡升到山顶，再升到空中，消失不见。

　　我依稀记得，到西北之后，娘托人给我找过一个对象，但没成功。那女子我好像见过，眼睛挺大，皮肤很白，说起话来慢声细气，特别招人待见（喜欢的意思）。我问母亲，到底是人家不愿意给我当媳妇呢，还是咱没下工夫？母亲说，肯定是人家看不上你呗！

羯羊圈

从北河沿村北，爬上一道山坡，再翻过去，下了山岭，迎面一道阴森森的小山沟。一座矮小的石庙中，站着一尊泥塑神胎，至今不知道供奉的是哪路神仙。每次路过，我都不敢往里看。庙旁边，还有一座坟地，孤零零地，不知埋着谁家的先人。再旁边有一棵柿子树，早年间，有一个人在这里上吊死了。

每次非要路过的时候，我就绕道走，心神仓皇地飞奔到草冈上，觉得自己像是在逃避追杀。回头再看，总觉得那里有一股说不清楚的气息，巨大的黑色线团一样，在山凹里低低缠绕。——山沟外，是层层旱地。每年秋天，松鼠成群，野猪满地。后来，为实现脱贫致富，栽

雾锁重山

了些苹果树，但没几年，就被虫子们咬死了。村人锯了枯树，不过一年，就都化成了灰烬。

沿着沟边的山路向东不过1华里，就是羯羊圈村了。这村子似乎没有多少人家，有几户，我也不大熟悉。我小的时候，有一户人家栽种了好几棵杏子树——树冠很大，每年五月，成熟的杏子金黄金黄，在绿叶之间，像是一颗颗的铃铛。有

33

一些傍晚，我和弟弟前后策应，他趴在村边看有没有人，我爬到树上，往书包里猛塞。

几乎每次，我们都能满载而归。有一次被主人发现了，我急忙向下爬，拉了弟弟，沿着侧面的山坡跑到另一道山沟，躲在一大片材树林子里。主人搜寻半天，也没找见。回到家里，掀开衣服一看，肚子上划了一个5寸长的血口子。

羯羊圈村的田地大都在河谷两侧，阳坡上还有些旱地。村子下方，有一座石头砌起来的羊圈，每年秋末，好远就嗅到一股浓郁的骚味，十几只公羊在上百只母羊群中，公然宣淫，忙得不可开交。

爷爷说，羯羊圈村以前不在这里，在后面的山沟里，两边都是大山，只有一条小路进出。深得连自己看不到自己的脸。躲日本鬼子那年代，羯羊圈人一个人都没死。直到解放以后，村人嫌山沟里种地、走路、串亲戚都不方便，先是一家搬到这里，再几年，其他人也相跟着搬来。

至于羯羊圈的名字由来，爷爷说，羯羊圈以前叫里沟，后因这村人好养山羊，山羊骚味

老村余韵

大，慢慢地，就被叫成羯羊圈。

羯羊圈人在高高的鸡冠寨根上，修了大片田地，栽了上千棵苹果树，因地势险要，很少有人去偷，但与之相对的是，运输也只能靠担子挑，架子背。

上小学五年级的时候，第一次听说胃穿孔这种疾病——老师也拿这个病例教育我们说：不要老是咬铅笔头。那位患者就是羯羊圈的，死时不到四十岁。妻子后来嫁给了自己的小叔子。这在当时，也算新鲜事，按照乡人说法，要是没钱没势，找老婆很难。哥哥去世了，嫂子嫁给弟弟也合情合理。

平时没啥事，我们也都很少去羯羊圈。倒是羯羊圈人时常从我家门前路过，其中一个男人，有一次跟父亲闲聊说，等长大了，把他的闺女给我做媳妇。

我二十岁那年春天，有人在窗外喊话。最开始那三声，我没敢答应（乡人说，鬼怪喊人名字人就会死。甄别方法是，喊过三声，人喊人的声音会越来越大，鬼怪则相反。）我一骨碌爬起，开门，是本家一个堂伯，低沉着嗓子对我说，那个……那个谁回来了，起来去帮个忙吧。我一想，知道他说的"那个谁"就是同村一个同龄人兼同学和堂兄弟。前两天上午，乘班车从市区回家，行至中途，正在行驶的车辆忽然爆炸，同车死了21个人。他可能最严重，连根骨头都没找回来。

当天午夜，我和许多人抬了棺材，上了一道岭。最终，我才知道，埋他的地方，就是当年我替父亲放羊的那片山坡根下，一色的红色碎石头，旁边长了一棵柏树，不论春夏秋冬，都像是一面绿扇子，在时光中随风而动。

2003年，我再次路过羯羊圈村。几十年过去了，除了几座新房子，羯羊圈村还是老样子。不见了很多熟悉的面孔，也多了一些陌生的身影。我记得，羯羊圈早年有一个人参军到新疆。同年冬天，家里给他说了一个对象。

可能是实在太高兴了，四年兵，回来6次。村人纷纷议论说：这样当兵的肯定不是好兵！临退伍的那年冬天，女方家人群起反对。他得到消息，假也没请，就跑了回来。早上，女方父母和哥嫂还在被窝里等着公鸡打鸣，忽听院外一阵叫喊，屏息一听，原来是他。

闹腾了一个早上，未来岳母和未婚妻不仅把他让进了房间，中午还给他包了顿饺子吃了。再后来，无论家人再怎么反对，未婚妻意志坚定，雷打不动。家人无法，只能遂了俩人心愿。一阵鞭炮锣鼓，披红挂花，俩人就真成了夫妻。许多年后，生养了两个女儿，虽说不大如意，但日子一天比一天好。

2005年暮秋的一天，忽然传来他在井下（铁矿）被炸死的消息。

有一年冬天，我们带儿子回去，四处找买笨鸡蛋。大姨家的堂嫂子说，羯羊圈村有人喂养家鸡。第二天一早，吃了早饭，太阳刚一暖和起来，满山金黄，我穿了一件大衣，翻过山岭，沿着茅草丛生、灌木横斜的小路，一溜下坡到羯羊圈村。一连询问了好几家，都说没有笨鸡蛋。其中一个老太太，盯着我的脸看了半天，一个劲儿地问我从哪儿来，大批量收购还是买了自己吃？

我笑了笑，报了姓名。转到另外一家，是一个三十多岁妇女，她看了我好半天，不大的眼睛里面充满疑惑。我又笑了笑，转到河沟上面的一户人家，才找到了3斤笨鸡蛋，称完斤两，付了钱，那五十多岁的妇女又问我是哪儿的？

我笑了笑，对她说，我认识你。然后说了她和她丈夫的名字。她听了，脸色惊异，夸张地哦了一声，大声说，原来是你啊！正要告别，侧屋里走出一个怀孕的妇女，二十来岁，脸上挂满妊娠斑，脸盘周正，眼睛很大，唇齿之间有一种未经雕饰的淳朴。先前的老年妇女说，这是俺老大媳妇。娘家在石碾子。我觉得惊诧，忽然想起，在十多年前，石碾子人是最不愿意，也不可能嫁给"山里头的"。

奶头山

奶头山村懒散地堆在北河沿以南巨大河沟一边，背后是一道深浅不一的峡谷，尽头的山势渐次隆起，至头部，分别突起两峰，壁立千仞，一色褐红，有土的山崖上长着各种茅草及灌木，正头顶一棵材树，远看，活像一面旗帜。

西边那座叫茶壶山，传说上有仙茶，人采了泡水喝，可医治百病，长生不老。石壁半腰上，还有一窟石桌、石炕、石墩等一应俱全的石洞。据说，明朝道教名人张三

门前笔架山

丰在这里修行多年；抗日战争时期，我军某位高级将领也在此指挥作战。东边那座名奶头山（奶头山村也因此得名），据说是蛇窝，夏天，雨过天晴，从附近的山上看，奶头山下，一片明亮，人说，那是蛇集体出洞晒太阳。

位于峡谷终端的奶头山村，大致二十多户人家，房子大都相距很远。其中一个家族姓朱，另一个家族姓刘。从人口上说，刘姓家族占绝对优势。这在大都以一姓独自成村的南太行来说，多少有些例外。但更例外的是，村里的某个人喜欢打官司告状，本来再平常不过，可是胆敢状告国营企业，这在石碾子村历史上，至少是个顶稀罕的事儿。

说起来，这个人也不是土生土长的奶头山村人，据说是小时候从河南滑县逃荒过来，走到这里，正好有一户人家没儿子，两口子商量了一下，就把他留了下来。

醉秋

改姓刘，在很多时候只是一个说法，要想长久留住，就得把别人的"根"扎在自己田里，给他娶老婆，再生一堆孩子，这是最好的绊脚石和栓心桩。等他长到婚娶年龄，老两口紧锣密鼓，在附近村里给他张罗了一个媳妇。有媳妇儿不愁孙子，一转眼工夫，就有了3个孙子。这一来，倒是不用担心他跑了，但随之而来的问题是，这小子根本不喜欢后爹后娘。言语不和，经常吵闹，闹着闹着，就给仇人一样。后爹后娘气愤不过，后爹撒手人寰。后娘虽然心气大些，但也难以咽下这口恶气。为图耳根清净，自个儿卷了行李铺盖，又跑到了从前的房子，住了下来。

老房子距离村庄更远，具体位置在奶头山的半山腰，步行到村里起码也得小半晌。那些年，奶头山山高林密，野狼成群，野猪嚣张。为防不测，老人便用粗大的木条把门窗封了个密不透风。几乎每个黑夜，只要往窗户看，就有两只或者四只绿幽幽的眼睛。

老人知道人都会死，还不到六十岁，就请了木匠，做了一口黑棺材，摆在土炕上，一边照常摆着被褥和生活用品。有人来这里打柴或者锯木头，到她家喝水，老人就会说：等自己快不行了，就把门一封，往棺材里一躺，啥都不用麻烦人。

上个世纪80年代末期，忽然听说，这老人的前夫是烈士。新婚第三天，男人就扛枪打鬼子去了。全国解放后，才收到一块"烈士"和"军属"标牌。这时候，老人才改嫁给本村的一个光棍，但过了生育年龄，只好收养了一个逃荒的外地小子当儿子。

再后来，老人被送到养老院。村人都说，别看这人一辈子苦，但老来有福气。可不到一年，村里的妇女主任就对老人养子说，接到乡里通知，恁娘在敬老院老犯作风问题。你去看看，说说她，改改（那毛病）。

养子鼻子一哼，脸颊一扭，硬着嗓子说，俺早就和那老婆子恩断义绝了，谁愿意看谁去看，反正俺是不去！村干部再说，养子起身，提了一把镰刀，头也不回地往山上

板栗树

走去。又过了几年，有消息说，老人死了——人死如灯灭，一了百了，养子把老妇人生前留下的李子树、苹果树看管起来，每年摘果子卖钱。趁了个冬天，又请人帮忙，拆了老妇人的房子，把有用的木头和家什搬进了自己家。

也就是养子，首开石碾子村周围村庄百十年来，个人诉"公家"先河。至于他为什么要和国营林场打官司，很多人不甚了。总是看到了隔三岔五地往市里跑，每一次都不空着手，不是背着干核桃，就是柿牛子（柿子加工品），还有山楂和苹果。可官司打了十来年，还是没个结果。他毫不气馁，法院判他输，他再接着告。一直打到现在，一次也没赢过。

此外，奶头山还出了个医生，以前干个体，现在还干。我15岁那年夏天，患了带状疱疹（俗名蛇缠腰，自胸前开始，从腋下蔓延。村人说，若是两边往后脊梁骨合拢，人就会没命。）晚上，火烧的疼痛叫我哭爹喊娘，满地打滚，一晚上吃了11枚去疼片。第二天一大早，母亲带着我去他诊所。听说我吃了那么多去疼片。一边打药瓶，一边说，你小子命大，吃了那么多还活着！

拿着他开的药，回到家里，一顿猛吃，还是疼，疱疹一刻不停，照常且快速蔓延，疼得彻夜睡不着，那水泡就跟毒针扎一样。母亲看我疼得吃不住劲儿，就带我到石碾子村卫生所。一个老医生看了看我，切了脉，开了一个药方，主要成分是硫磺、蜈蚣、碘酒，一再叮嘱母亲说，要逆方向涂在疱疹上才能有效。不过一天，疼痛消失，至今，我的胸前和腋下，还若隐若现地留着一串疱疹破裂后的痕迹。

2003年回去，蓦然发现，奶头山村显然成了基督教徒集散地。每周一三五六七，一所简陋的房子里总会传出合唱和背诵之声，从参差不齐的窗缝，越过尘土弥漫的街道，在堆满磐石的河谷里跌宕。

西岔

孤独的行走

西岔村在北河沿东北面，中间斜隔了一道深有四丈的河沟。整个村子像是一只被钉住四肢的蝴蝶。背后山坡上裸露红色的岩石，似乎正在燃烧的火炭。山顶上耸着一座足有800米长、15米高，单体直立的红色悬崖。老人们说，1966年，邢台大地震，那山倒了一次。要是再倒一次，就是十座西岔，也会彻底从地球上消失。

但西岔村人似乎不在意这些，依旧在这里盖房子，烟火缭绕地过生活。爷爷说，早些年间，西岔村出了个大财主，这财主唯一能让人说起的一件事儿是，不管要去哪里，走到什么地方，即使屙在裤子里，也要跑回自己茅房。有一次，和一个长工相跟着（一起去某地或者做某事的意思）去邯郸买东西。晚上，兴之所至，狠狠心逛了一次窑子，或许是老鸨要得太多，这财主就和老鸨吵了起来。

听话音，老鸨知道这是从山里来的土财主，叫了几个大汉，把他狠狠揍了一顿，搜刮了身上的银元，一把扔在门外。带着满身的伤痕，灰头土脸回到自己家，哎呀叫唤了好几天。问他是咋回事，他没好气地说：那天在邯郸遇到一个大官，光顾着看人家那排场，那阵势，一不小心，从学步桥（邯郸名胜）摔到土坑里。

无独有偶，后来，西岔出了两个当官的。其一，在乡镇当一把手，时正在呼风唤雨之时，妇女主任跳出发难，声称：某次，其和乡长在市里开会，会后朋党喝酒。乡长把持不住，硬是把人家按在床上。人家委屈，要乡长给个满意的说法。经过磋商，以两万元化干戈为玉帛。

其二，在当大队干部期间，去市里开了一个会，晚上到歌舞厅去玩，小姐的衣服还没脱干净，公安就冲了进来。在看守所待了一个星期，交了8000块钱人民币，才被放了回来。

最近几年，有如下三个令人过耳不忘的事儿。其一，一个小伙子，和我弟弟同学，贷款买了一台大卡车，到某些煤矿铁矿拉铁矿石赚钱。大概是生意不大好，没过多久，就别出心裁，私下把汽车进行了全新改装，开到外地卖掉了。银行的人天天来找，他躲着就是不回来。其二，小伙子先是娶了一个老婆，不知怎么着，没两天，老婆跑了。没办法，就再找一个。其三，某已婚青壮，在某镇子上开了一家商店，竟然和当地一个有钱的寡妇好上了。先是声称自己还没婆媳妇，没想到事情败露，寡妇自然气急败坏，和自己妹妹一起把他关在家里暴打狠揍。原配夫人只能在家里死等硬挺。

上个世纪八十年中后期，西岔村有好几个人考上了师范或者各类大学，有的回来当了老师（也大都教过我），有的在外地工作。还有一家人，父子六七个人都在信用社上班。还有几个，在国营煤矿当工人。

其中一个，家里有两个如花似玉的闺女，这在乡村，是足够骄傲的。父亲在一家国营煤矿当工人，顺应潮流，把老婆孩子都办成了城市户口，开始几年，村人羡慕得眼睛冒血，不仅自己吃到了商品粮，国家还给孩子安排工作。这在乡村，简直是了不得的好时光。几年后，眼看着大闺女出落成一朵鲜花，说媒的人前赴后继，踏破门槛不说，凳子都坐坏好几把。两口子为了堵住那些不知天高地厚前来说媒的人，宣布两条规矩：一，非城镇户口不嫁；二，非吃商品粮的请勿登门。

这样一来，说媒的少了，那些在家务农无业人家，只好咽了唾沫，闭了嘴巴，干瞪眼睛。某日，邻村一个大学刚毕业，在乡中学当教师小伙子，跟随父母和媒人去到她家，先是说了一顿淡话，呵呵笑了一阵后，男方媒人拿了两块儿红色枕巾，其中包了1000块钱，恭恭敬敬放在了女方爹娘手上

山居

（这是太行山南麓村庄通行的订婚仪式，俗称"递手巾"）。

没过几年，二闺女被人"惦记"起来。说起来，还是我的师姐，但比我大一届。每次从她门前路过，忍不住要看看，但也只是看，即使有爱慕之心，也得憋在心里，就那两条"规矩"，足够我这个祖宗八代都是农民的小子自惭形秽。

17岁那年冬天，二闺女可也订婚了，未婚夫也是一个国营煤矿工人的大儿子，家境不错。有几次，我看到她的未婚夫站在自家院子里，与正在开放的鸡冠花交相辉映。20岁那年，她结婚，我也早两年离开了乡村。第二年回家，却听说她结婚又离婚了。

有人说，她在婆家总耍"小姐"脾气，和公婆闹得很僵，动不动就跑回娘家，丈夫不来说好话，不哄她，就不回（这是乡间妇女的惯用绝招，也是夫妻斗争的策略之一，刚结婚的女孩子经常用，屡试不爽）。第三次，两个人闹了一场，她又回了娘家。

又好多天过去了，迟迟不见丈夫的人影儿。耐着性子又等了几天，没想到，传来的消息却是，丈夫在邢台市内又有了"新欢"，并向她"下达"离婚协议书。这件事在村里流传很久——谁也没想到，但谁也拗不过事实。据说她哭了好长时间，一年后，收了眼泪，又穿上红棉衣红棉裤，再次跟着婚车走了。至于嫁到了哪里，我没打听过。

敞开与封堵

南窑、北窑

南窑村边的铁匠铺曾经是方圆十里内唯一的一家。每天清晨，叮叮当当的打铁声，比学校起床号还准时。每次路过，都看到几个光着膀子，前面戴一块厚厚油布的男人，从火焰中夹出弯曲的铁，抡锤使劲锤打一阵子，再放在盛满清水的木桶里。发青的铁条顿时发出嗞嗞的响声，不断冒出白色烟雾。

冬日乡村

后来我才知道，奶奶的娘家在南窑。我第一次去，是赶庙会，中午和晚上到亲戚家吃饭。奶奶娘家在这个村子。傍晚，奶奶出了戏场，在小铺买了2斤麻糖，带着我，沿着曲里拐弯的巷道走，两边的青石墙壁很黑，上面抹着些干了的鼻涕。到一个院子坐下来，有人热情招呼，端饭，吃饭，内容是麻糖、稀饭，就咸菜。我正在吃着，抬头看到一个和我一般大小的女孩子，眼睛大得叫人晕眩，脸白得像张纸。

晚上，戏院里锣鼓又敲了起来，弥漫了整个刚通上市电的南窑村。奶奶神情专注，跟着锣鼓笙箫、咿呀唱腔，不断变换表情，喜怒哀乐。我一句也听不懂，坐了一会儿，觉得没意思，就一个人到戏院外面，花1毛钱买了一把好吃的糖块，站在人影憧憧的街边，剥了吃，吃了剥。

小学四年级，每年的六一，附近几个学校组织活动，都在闲置的大戏院举办。通常，老师在台上作报告，我们在下面听。老师一字一句宣读三好学生名单，请校长、副校长、教导主任等等发奖。但几百名同学之中，极少数人上台领奖，更多的则在下面把小手拍得红肿。

半边楼

1988年，有人在大戏院播放《霍元甲》、《射雕英雄传》（翁美玲、黄日华主演）。一时轰动，我想去看，但距离太远，只能抽个星期天，和几个好事的同学，跑5里的山路，拿五毛钱买票，坐在板凳上仰着脖子看。——看了一集，还想看下集，但人家每天只放映4集。我急得没办法，只好再寻找机会看完。初一时，认识了几百个汉字，托人买了一套《射雕英雄传》，趴在课桌上看。老师看到了，当场没收，后来挂在门窗上，对我说，只有星期天才能取下来。

因为离家远，冬天住校，需要在亲戚家住宿。奶奶给早年嫁到南窑村的姥姑（爷爷胞妹）说了说，晚上住在她闲置的房子里。与我同住的还有本村的一个堂哥兼同学。天气特别冷时，被窝还没有焐热，天就亮了。有一次，不知道是玩得太累，还是自己有毛病。早上起来，只觉得身下一片冰凉，伸手一摸，知道是尿床了。但也不好意思拿出来晒，就挂在炕沿上。等再看，被褥上的尿迹就像是一张世界地图。

这一年冬天，南窑村发生了两件事。其一，一个眼盲的算命先生，与本村一个闺女相好。闺女家在街边开了一间小卖部。有一天晚上，两人在屋里说了半天淡话。夜越来越深，村庄大都进入了睡眠。二人也关门熄灯，正在呻吟欢叫的时候，忽然响起一串噼噼啪啪的鞭炮声。二人仔细一听，竟然在自己小卖部门口。

其二，一个男人媳妇和一个看林子的光棍相好，常瞒着丈夫，行男女欢娱之事。有时候在山里，有时候在村边的茅草窝，有时候在林中，更多的，是在女方家里。此事传开，在外面给包工队做饭的丈夫羞愧难当，心情糟糕，一次切菜，竟剁掉了一根手指。

上初中二年级，冬天，我搬到北窑村大舅家住宿。晚上，和他几个孙子（不是亲传的）睡在一起。

大舅和蔼，不论见谁，都一脸笑容。还在我不懂事时，母亲带着我，在北窑村后的田地里，一大群人在干活。歇脚的时候，一个头包白羊肚毛巾的男人，抱着我，举着我，咧着一张大嘴冲我笑——许多年以来，我一直以为那人是我的姥爷。有一次说给母亲。母亲说，那时候，你姥爷姥姥早不在（去世）了，那个人是你大舅。

每晚自习回来，大舅还没睡，到我们屋里，看看暖不暖。有时候，站在窗外问。睡不着时，我和他的几个孙子说笑话，声音很大，大舅听到了，就从另一个房了里出来，叫我们赶紧睡觉，或者声音小点。再后来，我们也说些带色的传闻和想

秋到村庄

法（那时对女性身体猜测和想象比较多），大舅似乎也听到了，站在门口使劲咳嗽。我们听了，赶紧闭嘴或压低声音。

初三，我又搬到二舅家住。大舅和二舅住在一个院子里，只是大舅住在上面的院子，中间隔了一座石头楼房。二舅房背后，是一条石头便道，便道外侧是一面5米高的陲子（俗语，陡而高的墙壁）。母亲说，我1岁那年，她带我到舅舅家来，我一个人在便道上玩耍，一不小心，摔到下面的猪圈里。要是再错一厘米，脑袋就碰在一块倒立的三角石头上了。

我的哭声还没出来，圈里一口老母猪，哼哼叽叽跑过来，张嘴就要啃。母亲大惊失色，沿着石阶跑下去，用棍子把老母猪赶开了。

二舅家有4个女儿1个儿子，年龄都比我大。大表姐的性情很好，在市里上班，找的对象也是同单位的。有一年，我先后两次找到她，借了几十块钱（至今没还）。在二舅家吃饭时，老和四表姐三表姐吵架，闹得她们不高兴。谁都不愿意和我紧挨着或者一起坐。

北窑村大抵有二百多人，村子建在一面斜坡上，下面是大坝，坝外是大河滩。斗私批修时，几个地主老财戴着高帽子游街，后面有群众拿着棍子打，围观的群众一路吐口水。其中一个曹姓地主，十冬腊月天，全身包了白布，被吊在一根旗杆上，冻了一天一夜，落了个残废。还有一对年轻人，两家大人世代为仇。他们却"爱"上了，任凭家里打骂，两人就像两块泡软了的麦芽糖，死活在一起。

五月，麦子节节成熟，香味满山遍野。大人们劳累之余，忽然不见了各家的儿子和女儿，急忙四散寻找，找了两天，在后山谁也不注意的羊圈里，看到一对裸体男女。四肢高高举起，样貌极其恐怖（乡村传言，喝毒药，再被猫接触过的尸体，只要打雷，就会四肢乍起）。这是几百年来，石碾子村内外唯一一件殉情事件。

还有一件事情，也颇耐人寻味：北窑村的一个男人娶了媳妇，但媳妇不喜欢他，夜夜拒绝同床。某夜，男人气急，以捆绑的方式，完成了对女方的肉体剥夺。

北窑村有我好几个同学，其中一个男同学，总是擦不净鼻涕。另外一个女同学，当时家境特别好，学习成绩一般。几年后，她出嫁了，丈夫是比我们高三届的师哥。

这个师哥当时在一家银行上班，没几年，就盖起了楼房，买了卡车，并且入股铁矿。日子过得十分火爆。正在众人赞誉和羡慕的时候，却爆出他私自挪用用户存款的消息。公安局捉了好多次，他连夜跑到山西。躲藏了好多天，才主动投案自首。但不到1年，就从监狱出来了。

北窑和柳树湾交汇的地方，是一道两相夹持的山谷，村人就势建了一座大水库。夏天，水满如镜，波光鳞鳞。正午，我们三五成群，到那里玩水。脱光衣服，赤条条地从大坝上扑入水中，浮上水面，再撅着屁股扑腾一个来回，爬出水面。

有一年夏天，一个孩子在那水库淹死了。我们害怕，再也没去过。初中三年级，我开始暗恋南窑村的一个女同学，每天站在学校西边的山岭上，看着她蝴蝶一样飞去又飞来。

南窑村和对面的北窑村，就像是两个面面相看的人。现在，两个村庄情势基本相同，有钱人多，没钱人也多。除此之外，这两个村庄时常爆出些令人蹊跷的事情。比如，北窑村有人故去，不出3天时间，南窑村也肯定会有一个人死去，这种现象屡屡发生，至今毫不更改。

南窑、北窑村人和南太行所有的人都一样，有钱之后，第一件事就是盖房子，且喜欢相互攀比，你盖啥样儿的我也盖啥样儿的。久而久之，两个村子的房屋严重雷同。近些年，小卖部、诊所和饭馆逐渐多了起来。而最令人高兴的是，这里也有了幼儿园——但不知道到底是什么样子，每次回去，我都想去看看。

石碾子、柳树湾

推碾子的老妪

1953年到1979年间，石碾子一直是大队支部所在地，统辖北石碾子和南岔、柳树湾等十多个自然村，近一万人口。1980年，拆分成四个大队，石碾子村依旧，柳树湾、南岔和对面的北石碾子另起炉灶。

从南岔和柳树湾村进去，都可以到达××市的河浦村。因为地势高，种地走路都不方便。而稍微平坦的石碾子村人就以此为荣，不管同意不同意，总是把南岔、柳树湾人称作"山里头的"。南岔和柳树湾的人听了，满心别扭，时常反唇相讥：好像恁石碾子儿是个啥大庙场？还不是整天喝着俺们的洗脚水过日子！

石碾子人听了，张张嘴，没话儿回敬，咽一口唾液，翻几下白眼。南岔和柳树湾人说得也有道理——石碾子村人喝的、浇地、洗衣、甚至搓澡用的水，都来自南岔和柳树湾的岩崖和山坡。几乎每一滴水，都被上游的人和牲畜沾过。

每年夏天，这里都要发一场大水，汹涌浩荡的水，沿着狭窄的峡谷，轰隆隆地冲向石碾子村。久而久之，石碾子村外，形成了一面阔大河滩。每年的农历九月二十一，石碾子村办庙会，远近村庄的人一齐涌来，看戏，吃麻糖，喝羊汤。半夜了才回去。

有几年，水大了些，冲毁了石碾子村几座民房。看着房子轰然倒塌，户主拍胸跺足，如丧考妣。嚎啕过后，等大水一过，却又把房子盖在原地。

在石碾子村人看来，北面的大寨山有些不可思议，神秘莫测。早些年，石碾子村人老是喜欢到大寨山上去打柴。有一年秋天，一个人去了一天，天黑洞洞了还不见回来。村人一起出动，打着灯笼和手电，满山遍野找。忽听一人惊叫一声，众人奔窜而去，见打柴的人躺在一片茅草上，裸着下身，阳物犹如木棍一般，直直挺起。

伸手一探，鼻息全无。

村人百思不得其解。再一年冬天，又一个人去大寨打柴，也神秘死在了一面石岩下——所不同的是，这个人坐着，衣服完好，脸上铁青，嘴角残留着两道黑血。

夏天，要是一连十几天下雨，大寨山上，遍生黑木耳。妇女们采了，卖给收山货的。要是好手，一天可以挣到100块钱以上。可没多久，有一个妇女采木耳回来，见谁都咧着嘴巴呵呵笑，还时不时把衣服撩起来，露出两只口袋一样的奶子，满街招摇。

石碾子村的男人们异口同声发誓，就是一天拣个金元宝，也不能再让自家媳妇儿到大寨采木耳！可到了夏天，黑木耳疯狂长。有些人，买了黄纸、冥币，带上柏香和吃食，到山上和尚们留下的庙宇磕头上香，祈求多子有福，或者请神灵们保佑升官发财。临近中午，就着崖下的泉水吃东西。

石碾子村人说，大寨山的泉水是灵水，能治百病。

穿过南岔村最西边的黄门咽（山口名），就到了武安的河浦村。河浦村再正

西30公里,就是海拔1785米的摩天岭了。老人们说,从前,摩天岭上长着一棵几十个人都搂不过来的大槐树,枝杈遮了半个山西,半个河北。

而事实上,摩天岭上除了松树、洋槐树和材树,数不清的茅草和灌木,连个槐树的影子都看不到。

摩天岭上下,有一条青石铺设的栈道,据说是清朝某个年代某些山西富商出资修建,至今,光滑的石板上,还留着深深浅浅的骡马蹄迹。登上山顶,穿过赵武灵王修建的峻极关(赵长城的一部分),再一脚,就进入了山西左权县境。

从石碾子村向东,高耸的山势持续五十公里之后,从河口村背后开始一路下滑。河口村后,巨大山谷之间,一面水库如怀抱月,幽蓝深邃,两侧山顶绿草荡漾,鸟雀飞渡。穿过河口村,南太行骤然消歇,迎面的丘陵像是一堆黑馒头,围绕着村庄和他们的田地,曲折的公路如风过脊,左右盘旋。接下来的赵庄镇,四周都是煤矿,以前国营,现在个人承包。运煤和精粉的大型车辆川流不息,扬着肥厚的烟尘,向南或向北。

进入一马平川的冀南平原,京广路上,车流如潮,油烟升腾。向南是赵国的邯郸,向北,穿越邢台、石家庄和保定,京都像是一个硕大的梦境,在很少去过的石碾子村人心里,无限伸展,叫他们心生胆怯而又屡屡向往。有一些身患绝症的人,

静默

唯一的愿望，是到北京去一趟，在天安门照张相。北京，在他们看来，比世界上任何一个地方都要神圣和高远，恢宏和庞然。

从石碾子到柳树湾，要路过两座奇大山峰，山上都是高逾十丈的悬崖。须要从石碾子村绕道。迎面的第一个自然村，因地取名，叫"大寨背后村"。只有几户人家，前些年，有几个学生考上了大学，村人都惊叹说：那地方还能出大学生？自此改变了以往看法，也有闺女愿意嫁到那里去了。

早年间，大寨背后村发生一起通奸事件，闹得纷纷扬扬。

关于通奸，村里人通常有两种意见，一种是表面上随声附和，一致谴责和神情鄙夷。一种是内心的响应和渴望。从客观上说，上个世纪八十年代前的南太行，婚姻大都父母包办，不和谐居多。再者，人生说长也长，说短也短，谁也保不准在半路上遇到个比自己原配更合适的人。

所谓的通奸有时候只是情感极致后的肉体试验和情感证实。

但乡里人喜欢流传闲话，拿他人取乐，是天性，也是风俗习惯。有些人做了，因为捂得严实，短时间内没露馅儿，暗自欣欣然。但纸毕竟不能包火，总有一天会被发现。

大寨背后村后，再一个村庄叫老石岩，也只有几户人家，冯姓居多。村路口，有几棵老朽的柿子树，婆娑或者干枯地矗在空地上。对面山坡上，是塔铺村，也不大，正对着早晨的太阳。塔铺村有一个老光棍，有个外号叫"天气预报"，来源于他经常仰头看天，见到谁都说天气如何如何。

这是我在南太行村庄发现的唯一一个喜欢长时间抬头看天，并喜欢猜测天象的人。他一生未娶，也没有多少毛病，死时，还对身边的哥哥妹妹说，明天就要下雪了，还是好几百年不遇的，说完，就闭上了眼睛——听到这句话的时候，我忍不住打了一个激灵。

再行两华里，是朱家庄。村子左面，有一座独立山峰，状似一根巨大阴茎，当地人都叫"驴鸡巴山"。远处，还有一座状似手掌伸开的五指山，一色褚红，尤其晚霞之下，更是壮观。

朱家庄后是白家庄，村里都是乱石，背后巍峨山崖。这里的一个同学，早年在砖厂干活，不小心被搅拌机搅断一只胳膊，后来花钱买了一个四川籍的媳妇。还有一个，承包铁矿好几年，发了大财，谁见了都两眼发光。

　　最后一个村庄叫太阳屹崂儿村，据说这村里一个人曾在市委组织部任职多年，至今仍为乡人抬举和羡慕的对象之一。还有一个在政府做了局长的人，某一日，其父到办公室找他，因为胡子拉碴，形态邋遢。下属不相信他是局长大人的父亲，就去问局长，局长探头一看，坐下来，对属下说，我也不认识，天天来局里找茬儿，真烦！

　　从太阳屹崂村翻过一座山，就是武安地界，也有几座村庄，形状和风俗没啥差别，只是方言变了。

　　南边山岭上，残留着一段赵长城，全用石头砌起，连瞭望塔也是。现早已断毁，一段段埋在松林和茅草之中，遍布青苔。我开始不知那就是声名显赫的赵长城。有几次和伙伴捉蝎子，翻越长城的时候，不小心被一块尖石头划破了手臂，鲜血滴在上面，犹如墨汁。

　　从出生到十七岁，我很少去柳树湾。最近一次，是2004年冬天，和弟弟骑着摩托车，跑到朱家庄返回。在塔铺村，看到弟弟一个女同学，举止大方，言语得体，不由暗暗称奇。对于我个人，几乎从一开始，就总觉得柳树湾很神秘，那里的人好像都罩了一层面纱，怎么看也看不清楚。至于什么原因，我也不知道。

河浦、河滩镇

从南岔，爬上山岭，越过赵长城，就是武安地界。仍旧重峦叠嶂，遇到的第一座村庄是河浦村。早年间，河浦村有一个痴呆者，蹲着走路，见人嘿嘿笑，一口大白牙，头发很长。后来突然不见了，有人说，他在黑夜被车撞死了，第二天早上才发现。

河浦村后，是大片的田地，麦子茂盛，玉米苗壮。其中几块田地当中，孤立着好一座坟茔——有

秋染太行

的还是新土，花圈尚好；有的耗草满身，柳树成荫。即使白天，也觉得阴森可怕，

有些年，我们这些半大小子，每逢周末，就各自骑了自行车，到河浦村（先前设乡政府，后与另一乡镇合并）买酱油和醋。村人都说，武安的醋和酱油比我们这边的好吃。有一次，我们三个人，推着自行车，走到山顶路口，迎面遇到一个面相凶恶的人，看人的眼睛好像是把刀子。我心中一凛，急忙躲开。大人们说：那人可能是逃犯。——诸如此类的人员，近年来在莲花谷及南太行逐渐增多，可能是山高沟深、易藏难找的缘故，再加上当地人胆小怕事、畏恶如虎和法制知识及观念淡薄等固有特性，一些越狱者、犯罪逃跑者就在这一带躲起来，或者避风头。

河浦村很大，足有上千户人家。"河浦供销社"位于村子东边，一色红石砌起，绵延十多间，一侧有大门，后面是院子。门墙上写着毛主席诗词，其中好像有

"春风"、"柳丝"、"东风"等几个关键词。售货员是一个面容姣好的媳妇或者姑娘，眼睛不大，但看起来特别清纯动人。每次买酱油和醋，听说话，她就知道我们是沙河这边的，就格外照顾一点。一来二去，别的小卖部和商店再好也不买，就到她这里来。

每年5月，河浦村庙会，我们几个小孩子蹦蹦跳跳，蝴蝶一样，飘然跑过山间，累得满身大汗，兴冲冲在庙会上游荡。初中一年级时，我在河浦庙会上买了一本琼瑶爱情小说——《失火的天堂》，一边看一边回家，直看得热泪盈眶，心潮起伏。暗暗发誓：将来也要像他们（书中男女）一样，轰轰烈烈爱上一场。

河浦村向西，也是一道深沟，两边村子也不少，大都坐落在成片的杨槐树下，背后褚红色的山崖。穿过一道双崖夹峙的山道，半山腰上的村落，叫黄庄。十多岁的时候，我和奶奶路过一次，歇脚时，看到一个三十岁还没出嫁的闺女，一头乌黑长发，脸庞也黑，但黑得周正、俊美，两只眼睛看我时，感觉像是夏天的清水，冬天的文火。

上个世纪90年代末，河北一重要媒体的记者去了，发现黄庄村人大都可活到100多岁，就写了报道。当地政府闻声开发，更名为 "长寿村"。不过几年时间，昔日无人问津的黄庄村热闹起来，饭店林立，公园新建，引来了不少游人。

2004年夏天，我和妻子又去了一次，站在摩天岭顶上，俯瞰冀晋两省。山西的羊群在山坡上以漫游吃草，浓重的骚味随风弥漫；河北的黄牛犹如一块块滚动的石头，偶尔哞叫几声。

山上的一条石板路，据说是清朝时期，由大南庄的一个财主出资铺建，现在，巨石仍在，油光可鉴，还有深深浅浅的马蹄印。河浦村前，有一座名叫下天庙的村子，据说是玉皇大帝下凡的地方。村中的公路，可以

山门

到达石家庄和北京，还有涉县、山西长治和太原。九十年代初期，邯郸有一趟通往山西阳泉的省际班车，我们去山西看亲戚，就乘坐这趟班车来来去去。

十七岁那年秋天，有一次从涉县乘车到左权县城，路过麻田镇，看到一座高耸的纪念碑。方才得知，左权将军牺牲在这里。前些年看电视，说左权县有个红都村，民歌唱得叫人万般迷醉和心疼。

而从石碾子向北，翻过一道山岭，再沿太邢路向西，爬上白岸岭，就是左权上庄村地界。再过下庄，往和顺方向走，就是左权县的河滩镇了，再向西北方向，是和顺县的松烟镇。从十三岁到现在，河滩镇我去过多次，据说，张艺谋电影《老井》就是在这一带取的外景。

河滩镇外，有一面幽深水潭。爷爷说，那叫黑龙潭，从前，有个木匠深夜路过，遇到了一个白胡子老人，邀请他去家里做木匠活儿。他答应了。老人让他闭上眼睛，然后一阵晕眩，就到了一座大宅院。叮叮当当干了好多天，完工后，老人给了他一把黄豆，算是酬劳。又让他闭上眼睛，一眨眼就到原来的路上。木匠生气，心想，干这么多活儿只给一把黄豆，就要扔时，却发现全是金子。

水潭向西1000米，左侧路边，有一座将倒不倒的红色山崖，山崖上有一个巨大手掌印，根部有数座佛龛。传说：小时候，杨二郎偷懒，一个人趴在山顶睡觉，不小心被母亲发现了，追着打他，追不上，就顺脚蹬倒一座山，杨二郎见势不妙，站在原地，伸手一托，山就停在了那里。因为用力过大，深陷的手掌印一直留到今天。

河滩镇有一家春香饭店，老板娘有两个如花似玉的大姑娘。我见过，也说过话。姐妹俩确实美，美得我从来没见过。老板娘春香从30岁开始，就一直单身，天天绯闻不断。

河滩镇地势高，冬天比河北冷，夏天比河北凉。有些年，我跟着奶奶，去这里的老舅家（三老舅和四老舅，都单身一辈子）——有一次，我感冒，躺在老姨土炕上，四肢关节疼痛，呻吟不停。有一次睡着了，睁开眼睛，忽然看到一张俊美的脸庞，皮肤白如石膏，眼睛很大，睫毛很长——我猛然一阵羞涩，赶紧闭上眼睛。——看我的那个人是老姨养子的媳妇，我该叫嫂子。那一次，一连好几天，她趴在炕边看我，目不转睛，而且距离很近，可以感觉到她的呼吸。病好后，她再也没有看过我。

村庄对面山坳里，住着一个寡妇，年纪不大，没孩子。有天晚上，听村人说淡话：黑夜里，常有人去敲寡妇的门。寡妇大呼小叫，提着镰刀出来追，那人跑得比兔子还快。有人说，不一定是人。有人说肯定是人。几年后，寡妇出嫁了，丈夫在不远处的西有志村。

老舅房后，有一户人家，姓侯。我每次跟着奶奶去，晚上没地方睡了，就到他们家。侯家有3个儿子，2个闺女。大儿子和二儿子四十多了还没对象。大女儿嫁到了河滩镇。二女儿待字闺中。

我二十一岁那年，老舅给我提了一门亲事，对象就是侯家的二女儿。我去了一次，她和家人都对我很好。每次吃饭，都是她端给我。晚上睡前，还替我铺好被褥。有时候，我会抱抱她，她不拒绝，也不吭声。等我睡下，坐在床边看我一会儿，才回自己房间。

2005年夏天，我和弟弟再次去到河滩镇。这时候，三老舅已经去世10年了；老姨也死了6年。老姨夫死于2003年冬天。当时，他一个人下地干活，到晚上，才被人发现。

听四老舅说了这些，很伤感。第二天一早，我买了一些东西，去侯家看了看。老太太身体还好，见到阔别十多年的我，并没有记怪，话语之间，还像从前一样亲切和蔼。

这时候的河滩镇，再不是前些年的破败和陈旧了。一幢幢新式楼房拔地而起，矗立在老房子之间。还有人买了私人轿车，带着衣着光鲜的女子风驰电掣。遇到庙会，到处都是穿红挂绿、腰肢如蛇的漂亮女娃儿，穿着打扮和言谈举止之间，颇有现代气息。第二天一早，就要离开时，我特意绕道春香饭店，却换成了汽车修理铺，惆怅之余，忍不住矫情地想到"人世沧桑""今昔如梦""昨是今非"等空洞词语。

现在，又3年过去了，时常会想起河滩镇及在那里生活的四老舅，还有一些终生难忘的人和事。2008年9月的一天，表弟短信说，山西左权的四老舅也死了，而且是懒的饿死的。到这里，我与山西的联系，从表面上看彻底根绝了，但时常会有一些怀想，除了逝者之外，还有在我生命里若有若无的生者。——他们现在怎样，会不会时常想起我？对我的印象如何？还想不想再见到我？

风雨风流 *之*

在人所不知，或者被时代遗忘了的
偏僻乡野，总有一些人，
在岁月之中卑微而又坚强地活着；
甚或那些渐渐消失了的民间传说，
也在时间的齿缝中逐渐淡远。
再者，平凡人始终占据多数。
凡者身上，不仅有劣根与斑点，
更能显现人性之华丽和光亮。
他们和我们，和这个世界上每一个人
一样，都是宝贵的生命，
并且在自己的生活与命运当中，
时常让我们感到悲伤、
温暖和无奈……

独居深山的人

野花

山野是最好的生存之地，有水，有树，再开点田地，栽上几棵果树，就可以简简单单过一辈子。但物质的充足，科技文明的发展，对这种生活可谓灭顶之灾。

可在南太行，仍还有人栖身于日渐稀薄狭小的山谷沟岔间，在生命形体、思想意识上坚守既往的生命轨道，不为便利交通、贴近物质集散中心、新房新家具等新事物新变化所动。

赵雪娥就是这样一个人。

我见到这个老人的时间大致是二十世纪八十年代末，因由是跟着父亲去南山拾松木柴禾。南山——即我们村子正南面的山，主峰海拔1100米左右，由三道大山岭和十来道小山岭组成。中间是一道大河谷，不知从哪里发源的流水夏天沁凉无比，冬天热气腾腾。山坡上尽是常青松树，护林人年年要捌树——就是把多余的树枝砍掉，以便使松树长得更高更粗更直顺，长成大材料，卖出好价钱。天长日久，松林里就堆满了变黄的松针和逐渐朽烂的松枝。

松枝油性大，好点燃，做饭也省劲。但松林里有很多豹子、狼、野猪等可怕的动物。小时候，母亲总拿谁谁谁傍晚遇到狼，狼一伸舌头就把他半个脸舔没了的事儿来吓唬我，让我听话，不要擅自到松林里去。事实上也是如此，天没黑，狼群就在松林里嚎叫，此起彼伏的声音让圈里的猪羊和驴子焦躁不堪，躲在石头后面直哼哼不出头。再后来，南山成了国营林场，因为树太稠密，组织了一次大规模清理活动。但往往伐木工人刚刚回到宿营地，狼群就追着屁股嚎了起来。

我和父亲背着木架子，提着斧头和镰刀，早上从家出发，穿过对面的村庄，再路过南山根下的一座村庄，沿着越来越深的河沟，往松林里走。河谷两边还有不少的田地，长着玉米等庄稼。流水在大小不一的石头间丝绸一样穿行。青蛙蹦跳，草叶摇晃，偶尔的蛇扭着腰肢，消失在石头缝隙或草丛里。到山根，是一座村庄，不过早就成了废墟，先辈人留下的田地还有人种植，果树处在无人看管状态。这里距离村庄大约8公里左右，树林越来越密，地势随之升高。

杂草和灌木虽然很多，但小路始终清晰，在杨树、楸树和漆树之间，笼罩在巨大的浓荫之中。我和父亲走出一身热汗，手里的镰刀好像有一百斤。找了一处枯松枝较多的地方，父亲放下架子，三扒两下就拾掇了一大堆柴禾。这时候，大致是下午两点多。把柴不放在架子上，父亲拿出布包，掏了干粮掰开。父子俩坐在一块大岩石上吃饼子——可带的凉开水早让我偷着喝完了。父亲摇了摇空壶（以前军队用的那种草绿色水壶），站起身来说："赵雪娥在上面住，咱到她那儿找点水喝去。"

羊肠道蜿蜒向上，路边的紫荆灌木和树底下铺了一层松针，有的腐烂了，和泥土混在一起。林间小片阳光中，摇曳着一些野杏树、青冈灌木，还有根根散开向上的球树丛。上了一座山岭，树木掩映间，一座房屋和数片田地赫然入目。从沟壑走近，近房一侧的山岭上，长着一些杏树、李子树、苹果树，果实满缀，有的趋于成熟，有的尚还青涩。

赵雪娥的家门开着，她坐在门槛上，避开兜头直射的阳光，戴着老花镜，正在缝补一件粗布衣服。父亲叫了声婶子（不能叫两个），赵雪娥抬起头，皱纹的脸上立马露出一堆笑意，招呼父亲进家来坐。父亲说，（俺们）来拾柴，想找点水喝。赵雪娥听了，收拢双腿，嗨呀一声站起来，就往屋里走。父亲抬脚进门，我也急着避开阳光,一脚跨进门槛。屋里是阴凉,与屋外构成了两个世界。正要找地方坐,却发现赵雪娥高起地面一米左右的土炕上赫然放着一口已经油漆了的棺材。我啊了一声,眼睛瞪大,全身一抖,像是陡然冲了一盆凉水,寒得骨头都咯咯作响。

我蹦出门槛,站在院子里,脑子还转不过弯来。这时候,只听得一阵哈哈哈哈的笑声,从被阳光照的更黑的屋里传来。赵雪娥说,忘了说了,看把孩子吓得!父亲端着热气腾腾的开水碗,站在门槛里面对我说,这个有啥害怕的?快进来喝点水(来)。我摇摇头,眼睛依旧惊恐。赵雪娥看着父亲说,这是……父亲说,这是老大,叫献平。赵雪娥哦了一声,说,怨不得俺老呢,孩子都这么大了。父亲说,老二也快十岁了。

赵雪娥又端了一碗开水,站在门槛里笑着递给我,我急忙接住,看着清澈见底的开水,却总是觉得,那水里一定充满了许多看不到的东西,有碗的脏(碗洗不净或水中有什么脏东西),也有与棺材相关联的一些诡秘物质。我想,不喝显然不给老人家面子,可喝下去肯定会沾染一些令人恐惧的东西。就推说太烧(烫),把水碗放在院子里的一块红石头上。我假装好奇,看看院子下面的田地——种了一些土豆,秧子早就干枯了,土豆还在土里,另外一边种着玉米和黄豆,虽然已经结穗,但被动物糟蹋的痕迹一目了然。

父亲又坐在里屋的凳子上喝水,和赵雪娥说话。我走到院子北边,看到一座房门紧闭的房屋,看样子像是赵雪娥的仓库或者厨房。房子侧面,蒿草繁稠,上面还有一些种植玉米的田地。再向上,是密密麻麻的松树,好闻的松香从闷热的风中飘来。再向北两米,长着一大片芦苇,芦苇丛中,掩着一口不过二尺深的水井,有一些芦苇叶子和狗尾巴草贴浮在水面上。水底是泥沙,很细腻的那种,有一些翅蟆蝴(一种在水面上可以飞行和站立的小昆虫),在水上跃起或落下。

离开的时候,赵雪娥可能猜透了我的心思,说孩子嫌俺这老娘们脏唉,不喝水。去给孩子摘一些李子和苹果吧。父亲嗯了一声,端起我的水碗,咕咚咚喝下,把碗放回屋里,走到南边的苹果树和李子树下,猿猴一样爬上去,摘了好多将熟的果子。转过山岭的时候,我特意回身看了一眼——赵雪娥住的地方,是在整座大山的上腹部,松林之间空地上,松涛日夜奏鸣,她一个人和一座房子,还有田地和水井,构成了一种完备的生活环境。

我一连吃了好几个李子，父亲说，再不能吃了，我说为啥，父亲说李子树下埋死人。我不懂，父亲解释说，李子吃多了胀肚子，会撑死的。到河沟里，背上柴架子，一边往回走，我一边问父亲：这老娘们儿叫啥，为啥一个人住在这儿？一个人不害怕吗？不怕狼和山猪、豹子把她吃掉吗？父亲说，赵雪娥的汉们很多年前当兵牺牲在外面，一直没改嫁，收养了一个从河南来的儿子，娶了媳妇以后，闹不来，赵雪娥就一个人搬回这里住了。晚上，狼趴在窗户上往里看，吼吼叫，还有的用爪子挖门，用头砸窗户。

我说，那怎么没吃掉呢？父亲说，你没见她窗户上钉的厚板子？门背后还有

山中不知处

铁条。走了一会，浑身热汗，我说歇一会吧。父亲找了一个平坦的，高出地面的长石头，把架子放下，再用开叉的木棍支好，又过来帮我放下支好。我到水边洗了一把脸。父亲点起旱烟，腾腾的烟雾在狭长阔大的河谷里风吹即散。父亲还告诉我说：那口水井也很怪——赵雪娥在，清水不断，赵雪娥出去几天，水井就干了，等她再回来，就又有了水。这事情有点神奇色彩，我问父亲：那是为啥？父亲说：水跟人，人也跟水，有水的地方才有人，有人的地方也才有水。对这个回答，我有

新路

点不满意。父亲说，具体咋回事他也说不清楚。

赵雪娥这个人很犟，认死理。和养子一家多年不来往，一个人活。知道自己年龄越来越大，随时都有可能死，就提前做了一口梧桐木棺材，见人就说：哪天不着了，往棺材里一躺，就万事大吉了，也不用劳烦谁办后事。听了这话，我的身体蓦然冷了一下，觉得了一种决绝的意味，对赵雪娥，觉得可怜又很敬佩。她的这种消失方式看似没有人情味，但却有着一种难以言传的独立精神。忍不住回头看看赵雪娥所在的地方——山坡向上，树木遮蔽，只有不竭松涛之声，如无形泱泱之水，在太阳西斜的下午，将人与其他生灵覆盖得悄无声息。

索居者的命运

　　不论在哪个年代，一个人离群索居都是件幽谧且诡秘的事——不管智者还是平民。因为不常与他人接触，自然会招致一些好奇猜想。在二十世纪三十年代和八十年代的南太行乡村，这样的人不在少数——赵新成便是其中之一。他所居住的房屋是祖上留下的，在离村十里向西的后山沟里。三边都是山坡，其中，有两面是阳坡，一面是阴坡。阳坡长着肥厚的蒿草和密集的紫荆灌木，岩石层叠，呈褐红色，有的硬如铁石，有的软如齑粉。阴坡土质松软，常年湿润，一年四季都被争先恐后的草们寸土必争地遮盖着。

　　另一面阳坡夹在南北对峙的阳坡和阴坡之间，坐西朝东。山顶突出，像是一个硕大的头颅。脖颈下方还有一窟石洞，但一般人发现不了，周边的杂草和灌木

峡谷村庄

是天然的遮蔽物。赵新成房屋坐落在这面阳坡与沟底相连处，不少的楸子树在岩石根部呈伞状生长，阔大叶子发散着一股呛人的湿臭气。除此之外，还有不少的野葡萄藤，夏天时候结出犹如米粒的葡萄，秋天变得紫黑，吃起来发甜。

赵新成自己动手开垦的和先辈留下的田地散落在房屋四周，其基本格局是：十数片大小不一，长条状的旱地围着房屋散开，有的在沟底的小山坡上，有的在临河的卵石一侧。主要种植一些小麦、玉米、土豆和黄豆。夏天的玉米地里套种着一些黄豆、芸豆及扁豆，还有南瓜、丝瓜和三五棵苹果树。正午，青草在暴烈的日光下发出焦糊的味道。知了吵得岩石也忍不住用茅草捂住耳朵，山鸡和野兔钻到草窝里不出来。只有可以飞行的鸟儿，从这面山坡到另一面山坡，从一棵树到一棵树，或者成群结队地聚在某棵树巅，用特殊的方言商议大事。

这里是村庄、河流的发源地，是这个村子和另一个村子之间僻静遥远的分界点。上溯一百年，可能是冀南一带通往山西辽州、太谷一带的交通要道。可随着社会安定、物质经济的发展，尤其是机动车辆的广泛使用，宽敞的公路四通八达，以前靠脚板和骡马开出的山道逐渐退出了历史舞台。先前住在这里的人们似乎看到了某种不可更改的宿命，审时度势后，纷纷把房屋盖在了马路边。

但赵新成却不肯随波逐流，仍旧坚持住在这里。这其中的一个最大原因，是，赵新成到四十岁还光棍一身，没有了妻子儿女，也就没有了"动力"，再加上父母双亡，迁徙和不迁徙都没有意义。村人嫌远，就把以前的田地拱手送给了赵新成。赵新成也没有高兴，想起来就拾掇一下杂草和卵石，也不撒任何肥料，只要有墒，就种上一些自己认为合适的庄稼，想起来了薅薅草，培培土，想不起来就任由杂草侵袭，害虫啃食。到秋天，收多少算多少，只要还有东西吃，收成好坏都没有关系。

赵新成的这种生活状态，有点自然主义意味，像古代的隐士和金盆洗手的退休侠客。那时候，别说赵新成还没有听说过煤炭发电，就连住在大路边的人们，也只是从某些见多识广的过客口中听到过"连黑夜也都像白天"的"传说"。赵新成一个人住在山里，夏天时候还可以见到一些牲畜和人，冬天，十天半月不见一个人影。一个人面对三面山坡，一道空谷，恐怕是高洁的隐士才能忍受这种寂寞。

有一年，赵新成发现自己耳朵出了问题，先是嗡嗡响，连睡觉都像有过不尽的车马队，再后来，是连绵不止的闷雷，从这只耳朵响到那只耳朵，最终在脑子后

边彻底消失。到春天，赵新成彻底失聪了，幸好眼睛没问题。村人闻听，有的说，赵新成那耳朵肯定和常年不见人、不说话有关。还有的说，赵新成的耳朵是被那些妖精鬼怪故意弄聋的，目的是惩罚这个赖在它们地界上不走的人，或者防

绿眼睛

止赵新成听到它们在夜晚的活动。

这些猜测是自发的，也是根深蒂固的，源自古老的灵物崇拜和宗教传说。在二十世纪初中叶的南太行乡村，人们相信神灵繁多而庞杂。他们坚信，那些看不到摸不着的"通灵者"无所不在，与人有着密不可分的"亲密关系"。它们是天地间，人类之外，由老天缔造或者穿越千百年时光修炼成精成仙的幸运者——可能是上天星宿、山间禽兽，抑或是草木岩石。不论是人多人少，它们都可以凭借无形之体在人间穿梭往来，不受任何事物羁绊。它们还直接参与到人的生活和信仰当中，用超能力手段，使得人和其他事物按照自己的意志变换和"运行"。

事过不久，有人大声对着赵新成的耳朵喊问他在这儿住有啥"动静"没？赵新成听见了，也大着嗓门说：以前夜里总是人喊马叫的，这个人叫那个人的名字，那个人和这个人站在窗户跟前大声说话，说的都是老辈子的事儿，其中还提到俺爹俺娘的名儿。听的人心里一寒，浑身蹦起一层鸡皮疙瘩。有胆大的问赵新成，这些年你一个人在这里住有没有碰到啥稀奇事儿，害怕不害怕？赵新成说，稀奇事儿多了，每天都有。人问都哪些稀奇事儿。赵新成说：看到俺的床没？人一看，才注意到，赵新成的床吊在两个正梁之间，两头用绳子拴着，活像一个婴儿吊床。人咦

了一声，满脸惊诧。

赵新成说，以前，明明在家里睡下了，半夜尿憋醒就到了院子里；有时候想明明睡着了，却还是醒着，看那些闺女媳妇、孩子老头老娘们在地上烧火做饭，叽叽喳喳，热闹不停。听赵新成说到这里，听的人愈发胆寒，赶忙起身告辞，沿着卵石纵横的河谷，眨眼工夫就不见了踪影。再后来，村里隔三差五放电影，只要有人给他说一声，不管天有多黑，路多远，赵新成必定来。

其实，赵新成听不到银幕上的人在说啥，但能够看明白。电影结束了，人都提

静静的小山村

着小木凳子回家，赵新成也提着小木凳子回家。别人都躺在炕上扯起了呼噜，赵新成还在路上走。两边的山坡黑得像锅底，草木在风中制造出瘆人的声音。赵新成听不见，可能看得见。有几次，正走着，山顶上滚下几块大石头，总是距离赵新成三步远，要是照准砸到身上，不死也得重伤。赵新成惊出一身冷汗，打着手电往滚石的山坡上乱扫一顿，草木还在随风飘摇，悬崖上岩石还是纹丝不动。

村里有谚语说："虱子多了不咬，糖多了不甜，胶多了不黏。"啥事儿都一样，经的多了，自然也就没有了畏惧。可在其他人眼里心里，赵新成所居住的地方已然是神仙鬼怪的专属和疆场了。村人普遍认为，不是神仙鬼怪侵占了赵新成的领

地，而是赵新成不识抬举地占据了神仙鬼怪的府邸。这样一来，必然会遇到一些反抗和戏弄，一方面警告赵新成赶紧离开，一方面想把这个人也来拉进自己的行列。村人断定，与赵新成朝夕相处的那些神灵鬼怪肯定也都是这样的。

再多年后，比赵新成更老的人下世了。赵新成也老了，仍旧一个人住在偏僻的老村子里。许多的老房子都在时间中坍塌了，成为一堆堆废墟。没膝的荒草中住进了山鸡和狐狸，硕大的田鼠渗透到了各个角落。虽说上了年纪，赵新成的身体还很硬朗，没事就扛根木头，到木料场卖上一二十块钱，到代销店买香烟、碘盐、香料及其他零用物件，哼着河南豫剧《穆桂英招亲》、《铡美案》、《沙家浜》、《白毛女》等片段回到住处。这时候，田地都包产到户，村人各忙各的，想着法子让自己家的生活超过村里的所有人。

山根民居

在这样一个时代背景下，赵新成真的成了一个可有可无的人，来村里，只有少数上年纪的人给他打招呼，让他吃碗饭。年轻人看到了就像没看到。关于他的一些诡异猜测很少有人再提起——很显然，人们不会相信那些没鼻子没眼睛的事儿了。1990年秋天，有人蓦然想起，赵新成好长时间没在村里出现过。几个堂兄弟决定结伴去看个究竟——赵新成的房门从里面拴上了，找了刀子拨开，推门进去，扑面一股腐烂的臭味。

本家的堂兄弟们摊了几百块钱，做了一口杨木棺材——因为赵新成终生未娶，无儿无女，只能把坟墓安在主坟之外。过了很久，人们才听说，等人发现的时候，赵新成早就死了，铺盖都是全新的，枕边还放着一大把山丹丹花，还有两双以前裹脚妇女穿的绣花鞋——山丹丹花枯萎得如黑墨，稍动即灰；而绣花鞋，还新格崭崭地，鞋面上的鸳鸯生灵活现，就跟在水里游的一般模样。

也算命运

　　军阀混战年代，把媳妇儿娶进门还没半年，章程其就被石友三的部队强行征收了。这小子从小胆大，在村里时，就是个见狼打狼见鬼捉鬼的主儿。到部队后，因为打仗不怕死，没有枪弹也敢上前线和敌人对着干，先是当了排长，后来又当连长，再后来当了营长。后来，石友三失势，粮饷吃紧，只能先照顾自己的嫡系部队，断粮几个月了，章程其和属下饿得前心贴后心，一个个趴在床板上形如僵尸。章程其和两个连长合计的结果是，撑死比饿死强。就趁夜带领50人马，装作山贼，抢了石友三派发给自己亲信营的粮秣。事情败露，还没等石友三兴师问罪，章程其就带了主要案犯和铁杆弟兄，跑了个神鬼不见。1946年初冬，章程其儿子清晨开门，一个人像是一根木棍一样倒进门槛。

粮食与人口

儿子一声大叫，手中夜壶噗然落地，黄泠泠的尿水撒得满身都是。章程其叹了口气，站在儿子面前大致说了前因后果，儿子才知道这个瘦如麻秆的人就是自己当兵多年没回来过的亲爹。连忙让到家里，拿出仅有的米面，下手就要做饭。章程其饿的够呛，面条刚下水，就捞了一碗，蹲在灶边呼啦啦卷进了肚子。

然后躺在光板炕上，一连睡了三天。醒来，点了根卷烟，问儿子，恁娘哪儿去了? 儿子狠狠地拍了下脑门，在地上低头转了几个圈儿，嗡嗡说，跟人跑了! 章程其翻起身子，跳下土炕。从腰里抽出盒子枪，抓住儿子衣领吼问：那个驴×的敢拐骗老子老婆? 儿子一看老子这阵仗，头一下子大了起来。章程其见儿子这熊样，放缓了语气。从破衣兜里掏出一支卷烟，点着猛抽几口。看着儿子，叹了一口气。

儿子说，你当兵走了，娘第二年生下俺。六岁那年，娘带着他到后山躲鬼子扫荡。回到家里，家被鬼子翻了个底朝天，

荒路

就连他娘偷偷埋在灶灰里的几个山药蛋和红薯，也只剩下了一堆皮。娘俩饿得没东西吃，冬天到山上摘干了的山楂和柿子，捡相克子（一种乔木果实，皮硬，肉黑，涩苦）和酸枣吃。再后来剥榆树皮。实在没东西吃了，就白水煮树叶。

有一年冬天，风吹得房子摇摇晃晃，院子里一人多粗的梧桐树从半腰上折断，要不是娘俩躲得快，就被碎石土块砸死了。那一夜，娘抱着他哭到日上三竿，两眼肿得啥也看不见，昏睡了半天，抬起眼皮，却发现，家里来了一队人马。看样子，像是做买卖的。领头的中年男人戴着一顶貂皮绒帽，穿着白羊皮大衣。说话儿口音好像是山西的。

娘急忙起身，上前说：家里实在没啥吃的，恁都到别人家打尖吧。那人看了看她，哈哈笑了一声，说，粮食不用你操心，只要有柴有水就行。说完，大声招呼后面的人，从一匹骡子背上取下半袋白面。看到白面，娘的眼睛都直了。二话没说，蹲下身子，就抱进家里，拉了面板，不一会儿就和好了面。然后掐了柴禾，放了清水，　热烈的火焰腾地一声，冲向黑锅底，再一会儿，就传来了咯荡荡的开水声。

娘下了面条，不管生熟，先给儿子挑了满满一大海碗，儿子二话没说，蹲在灶边三下五去二，就吃了个底朝天。第二天早上，儿子醒来，家里没一个人。也没在意，穿上衣服，坐在门槛上等。到天黑，娘还没回来。再等到天亮，也不见踪影。

数天后，天降大雪，附近山峦银装素裹。天还没晴，又扯起了大风。直吹得周天寒彻，鸟兽潜藏。章程其从堂哥家借了一根麻绳和一只口袋，趟着大雪，一步一趔趄，到邻村曹姓地主门前，先是冲天放了一枪，然后把布袋子挂在曹地主的门吊子上。

曹姓地主探头一看，缩了脑袋，叫人装满了口袋，还拿了几张热气腾腾的烙饼。章程其接了，然后用绳子捆了布袋子。绳子一头套在肩胛上，踩着嘎吱嘎吱的大雪，回到自己家。第二天一大早，章程其朝着北河沿方向，低着脑袋，像是笨重的老熊，不一会儿，就消失在茫茫雪野之中。

红庙

儿子站在自家院子里，直到老子的背影消失，才回到屋里，往火堆里添了几根柴禾，熊熊的火光持久而猛烈，将四面漏风的家烘烤得异常温暖。房顶上北风刮得人心发凉，地上的积雪在渐渐发暖的风中渗进泥土。墙角的枯草冒出嫩芽的时候，章程其回来了，身后还跟着一个女人。

村人张大了眼睛看，满脸的惊讶和不能理解。儿子的目光穿过章程其的腋窝，看到一个面色白净的闺女。儿子急了，嚷道，俺娘吧？章程其看了看鼻涕挂在嘴角的儿子，一句话没说。走到那闺女背后，使劲推了一下，那闺女毫不防备，一

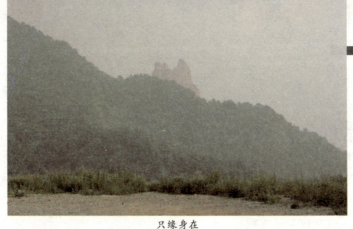
只缘身在

下子扑在了儿子怀里。

可是，儿子还没搞清楚是怎么回事。那闺女却生了，一声啼哭打破了章程其家长久的寂静，烧得发红的土炕内外，就升起了一股家庭生活的气息。等自己的儿子长到八岁，儿子隐隐约约听说，这孩子是自己媳妇和老爹的。

是可忍，孰不可忍？儿子怒吼一声，倒提了一把镢头，一下子砸开了老爹章程其的木板门。章程其还没明白咋回事，腿上就是一阵剧痛。等儿子再次抡起的时候，章程其大吼一声，儿子一个愣怔，镢头停在空中。

儿子把章程其抱在炕上，找了先生。几个月后，章程其能起来走路了，但总是一拐一拐地，再也离不开拐杖。再两年，老婆再次生产的时候，儿媳妇在这个屋里叫，章程其在那个屋里喊。儿子站在院子当中，仰头看天。一群大雁飞过，儿子只觉得头上被什么敲了一下，伸手一抹，原来是一粒鸟粪。还没顾上擦干净，一声响亮的啼哭从屋里传了出来。

再一年，门外河滩上传来一阵锣鼓声，章程其挣扎着站起来，拄着拐杖正要出门看热闹，一队人冲了过来，不由分说，架了章程其的两只胳膊，风一样地冲到河滩，一把丢在搭建的木台子上。章程其惊魂稍定，只听下面的群众高举拳头齐声喊：打倒地主老财！打倒流氓汉奸！

章程其懵了，愤怒的群众冲上木台子，妇女吐口水，男人拿脚揣。章程其满身疼痛，渐渐麻木。半夜里醒来，发现自己被吊在一丈多高的旗杆中间，像是一只被风吹干了的皮囊。章程其叹了一口气，努力抬头，看了一眼东边的星空，再看看自己的家。大喊一声，然后趁着绳子的惯性，把脑袋向旗杆撞去。

木匠奇遇记

在二十世纪八十年代的南太行乡村,给我讲故事最多的人是爷爷,他年幼时读过几年私塾,四书五经以及后来的马列毛选(部分篇章)也都背得滚瓜烂熟,算是村里没有"功名"的土秀才。我十岁那年,爷爷的双眼因白内障而彻底失明,看大太阳像一块燃烧的火炭,后来的灯泡像个灯笼。十一二岁的晚上,我基本上都睡在他的旁边,在浓郁的旱烟与汗臭味中,度过了不少于4年的夜晚时光。爷爷于我最大的吸引力就是没完没了的故事——躺在冬天或者夏天的炕上,风和月光、星光从糊着马头纸的窗户穿进来,落在我们的额头上,和被子上。

爷爷说,从前的年代,手艺是养家糊口的法宝。南太行一带,很多人为了学一门手艺,不惜倾家荡产,只要学到手,再穷的家也会在短时间内暴发起来的。在还没有汽车、公路的年代,南太行乡村有马车车夫、铁匠、弹棉花匠、木匠、磨刀匠、洗磨匠、剃头匠、劁猪匠等等手艺人,几乎每天都能听到他们长短不一,方言不同的吆喝声,在村庄巷道间跌宕。有些木匠,背着简单的家具,一出去就是一年,东村到西村,这里到那里,哪里有活儿干,就到哪个地方去。

单说一个木匠,在直隶地界干完了活儿,吃了饭,收了工钱,中午出发,越过高约四十里的摩天岭,到山西一个村子,天就黑了下来。找到一户人家,请求吃点饭再找个地方住一宿。主人是一个三十多岁的光棍,听了木匠的请求,双手一摊,用浓重卷舌音说:吃饭他这只有野菜煮清水和米糠饼子,住的地方倒是不缺。木匠听了,心里虽然很失望,但对于出门人来说,有人给饭吃,夜里有房子住,就算不错。

吃了饭,抹了嘴巴,木匠掏出一块"袁大头"给光棍,光棍咧开大嘴一笑,说明儿早上再给也不迟。木匠眨巴了几下眼睛,嗯了一声。光棍嗯了一声,提了灯笼,拿了一串铜钥匙，示意木匠跟他走。木匠背了家具，尾随在后。光棍下了自家院前台阶，径直往村里走，木匠心觉诧异，又不好打问，只能亦步亦趋。转过一道山梁，浓郁夜色中，依稀看到一座青石房屋坐落在一片杨树林外。

灯光外，一切都是黑，只有星星在天上神秘闪动。到屋前，光棍打了灯笼，开了一间房门，吱吱呀呀的声音在村外旷野格外突兀。木匠心跳了一下，进门后，光棍就从外面锁上了。木匠心中狐疑，但又想，可能是主人为了防止自己偷东西半夜逃跑，等天亮时候再来开门。正想着，光棍的脚步声早已去远，只余下一片瘆人的死寂。

木匠叹息一声，打着火镰，屋内四壁空空，充斥着一股强烈的土腥味儿。东边的墙壁上有一扇木板门，结着好多蛛网。木匠使劲推了推，纹丝不动。便从布兜里掏出一张羊皮和一块毡子，铺在地上，嗨呀一声躺了下去。走了大半天山路，木匠困乏不堪，身子一沾地，就打起了呼噜。响亮的鼾声在越来越深的夜晚，把空荡荡的房子敲打得顿时有了人的生气。

后半夜，一点风也没有，就连屋外好拍打手掌的杨树叶也悄无声息。大概是菜汤喝多了的缘故，一泡尿把木匠憋醒。木匠起身，摇摇门扇，传来铜锁和铁链的响声。没有办法，就把"老二"掏出来，对着门缝往外撒尿。哗哗的尿声在静谧的旷野像是瀑布，惊醒喊累了的夜虫。木匠浑身打了一个哆嗦，就要返回睡觉，忽

太行风光

听得隔壁传来咯吱吱的响声。

　　木匠一惊，双手停在裤腰上，竖耳倾听。咯吱声骤止。木匠心想，可能是屋梁发出的。躺在羊皮上再睡。咯吱声又起，木匠惊起。一会儿，咯吱声加剧，木匠惊呼不妙，抱住屋中央的一根木柱，憋着气向上爬。爬在屋梁上，瞪着眼睛看着那扇纹丝不动的门，额头汗水如雨，噗嗒嗒地落在肥厚的积尘上。少顷，里屋门吱

远望的村庄

呀而开，一个行动笨拙的人走过来，先是摸了摸木匠的羊皮和毡子，自言自语说，咦，还热着，人呢？

　　屋梁上的木匠听了，只觉得整个心脏就要蹦出来了，浑身轻飘，缩成一团。好在意志还很清醒。四肢紧紧裹住屋梁，使劲憋气。地上的人影沿着屋子摸了一遍，又回到原位。

再次自言自语说：咋就不见了，咋就不见了呢？然后走到门前，使劲摇了摇，屋门发出哐当哐当的声音，铜锁和铁链响声清脆，像午夜里风吹而鸣的铃铛。黑影折回身子，又咦了一声，说，门儿锁着呢？说完，脚步加快，又沿着墙壁摸索了一圈，又返回原地。木匠愈发惊骇，呼吸时尽量放小，吸一口，再长时间憋气。黑影如此绕了几圈，愣没顺着柱子向上看。

　　如此许久，村里的公鸡发出了第一声鸣声，黑影叹息一声，回身走进隔壁，把门重重关上。木匠仍不敢下来，趴在梁上，求老天爷观音菩萨土地神赶紧天亮。等天光徐徐开启大地。木匠才长出了一口气。这时候，门外也传来了脚步声，紧接着，房门吱呀而开，光棍手提铜钥匙，冲里面喊：木匠，木匠，木匠！木匠没有吭声。光棍见没人吱声，抬脚进去，四处不见木匠。自言自语说：这下好了。说完，就拿了木匠的褡裢、羊皮和毡子往出走。木匠一看，忽然明白是咋回事。大喊一声，光棍吓得打了一个哆嗦，丢下东西，扭头就跑。木匠急忙溜下来，捡了自己东西，夺门而出，奔出了村子，见没人追来，才倒在茅草地上，拍着胸口喘了半天粗气。

　　木匠躺倒的地方，是辽州城东的一座山，虽没有万仞，但也有百尺。山上悬崖众多，一色紫红，长满了洋槐树及紫荆灌木，鸟雀翔鸣，苍鹰飞度。惊骇一夜，又奔跑多里，喘息稍定，木匠才觉得饿了，肚肠轰鸣，翻江倒海。背着行李踉跄下山，迎面是一座镇子，找了一家饭馆，要了两斤牛肉和一大碗汤面条，木匠吃得满身大汗。抹了嘴巴，要了一间客房，趁着天还没黑，睡了个痛快。午夜醒来，想起昨夜情境，仍不由浑身哆嗦。

　　次日，木匠继续将身向西，连走二十几里，仍旧不见村镇，白罡罡的太阳照得大地流油，路边的野草和树叶打卷。木匠口渴难耐，到一片树林里，歇了一会儿，才听到下面哗哗的流水声。木匠拿了行李，下到沟里喝水。这是一个幽深的去处，不知从何发源的河流虽然不大，但水势也猛，在从高逾两丈的崖上奔泻而下，崖底有一面深潭，流水砸下，却没有很大的浪花，像被深潭吸收了一样。木匠也没多想，蹲在潭边捧水喝。喝饱了，正要起身，眼前忽然出现两只穿老头鞋的脚。

　　木匠怔住，心跳加快，慢慢仰头一看，只见一个须发洁白的老头，挂着一支油光锃亮的拐杖，捋着胡须笑看自己。木匠一惊，一时不知如何是好。老头张口，露出两排白玉米一样的牙齿，笑着对木匠说，我家新盖了房屋，要做门窗和家具，你愿意去干活不？木匠支吾了一阵，不知说什么好。老头说，你做工匠就是为了挣钱有活儿干还怕什么。说完，就拉了木匠的一只手，转眼间，就到了一座大宅邸。

绿路

木匠惊讶得嘴巴半天没合拢。心里虽然很疑惧，但只能既来之则安之。

叮叮当当一多月过去了，做好了老头交待的活儿，木匠绷紧的心弦才松下来。老头仍旧拄着拐杖，笑呵呵地拿出一斤黄豆，说，你给我干了这么多活儿，也没啥酬谢你，一斤黄豆，算是工钱吧。千万别嫌少啊！木匠听了，很不高兴，心想，干了这么多的活儿，才给一斤黄豆，简直是欺负人。但又觉得老头做事蹊跷，十分诡异，也不敢说不要，只好伸手去接。就在这时，奇迹又发生了，木匠重又回到了潭边，手里的黄豆还在，行李丢在一边。

木匠恍惚许久，脑袋纷乱，随手把黄豆往褡裢里一扔，背着行李又上路了。这时候，还是夏天，四野碧绿，天空湛蓝。走了大约十几里，有一座村庄。木匠在一户人家要了几碗饭吃，并打问村里有人需要打家具的没。户主很热心，帮着木匠询问了几家，却都没有要做家具的打算。木匠看天色尚早，告辞户主，继续向西。傍晚到辽州城，舍不得住有名号的旅店，随便找了一家车马店住下。打开布包一看，老头给的那一斤黄豆竟然闪闪发光，用牙一咬，咯得生疼。拿一块在烛火上烧了好一阵子，依旧金光闪闪。木匠蓦然明白，老头给他的黄豆不是黄豆，而是黄豆状的金子。

是现实，更是梦境

这个故事也是爷爷讲给我的。那时候，我和他都躺在黑夜里，冬天的风从门缝挤进来，带着尘土和月光，还有乌鸦和驴子的梦呓。爷爷抽完一袋旱烟，又从窗台上摸着夜壶，放在被窝里，稀稀拉拉地撒了一泡长尿。禁不住我的央求，又讲了下面这一则故事。

爷爷说，以前的塘被子上，住着一户人家，养了两个儿子，老大叫张王恩，老二叫张付义。弟兄俩相隔三岁。

有一年闹蝗灾，爹连病带饿，抛下他们母子三人下世了，弟兄俩跟着娘过活。老大长到十七岁，老二十五岁，兄弟俩就到山里砍柴卖。有一天，弟兄俩各自背了柴架子，提了斧头镰刀，又到深山去了。所说的深山其实就是村庄的后沟，通往武安与山西辽州（今左权），但远近一带人烟稀疏，再加上灾荒战乱，本来就偏僻的山村就更偏僻了，整年不见一个外来人，好像与世隔绝了一样。兄弟俩沿着不知道

和尚山 茶壶山

走了多少遍的山路，到森林里，放下柴架子，抡起斧头砍柴。

砍柴的斧头声在深谷里传出好远，在崖壁上跌宕不休。砍了一会儿，老二张付义要去解手，丢了斧头，就往森林深处走去。

红崖

老大张王恩继续砍柴，砍够了自己背的，又帮老二砍。等两个人的柴禾都砍够了，老二张付义还没有回来。老大张王恩心头一紧，扔了柴禾，提着镰刀就沿着老二的去向走去。

张王恩一边走，一边大声喊叫老二的名字，可除了岩壁上的回声，老二始终没有应声。张王恩心急如火，渐生不祥之感。到最后，喊声当中带出了哭腔。穿过大片的森林，走了大半晌路，连老二的一根毫毛也还没见到。这时，落日西斜，眼看就滑到摩天岭背后了。张王恩心想，要是老二有个啥三长两短的，不但回去没办法向娘交待，也是自己一辈子的大心病。

越着急，越是慌不择路。好久后，张王恩自己也不知道到哪儿了。他只是记得父亲在世时说过，后山沟有两个地方不能去，一个是王八盖子山，上去容易下来难，从古到今，不下几十人在那里没了踪影，连尸骨都没找见。一处是森林深处的一眼山洞，据说住着一条水瓮粗的大蟒，人进去，肯定会被一丝不剩地吞下去。想到这里，张王恩不禁打了一个冷战，扯着嗓子喊老二张付义的名字，仍旧没有回音。

落日下坠，森林里突然一片寂静，偶尔的鸟鸣像是从地底传来的，狼嚎声似乎就在耳边。张王恩打了一个哆嗦，快步回到弟兄俩砍柴的地方——可除了已经捆好的柴禾，还是不见老二张付义。张王恩想，找不到弟弟，自己回去娘骂娘生气倒还没有什么，娘万一想不开……再说，父亲去世的时候，一连几遍叮嘱他要好好地照顾弟弟……可现在，弟弟生不见人，死不见尸，这该怎么办？天越来越黑，张王恩也越想也越可怕，一屁股坐在草上放声哭了起来。

等擦干眼泪，天已经黑了下来，森林更为黝黑，唧唧虫鸣与狼群的嚎叫一波一波传来。张王恩咬了咬牙，背上别了镰刀，手提了斧子，找了一块石英石，打着火，做了一盏松明灯，沿着弟弟走丢了的路再次向森林纵深处寻找。也不知道过了多久，张王恩的胳膊和腿被尖利的树叶和木枝划出了一道道伤口，鲜血流溢。张王恩顾不上这些疼痛，一门心思地要找到突然失踪的弟弟。夜越来越黑，张王恩也不知道自己走了多远，走到了哪里，只是一遍遍地呼叫张付义的名字。

没有人答应，张王恩就一直寻找，走着走着，忽然见对面一道山坡上闪出一道亮光，像家里的松油灯，在漆黑的夜幕中忽闪忽闪。张王恩一阵惊喜，一边喊着张付义的名字，一边着急马趴地跑到近前——灯光是从一座小石头房子里闪出来的，修建得很精致，门前还有台阶，四边有木头做的栅栏。张王恩心想，从来没听说过这深山老林里还有人家，再想起那些瘆人的鬼怪传说，不由头皮发麻，浑身上下都像是大热天结了一层冰似的。

屏住呼吸，张王恩走近小房子，从窗户往里看——窗户上贴着一层薄纸，里面朦朦胧胧的。像有人，又像没人，一切都静悄悄的。张王恩在舌头上粘了一点唾液，捅开薄纸，看到一个人的背影，背对着自己，坐在一张小木桌前。从头发和衣饰判断，那人应当是个女的。张王恩下到院子里，一时拿不定主意，是敲门询问，还是悄没声儿地离开。正在犹豫，背后有人轻声叫他的名字，张王恩急忙转身，看到一个身穿粉红长裙的年轻女子站在门口看着自己说话。

张王恩哦了一声，脸色通红，要不是夜幕遮挡着，肯定被那个女子看到。支吾了一阵，张王恩走近那女子，说了寻弟弟的事。那女子笑说，这事儿我知道。张王恩咦了一声，面露惊诧。那女子又笑了一声，示意张王恩进屋再说。张王恩满脸狐疑地迟疑了一下，低着脑袋走了进去。屋里灯光明亮，一切设施一应俱全，整洁无比。张王恩愈发狐疑，看着那女子，心脏怦怦乱跳。

那女子似乎猜透了他心思，说，你不要害怕，我不是坏人，不会害你。张王恩嗯了一声，仍旧忐忑不安。女子看着张王恩的样子，扑哧一声笑出声来。张王恩脸色涨红，搓着手掌，站也不是，坐也不是。女子让张王恩稍坐一会儿，自己去去就来。话还没说完，就像一阵清风一样飘了出去。不过一碗水工夫，女子又飘然进屋，手里端了一个木质托盘，上面放着热气腾腾的饭菜。张王恩愈发惊异，下意识后退几步。女子将饭菜放在木桌上，示意张王恩来吃。张王恩见那女子毫无恶

鸡冠山

意，又饥肠辘辘，嗫嚅了一下，便狼吞虎咽起来。

抹了嘴巴，张王恩向那女子道别，女子道，干嘛这么着急，现在天又黑，路又难走，等天亮再去找你弟弟不迟。张王恩说，家里只有弟弟和母亲，找不回弟弟，自己难以回去给娘交待。女子说，你不知道弟弟去哪里了，怎么找呢？说不定已经被狼群撕吃了，巨蟒吞噬了，再找也没用。张王恩说，活要见人，死要见尸。说完，就抬脚往门外走。正在这时，那女子叹息一声，说，我知道你弟弟在哪里！张王恩蓦然收住脚步，瞪大眼睛看着那女子。

女子走到床侧，按了一下啥机关，墙壁上忽然打开一道门。女子身影一飘，率先走进，张王恩三步并作两步，也尾随而入。这是一窟很大的山洞，石壁光滑，每隔一段都有一只松明灯。女子脚步极快，张王恩奋步直追。走了好久，女子转向左侧，倏然消失。张王恩走近一看，里面是一面更大的洞窟，无数的松明灯如同白昼，洞里有精致的房屋，盛开的花园，不止的流水，还有许多果实。张王恩迈步走进，大声叫弟弟张付义的名字。

张王恩一边喊着弟弟张付义的名字，一边在洞里寻找，来来回回转了好几圈，还是没发现弟弟。而那位女子，也不见了踪影。正要出洞的时候，女子又忽然出现在眼前。双手捧着一只金光闪闪的盘子，上面放着一些珍珠宝石之类的，灿烂光华将山洞映照得金碧辉煌。张王恩哦了一声，看着那些珠宝，呆怔了一会儿。女子笑说，你要是留在这里，这些就都是你的了。张王恩哦了一声，后退几步。想了一会儿，摇摇头说，我不能留在这，娘还在家等我们呢！女子笑了一下，又说，不光这些珠宝，这洞里的一切，包括我，也都是你的。

说到这里，女子微笑着，露出两排洁白的牙齿，两腮荡起好看的酒窝，眼睛里汪了一团涟漪……张王恩心神荡了一下，像在高空飞的一样。张王恩揉了揉眼睛，又在自己胳膊上拧了一下。抬起头来，看着那女子说：我还是不能留在这里，娘一把屎一把尿把我养大，现在又上了年纪，要人赡养，俺不能忘恩负义。说完，径直往洞外走去。身后传来女子的咯咯娇笑，张王恩回身一看，女子身边又多了一个人。张王恩定睛一看，真的是弟弟张付义。张付义好像喝多了酒，躺在地上，手里还抓着一只银色的酒杯，脖子上挂满了宝石项链。

　　张王恩快步走过去，把张付义身上的东西摘下，背在背上，快步向洞外飞走。身后传来那女子的一声叹息，在空旷的山洞里，像是一枚擦着岩石下落的树叶，又像是金子轻擦的声音，极其悦耳。走出山洞，阳光兜头直射，鸟鸣声此起彼伏。张王恩回身一看，哪里有什么房子和人：一块平坦的草地上，一支长在岩石边的山丹丹花轻轻摇着身子，还有几只大黄蜂，趴在花瓣上嗡嗡吮吸花蜜。回到家

鹤渡岭

里，老母亲仍在嘶哑痛哭，见兄弟两个安然回来，呆愣了一会儿，一把抱住两个儿子，鼻涕眼泪流了一身。这以后又不知道过了多少年，东边兵来西边兵去，还有灾荒和地震……有一年开春，村人到塘被子上去刨地，有人惊呼：张王恩一家连人带房子都没了踪影，只剩下院子里的一棵老梧桐，一堆喜鹊在自己窝里叽叽喳喳。

飞蛇

张王恩一家的传奇故事至今在村庄流传，给我讲故事的爷爷乃至爷爷的爷爷都知道，到父亲和我这一代，很多人还在讲，很多人还在听，这种口耳相传的传统，是草民们卑微命运中的"贵族"血脉，是他们生生不止的畏惧、渴望与梦想。

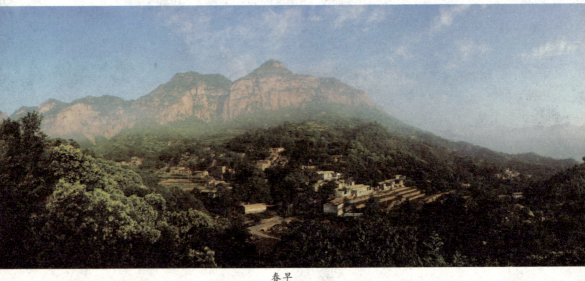

春早

讲故事的人也都有着强烈的文明意识和梦想精神。可惜，现在的孩子们基本上难以听到——也难以静心来倾听嘴巴传诵的这种荒诞不经的传说和故事了。在我聆听到的年代，我就想用文字或者影像的方式记录下来，以便在后人想起的时候，还能够重温这些穿行在草野之间，具有强烈的理想主义精神和现实生存、生命意识的语言和灵魂的"河流"。

爷爷说，由于地理位置不同，一些动物的本性也不尽相同。但故事发生的方式乃至基本结构、蕴意却相差无几。比如，南太行的山西与河北仅仅一岭之隔，蛇的特性却有天壤之别。山西的蛇有毒，一条蛇的毒可以杀死两只成年羊，一头体格健壮的公牛和驴子。河北的蛇大都无毒，栖息在水沟与山坡上，见人就跑。山西的蛇却藏身高山与水边草丛，给人和其他生物以猝然袭击。

村子对面，有两座海拔相同的山，之间隔了不过三百米的样子，两座山的顶部却又不约而同地各长出一座高逾五丈的红色山崖。东边的形状如茶壶，当地人名之曰茶壶山。半山腰上有一个深逾二丈的洞窟，形状犹如房间，其中石几、石炕、石墩等一应俱全，俨然是修道的理想场所，与山体相连处有一道深不见底的涧谷。在很远年代，这里住过不少的道士和高僧，其中还有一代宗师张三丰。后来住过抗战名将××及其部属。西边山岭状如双手合十，诵经西拜的老年僧侣，村人说，这山崖上，长有仙茶，喝了可以长生不老，无论再难治的病，也会饮而痊愈。

尽管如此，村人谁也没有亲眼看到过，更没有听说谁亲自采到喝过，治愈了谁，谁又长生不老，羽化成仙。倒是有一个传说耳熟能详，且异口同声——仙茶有神蛇保护，不是一般人想采就采的。有人亲眼看到，很多年前的某一日中午，大雨骤止，丽日重现，彩虹横贯晋冀两省。村人正在牧羊，忽然看到半空中飞起一个长条状的东西，不断盘旋缠绕，从茶壶山顶不疾不徐地向着大水泛滥的河谷而来。飞蛇越过众多沟谷和树木，田地和房屋，在河谷僻静处落下不见。大约一顿饭工夫，又见飞蛇自河谷飞起，如原来一般，隐身于茶壶山巅。

村人坚信，这就是看护仙茶的飞蛇。迫于飞蛇的非凡能力，人们几乎断绝了冒险采仙茶的愿望，即使亲人患下了不治之症，就要撒手人寰。这一方面表明，尤论是哪个人，服务的对象义是谁，都难过自私自保这一关。据知情者透露，自从仙茶之说诞生长达数百年的时间里，南太行乡村从无一人冒险去采，甚至连站在山根望一下的勇气都没有。我从爷爷口中听说后，倒是做过几天的幻想——要是我的亲人们遇到什么病恙，只要能挽救他们的生命，宁可以身饲蛇，也要去采，保亲人们的生命。

有很多次，我站在自己门前，阔大梧桐树投下浓荫，蝉鸣把夏天的中午吵得烦躁。我看着对面的茶壶山，一点点猜想仙茶生长的位置。夜晚，躺在蚊虫飞舞的土炕上，看着黑暗中的屋梁冥想：我一个人，穿着布鞋，头包方巾，腰间缠了绳索，再提了斧头和镰刀，站在茶壶山下，往手心吐一口唾液，然后从陡峭的崖壁攀爬。正要接近仙茶的时候，大蛇凭空而出，水桶般的腰身在峭壁上飞快窜动，血盆大口向我呼啸而来。我急忙拔了斧头，在崖壁上与飞蛇展开激战。

这是一种典型的想象场景，事实上，我心里也知道，一个人，肯定打不过成精的飞蛇，所能做的，只是央求——最好的结局是飞蛇鉴于我的至孝之心，网开一面，赠或赐我一些仙茶，祛除亲人的病灾。

每当想到这里，我自己对这个结果感到十分满意。可至今感到遗憾的是，在我好幻想的年代，同龄人听到这个故事后，都没有和我一样的想法。但可以证实的一点是：当我长到并加入了青年的行列，时间也到了新的世纪——2008年，我们的父亲罹患癌症，发现时已经扩散，无法再做手术。可悲的是，期间，我曾无数次看到茶壶山，但没一次想起仙茶的传说，也更没有想到去采一些回来，给父亲治病。

我感到悲哀。一个原因是，这个年代已经不适合传说了，带有幻想性质的民间猜想与神性渴望的"土壤"已经全方位沦陷；另一方面，人们早就在科技乃至宿命的氛围当中感觉不到心灵和信仰的力量了。我和父亲即是其中一员。父亲卧病在床期间，母亲和其他邻人曾想他能够皈依基督教或者佛教，有信仰总是好的，我渴望是宗教精神对父亲的心灵安慰，是给他以超脱的意念，消解他——每个人在尘世之中的欲念、疼痛与不甘。希望他轻松一些，相信会有更美好的世界

雾村

山中花朵

在等着他加入……但父亲是一位坚定得无懈可击的无神论者，直到2009年3月9日凌晨1时30分去世，也没有信仰任何宗教。

与传说一同消失的还有飞蛇，以及人们对聆听的不耐烦和对传说的心不在焉。长到18岁，我再也没有在乡间听到过飞蛇和仙茶的传说。——那些仙茶和飞蛇也似乎消失了一样，也再没有在人们的视野当中出现过。有一年春天，我去到茶壶山下，站在陡峭的石崖下仰望许久，峭壁上突出之地，长着一些硕大而粗硬的紫荆灌木、棵树、山丹丹花和一些不知名的小树，其中肯定有茶树，只是我不认识罢了。若要采撷，从山背后可以爬上去，从上面垂一根绳索下来，就可以办到。可我还是不敢，我总觉得，飞蛇就在悬崖的某个洞穴中盘卧，一旦有人接近，就会勃然一击，致人以死命。

再一年回去，听许多人说：村里一户人家的房屋忽然间爬满了各种各样的蛇，成千上万，一条条覆盖了房顶和院落。不知道从哪里来，也不知道到哪里去。户主惊骇，疑为得罪了某位神仙或者妖精，跪地祷告不止。最终，是他们信仰佛教的母亲出面，用虔诚的信仰，礼佛的手段，使得庞大的蛇群顷刻间无影无踪。当时，这一个奇迹不止一人见到，一人说，有多人证实。应当不是杜撰的。我听了后，久久无语，想起从前的听到的一些有关蛇的传说——觉得这可能是某种巧合，抑或是一种群体性的视觉错位和光线异化。

尽管这个解释不能服众，尤其是亲历者。对自然灵物的恐惧和崇拜是人类的由史以来的一个天性和品行。从一开始，人们就相信，大地和空中有着众多的不为人知的秘密，这个秘密将被永远包裹，所有显露出的蛛丝马迹都不过是神灵及鬼怪向人发出的某种警告，也只是它们无所不能灵异之能的"冰山一角"。至今，我还记得爷爷讲给我的另外一件有关蛇的传闻：父亲十岁那年夏天，一个堂哥在村后的水井边打死了一条蛇。也是在顷刻间，群蛇毕集，层出不穷，在河沟翻滚、层叠。父亲和堂兄惊骇大叫，在一边田里干活的大人看到，也惊诧莫名。最终，堂兄的母亲按照懂"法术"的人的指点，拿了柏香及其它一些祭祀品，虔诚祷告（村人说是借此向某种妖精赔礼道歉）后，群蛇也在眨眼间化为乌有。

　　所幸的是，在现在的南太行乡村，人们对蛇的敬畏一如既往，除了少数在外谋差事的"世面"人，都不会吃蛇肉，见到蛇，或惊呼，或让开，即使蛇侵犯了他们的某些当前利益，也会原宥，把蛇送到别的地方，绝不加以伤害。老辈人说，每座房屋要是没有蛇，就住不起来人。——事实也如此，村人时常在房屋拆迁或者某些日常生活中，看到房屋墙壁或者地下的蛇，或大或小，狰狞或者温顺。从神话的角度看，蛇——龙的化身，通灵之物的传统认知根深蒂固。蛇既是邪恶与贪婪的象征，性欲的暗示，又是吉祥和尊贵的代名词。从自然主义角度看，这显然是南太行人与自然生而和谐的一个有力佐证。

夜路

依照讲述者的语气判断，这个人一定是一个经常外出的商人，还不是大商人，大致属于那种手头比较宽裕，但还没到暴发地步的小生意人。可以想象一下，从前的夜晚，村野的灯火与高空的星星差不多。那时候，月光是黑夜的克星，是夜行者最称心如意的灯笼。四野之中，群山如幕，旷野如海，道边树木与灌木疏影横斜，动静有致，远近适宜，是夜晚之神最为得意的水墨画。偶尔有风吹来，树叶哗哗作响，再加上此起彼伏的唧唧虫鸣，远山传来虎啸狼嚎，眠鸟清啼，这样一种境界，简直就是远古的天堂。

有一天，这个小商人牵着一匹枣红马，驮着褡裢，怀里或腰中揣了防身武器及一些必备的银两。——临出门的时候，年方二八的娇妻携丫鬟送至村外，双眼含情地叮嘱丈夫出门要注意安全，办完事情早点回来。丈夫诺诺而应，眉目之间，

山路

尽是犹豫和不安。犹豫的是，这次出门究竟有怎样的收获，遇到怎样的人和事，到底值不值得远行一趟。不安的是，家中只留娇妻与丫鬟……人生于世，祸福相依，瞬息万变，万一有个什么不好的事情，哪可咋办？最后，只能以既已出门，再无回返之理，或早已货主和买主约定，不好爽约。

依依而别，家越来越远，前路越来越长，山河在马蹄下一路向后，村庄在风尘之中座座去远。某日，落日西坠，大地苍茫。商人走了很远路程，仍旧不见可以打尖歇脚之地，只能催着枣红马，快蹄奔行。行至太阳完全落山，夜幕自旷野升腾而起，犹如无形黑裳，将大地徐徐覆盖。小商人目力所及，四野寂静，除了迎面飞舞不止的萤火虫，不见一丝人间灯火。

幸好马有"夜眼"，夜再黑，也能够行走如飞。正在行走间，月光从背后升起，在山顶上，如同新婚少妇的脸庞，把浮在大地的黑夜驱散。小商人忽觉心神明朗，刚才的忧惧也一扫而光。胯下马匹一身热汗，四蹄踏着泥土和卵石，嘚嘚而行，不时打几个响鼻。走到一面小山冈下，一排杨树林赫然入目，清脆的叶片在风中摩擦而响。

行过了一段路，小商人忽然听到一种女子隐约的涕泣声，从树林深处，时断时续地传来。小商人咦了一声，心中飞快猜想：天这么晚了，谁会在这里哭泣？荒郊野外的，这是人还是……小商人吸了一口凉气，汗毛直竖，甩着鞭子抽了一下马臀。枣红马咴咴嘶鸣，四蹄加快。又行了一段路，哭声仍旧如在耳畔。小商人扭头一看，只见路边树林外，一个全身缟素的女子头抵杨树，嘤嘤而泣。小商人忽然觉得，这女子一定是受了委屈或者遭了啥难，要不然，怎么会在这前不着村后不着店的地方独自哀伤呢？

说起来也奇怪，看到那女子的刹那，小商人竟然忘了害怕，刚才的想法也丢在了脑后。小商人勒住枣红马，走到女子身边，询问说：姑娘为何在此哭泣？那女子扭转脸庞——呵，小商人惊呆了，这女子美得他上辈子都没见过，柳叶眉，瓜子脸，两只眼睛如秋水，瞳仁如珍珠。小商人不禁心神荡漾，愈发急切。女子先是看了看小商人，嘴唇嗫嚅了一下，还没吭声，就又抱树哭泣。

小商人再问，女子又扭转脸庞，表情凄楚地看着小商人哽咽道：小女子乃是永年人氏，随父亲去南和寻亲，行至龙骧地界，遇到一伙强盗，不由分说，便把父亲砍死在地，小女奋力奔逃，方才躲过一劫。夜晚行至于此，心中悲伤，故而饮泣。惊扰了先生行路，实在不该。那女子说完，小商人急忙劝道：强盗可恨，老伯已逝，小姐还应爱惜身体，节哀顺变。女子又是一阵哭泣，身子一抖一抖，梨花带雨，更加惹人爱怜。小商人道：小姐若是不弃，在下愿陪小姐一同赶路，直到安全为止。那女子听了，收了哭声，嘤嘤道：小女无依无靠，幸遇先生，实乃三生有幸。

随后，小商人和那女子并乘一骑，一路行走，只看到：月光洒满旷野，其光皎洁如银。小商人声调柔顺，那女子嗓音婉转。不过一炷香时间，两个萍水相逢的男女就如同新婚夫妇了。不知不觉间，行到一家客栈前。小商人敲门，店小二殷勤而开。两人坐下，要了饭菜，坐在一派冷寂的旅店内吃喝起来。小商人

山乡夜色

正在给那女子夹菜，忽听一声咳嗽，顺势望去，只见一个长着山羊胡子的老头，站在黑漆柜台里，满含意味地看着自己。

那女子也回头看了一眼，脸色蓦然冷了一下。复又转过去，一脸盈盈笑意，也给小商人夹菜。吃饱喝足，小商人叫来店小二说，要两个房间。话出口之后，心想那女子肯定会说"一房足矣，不必浪费"之类的话。可没想到，那女子却一声没吭，默许了。小商人顿感沮丧，起身到柜台付钱时，女子嫣然一笑。小商人忍不住又一阵心神荡漾，刚才的懊恼一闪而逝。付了钱，店小二带着二人，穿过旅店后门，到另一所房屋住宿。

小商人正在洗漱，忽听有人敲门，忍不住一阵狂喜，三步并作两步冲到门前，拉开门闩，却发现是店主。喜悦的表情顿时化作横眉怒目。店主抬脚进门，嘿

嘿一笑，把一个一尺多长的木匣子递给小商人，嘱咐说，千万不可私自开启此匣，就寝时，务必要把此匣放在枕侧，否则，你将大祸临头。小商人一听，脸色肃穆，正要细问，店主却背了双手，出门而去。

端着盒子端详了半天，小商人心想，从面部表情看，店主似乎没有恶意，不会谋财害命，可这个小匣子又是什么？为什么要放在枕侧？到底有什么用处，还是装了某些致命的毒药或机关？正在踌躇不定，忽听门又响起，小商人顺手把小匣子放在床前小木桌上。开门一看，竟是那女子。见到小商人，那女子轻挑峨眉，朱唇翕张道：打搅先生歇息了。小商人脸露笑意，道：不妨事，不妨事的。

忽听得一阵嗡响，犹如困笼之鹰，翅膀使劲扇动摩擦，噗噗作响；又像是万木萧萧，持续撞击。小商人正在惊诧，只见那女子哎呀一声，身如飞箭，破窗而出。眨眼之间，小木匣子哐当一声弹开，瞬即闪出一道金光，擦着小商人的耳朵，冲那女子破窗之处奔去。许久，窗外无声，一切如旧。小商人仍在愣怔，忽听得一阵哀嚎，由远而近，接着是重物落地的巨大轰响。

瓮中草

小商人惊魂未定，只听得门外有人惊道：好大一条长虫！小商人双腿哆嗦，扶着墙壁走到窗前，看到院子里聚集了十多个男女老少，打着灯笼火把，朝自己所在的房屋看。这时候，店主在窗外喊道，先生，请出门来看。小商人下意识地嗯了一声，拉门出来，正在懵懂，忽见房顶上垂下一条状如黑桶的柔绵之物，浑身发亮，尾部长而尖。店主伸手过来，拉了小商人，走到院后，小商人触目一看，一颗长

腊梅花

牙利齿的蟒蛇自房顶摔落地上。小商人惊呼一声，不由自主地倒退数步，扑腾一声，屁股结结实实地摔倒在地。

店主着店小二上前扶起小商人，捋着山羊胡子道：这便是与你同来的那位美艳女子。小商人啊的一声，浑身腾起一层汗水，顺着额头和裤脚下流。店主说：这个蛇精祸害了不知多少夜行人，今天没在半途吃了你，等到这时，已经是万幸的了。小商人闻听，扑腾一声向店主跪下，感谢救命之恩。店主一边上前扶起，一边说：世上俗人喜欢的，无非财粮、权利和女子，财粮足，而贪权力，权力没尽头，财粮也没尽头，色欲更没尽头，先生怎么能够例外呢？

小商人又问：先生怎么知道这女子是蛇精幻化，又如何将它制服？店主说，妖精惑人，多半在夜里，试想，良家女子，怎么能半路引人？小商人脸色一红。店主继续道：杀死蛇精的，不是在下，是蜈蚣。小商人咦了一声，面色惊异。店主哈哈一笑，又说：看先生也像是读书之人，可知"三值三怕"之说？小商人想了想，又摇了摇头。店主说：蜈蚣又名食螂蛆，吃蛇，蛇又吃蟾蜍，三个毒虫相遇，谁也不敢先动，这就是"三值三怕"。

说到这里，店主咽了一口唾沫，又捋着胡须说：以前，南方人进山，就用竹管盛了蜈蚣，到了有蛇的地方，蜈蚣自会弹跳出声，不管蛇大小，蜈蚣都能用毒气封住它们的呼吸，蛇就会死掉。刚才的大蛇，就是蜈蚣所杀，不是老儿所为。小商人连声哦哦，再次向店主躬身拜谢。因为惊惧，小商人一宿没睡，趴在店中木桌上，倍感心神恍惚。第二天一大早，店主叫人将死蛇身子刀斧分段，挖坑埋掉。临行，小商人付了双倍的店钱，骑着枣红马，继续往南而去。数年后的夏日，店主正在埋头算账，忽见一个美貌女子和一名丫鬟来到店里，打听一个小商人装束的人的去向。店主走出店门，只见向南的路上，荒草掩映，树木幽深，风吹着白色的尘土，一波一波，奔向无际。

另一种可能

故事总能表达某种共同的梦想与欲望，否则，就不会流传，也不会被牢记。故事是最有效的理想生活与个人内心境界的表达和实现方式之一。爷爷说，建国初，村子中央的龙王庙和猴王庙尚还完好，每年的春夏之交都要举行几次大的祭祀活动，先是村民们集体全身跪地，焚香祷告，巫婆给两座泥胎披红挂绿，打扮一番，再由神汉用专用的木架抬起。巫婆在前，穿着红色长袍蹦跳，嘴里呼号着一些只有她们同行才能听懂的谶语。神汉们健步如飞，在崎岖不平的山路上如走平地，几百斤重的黄泥、草芥、木板做成的神胎如若无物。

巫婆之后，还有两个神汉，光着膀子，拿着锋利的长刀，头包红绸布，脸上和上身用朱砂画着一些曲里拐弯的符咒。神汉一边行走，一边呼号，不断抡起长刀，朝自己身上砍，一道道的血口鲜艳绽开，但血不外溢，再用红布一擦，血口不见，伤处毫无痕迹。需要说起的是，村子之间并无道路，或是草坡，或是河滩，其中不乏一间房子大小的磐石，也有深浅不一的悬崖。可神汉们抬着泥胎，在其上飞速行进，即使从数丈高的悬崖跳下，也毫发无损，速度不减。

这一传统的神祭仪式，是南太行有史以来一个重要传统，一则祈求龙王保佑风调雨顺，二则请大闹天宫的美猴王镇压妖怪，确保平安。——我在听的时候，觉得神奇，一直问爷爷人怎么被刀砍伤眨眼工夫就会恢复呢？抬着那么重的东西咋能上山下河像飞一样呢？爷爷说，那其实是猴王和龙王附身了，是它们给予了神汉们无所不能的力量。我又问，这事是真的吗？爷爷吧嗒着旱烟，不容置疑地答：亲眼看到的，还能有假？躺在一边的奶奶嗯了一声，说，你爷爷说的是真的。

寂静的夜晚，在夜风中渐渐深入。爷爷奶奶睡了，鼾声此起彼伏，在黑暗的房间像是不停拉动的风箱。我睡不着，我在想：那是怎样的一幅场景呢？这世间果真有传说中的神吗？大闹天宫、保唐僧西天取经的孙悟空果有其事吗？青面獠牙的龙王果真可以保佑我们风调雨顺吗？那些神汉和巫婆，到底使用了怎样的技术或者本领，把一些无根的事情变化得如此眩惑人心呢？我想：这其中有伪科学的因素，然而这种青天白日下的"幻象"究竟是怎样在众目睽睽下上演的呢？

葳蕤与高举

因了这两座神庙，由此衍生了诸多的故事。

1、龙王庙的右壁上，画着一条龙抓恶男恶女的图像。具体情境是：一条张牙舞爪的巨龙，獠牙外露，身子蜿蜒，在空中腾云驾雾，左前爪抓一男子长发，右前爪抓一妇女长发。两人表情极度惊恐和痛苦，身子犹如风中的叶片。母亲说，那是某某村的两口子，从嫁到婆家的那天起，媳妇就刻薄公婆。儿子总是顺着她，框外（即额外）给爹娘罪受，大冬天不给吃的，不给衣服穿，不给柴禾烧，老两口饿死了。老天爷看不过去，就让龙王把儿子媳妇抓死了。村人让画匠将这个子虚乌有的故事涂在墙壁上，教育意义大于为神灵增威添力。孝是每对父母对子女的基本要求，"生儿防老""万事孝为先"的传统在南太行乃至汉文化圈根深蒂固，是父母对子女的最根本和最终要求。母亲说给我这个故事，用意不言自明。

2、某年夏天，乌云怒卷，大白天啥也看不见，不一会儿，雷鸣电闪，瓢泼大雨像石块一样砸下来。忽见一道闪电，先是在对面的一座悬崖上炸响，岩石滚落，冲过田地，落在浑浊的山洪中。少顷，闪电又在另一处炸响，许久之后，在大雨中仍旧能闻到浓重的焦糊味。再一会儿，一棵大椿树丛中裂开，白崭崭地分成两半。雨过天晴后，村人议论说：那树精可能被雷劈死了。还有人说，闪电一连炸了几次，好几个地方，可能是那树精太狡猾了，连跑几个地方，雷公电母才把他劈死。——这个故事显然有些"天神为民除害"的意味。据爷爷说，那树精害了好多人：上树摔下死了的人不下三个。还有，一个妇女在旁边割草，不知怎么着就晕倒了，等人看到，全身光着躺在一面石板上……从那以后，再也不能生育了。

3、"破四旧"那年，附近村里一个小伙子特别积极，抢着镢头，把猴王的神胎给砸掉了。这还不过瘾，解开裤子，在一堆烂泥块上撒了一泡尿，方才雄赳赳气昂昂地随"大部队"而去。第二天一早，这小伙子在炕上哎呀呼叫，疼得满身是汗。爹娘询问，告知是睾丸疼。找大夫诊治，大夫也不知啥病，更无法对症下药。到晌午，他的睾丸越肿越大，像小瓜。小伙子疼得满地打滚，呼爹喊娘。爹娘听了巫婆的劝告，到只剩一堆废墟的猴王庙焚香祷告，仍无效，傍晚，小伙子肿疼而死。

4、上世纪八十年代后期，村人再次集资，将龙王和猴王庙修葺一新，请了

冬日村庄

一个年轻花匠，给猴王、龙王分别绘了釉彩，墙壁上仍旧画了上述的故事（猴王庙是"大闹天宫"、"流沙河"局部）。似乎从那年开始，南太行一带天气异常，春天干旱，无法播种，禾苗大都不出或者出后枯死。到七月，阴雨连绵，数月不止，庄稼无法生长，霉烂居多。村内有长者便倡议再行祭祀神灵，以得保佑。先是挨门挨户收了钱款，请戏班子。舞台搭好后，即请戏班子里的台柱子到龙王猴王庙前献演。晚上开唱，也要把猴王龙王的泥胎抬到舞台下，蜡烛围绕，柏香氤氲，村人不敢近前，多数在远处观看。有时当天会下雨，或者次日。村人笃信，这是央求神灵的结果。这一风俗一直坚持到九十年代中期。现在，猴王与龙王庙仍在，戏园子已经坍塌成一

梦想与欲望

片废墟。以前每年夏天的铿锵戏声，已经在南太行乡村销声匿迹。

随之而来的是，人们渐渐忘记了神灵的功能，只有极少数人，逢年过节会去神庙里祭拜，更多的人把神庙当作一种摆设，把祭拜看成是一件无聊的事情。关于龙王和猴王的传说——乃至上述的故事也在我之后的南太行人耳中、心中消失。取而代之的是基督教、佛教及其它一些从无听说过的"宗教"，但都没有太多"市场"，更多的年轻人对信教者（多为孤寡、贫困线以下的老者）嗤之以鼻。很多次回乡，路过大门紧闭的猴王和龙王庙，总是想起爷爷和母亲讲给我的这些故事。——不管是否真的存在和发生过，但至少在枯燥年代对人心是一种激励和告诫，是一种无形的文化传承，它们在我乃至更多人心中激起的是奇妙的幻想，故事教给我们一些必要的世俗观念、生命品质及必要的道德恪守。

神灵可能是人心中长久不灭的另一种期盼及可能之路，神灵是蒙昧年代村野之人内心的理想化身，是灾难的实施者和救赎者，幸福及理想的改造者和引渡者。在我父母那一代人心中，对神灵的笃信仍旧牢不可破，他们相信：人之外，

京娘湖

无论天上地下都有一些具有超能力的生命种属把持着、居住着，它们的风俗习惯及内心想法与一方水土一方人紧密相关，南太行人常说的"凡事不要太亏心，举头三尺有神明"便是这一思想认知的本真反映。可到了我这一代及后来者，转述者或已消失，或丧失了讲述的兴趣——我们已经不信那些什么"神灵"了，我们只信现实利益——权利、钱，更富足的生活和更多的"资源"。我们已经无所畏惧，只要得势，就可以随心所欲，不像他们对一切事物都心有敬畏，觉得事事都有个"度"。事实上，巫术及所谓神灵，更多的是一种行为禁忌和心理幻象，它的本质是"一种被歪曲了的自然规律的体系，也是一套谬误的指导行动的准则；它是伪科学，也是一种没有成效的技艺。"（弗雷泽《金枝》），但是，信仰在很多层面上是一种自我限制和无形约束。从古至今，人们始终相信，生命虽然只有一条，但"心"和想象的道路不可能只有一条，而且是无限的，也可能是万能的。

侵犯和给予

　　天阴得像蔫葫芦瓜，村庄内外都像倒了一堆堆的黑墨粉，山是黑的，石头和青草也都黑得出奇，就连眠鸟的名声，也黑得叫人心颤。赵彩云家住在马路下面，沟底一侧，房后有一块3米高、宽1米的黑色石头。石头下面有眼小水潭，自然生长了一些鱼和蝌蚪，还有螃蟹和泥鳅。我上小学的时候，赵庄村的同学还说，那石头古灵精怪着呢，谁也不敢去摸。摸了不是生病，就是眼瞅着就打起了摆子；还有的说，那石头下面的水潭是石头精私有的，谁要是去挑水，或者洗脚、洗脸或者乱淘脏衣服，回不到家就得死。

　　这些传言在当时的乡村传得神气活现，不知道大人们怎么想，我们这帮子七八岁的孩子们听了就浑身起鸡皮疙瘩，眼睛睁得有平时的两倍大，只觉得头发都噌噌竖了起来。

　　话说这一个天黑以后，赵彩云插门睡下了。邻居们也都吹灭了松油灯。贴在窗棂的黑夜迅速填充了各个角落。只剩下偶尔的蟾蜍鸣声，流水向前的动静，还有夜虫们不敢寂寞的叫喊。忽然一阵凄厉的叫喊，像是一道闪电，犁开黑夜中的村庄。惊醒的人满脑懵懂，竖起耳朵，捕捉门外的任何一种杂声。如此许久，除了

青纱帐

偶尔的婴儿啼哭声，一如往常的蛙鸣虫鸣，一切如旧。正要合眼的时候，又是一声凄厉长嚎，一下子就锥进了村人的耳膜。

这家的媳妇说，好像是赵彩云家那边传来的；汉们说，不像。有的媳妇说，这是啥声音？丈夫说，谁知道鸡巴啥在叫？话还没有说完，凄厉长嚎又一次炸起，比前两次都要确切。通过这一声，村人都已断定，这声音就是从赵彩云家那边传来的。可谁也躺着没动。正在猜测发生了啥事的时候，紧接着又传来一个老年妇女的嚷叫声，惊恐而慌乱；少顷，又传来几个男人的嘈杂喊声，听起来也很惊恐和愤怒。

霎时间，村里的人都被吵醒了，一家叫一家，一个接一个，来到赵彩云家的石头院子里。不怎么明亮的火把中，只见几个男人扛了一把多粗的粗木杆，横七竖八地绑在了赵彩云的门窗上。妇女们低声说：那石头精又来了，进到屋里……有人说，看来娘们儿家就是不能一个人在家住……有的说，这个谁能防住呢？正说着，邻村一个阴阳先生背着一个黄布包，急匆匆地赶来。众人赶紧让道，眼睛顺着阴阳先生转。那先生到赵彩云家门口站定，打着火把仔细查看了一下，又问了大致情况。迅速解开布包，拿了毛笔，蘸着朱砂，在三根桃木棍上飞快地写了一些字，画了几道符。让人分别插在门鼻、窗缝和门槛上，又拿了黄纸，写了符咒，贴在门框、

荒草

门头、门墙和窗棂上。

随后，阴阳先生又穿上道袍，戴上方帽，舞着一把铜钱串起的剑，在院子里像疯子一样旋转，长满白胡子的嘴巴念念有词。过了一会儿，只听得屋里一阵乱响，先是赵彩云的痛苦的呼喊，再后来是石碾子快速滚动的砸地声。阴阳先生大喊，叫几个壮劳力使劲顶住门扇，用火把围住窗棂。里面的声音越来越大，一会撞墙，外墙缝里的灰尘簌簌下落。妇女们满面惊恐，一惊一乍。天色微明时，忽见房侧烟囱里滚出一股黑烟，带着一种类似石头擦耳而过的怪声，消失在河谷里面。

阴阳先生大喊，往哪儿跑。提着铜钱剑飞追而去。等人群赶到，只见阴阳先

生兀自站在那面巨石前，仍旧口念符咒，全身颤抖，像是在和什么东西对峙，又像是在装模作样。良久，方才垂下手臂，扭转身子，看了看围观的人，叹息一声，又把脑袋摇了摇，低头回到了赵彩云的院子里。这时候，房门早已打开。赵彩云赤着身子躺在炕上，身上沾着几片绿膜子（苔藓），下身之下有一片血迹。数天后，痊愈后的赵彩云自述：当晚，她躺下，就要睡着的时候，忽然觉得身上很凉，像是光滑的铁片在滑动，后来，盖着下身和肚子的粗布棉被不知被谁拉开了。她用手拉，

阴凉

却拉不动，正要摸火折子点灯，只觉得身上一沉，像有人压。她害怕极了，想喊，却叫不出声。再后来，下身尖疼尖疼，疼得跟"那地方被蝎子蜇了一个样儿"。

阴阳先生说：那就是石头精干的坏事。那一次，要是把烟囱也用了符咒，那坏东西就跑不掉了。说完，低了脑袋，作遗憾状。人问，怎么才能把那个石头精除掉。阴阳先生说，除了天来压它；要不就用火烧。烧裂，再用铁锤敲碎，它就没法力了。村人说，这坏东西干得坏事多了，赵彩云邻居家里一连生了三个小子，都是哑巴，脸长得给黑石头一样。还有挨的近的一户人家，生了两个女儿，都是聋哑人。等到我们长大，每次路过那块黑大石头，即使白天心里也发毛，一溜小跑奔过

99

去，连回头看一眼的勇气都没有。

听了这个村子同学的这些说法，我回家询问爷爷，爷爷说，这事是真的，并给我复述了一遍，基本没有出入。除此之外，爷爷还讲给我另外一个他亲眼看到的奇怪事情。——南太行乡村以前有几个地主，每家都养了几百不等的山羊。其中有一个叫曹白露的年轻长工，给曹家庄大地主曹双喜放羊。夏天时候人和羊住在山上，十天半月也不回来一次。曹白露放羊的地方，是一道山沟，两边坡上长满了紫荆灌木和各种各样的草。有一年，老天阴沉着，一直稀稀拉拉地下雨。曹白露带的衣服都湿透了，晚上冻得缩在石岩下全身打哆嗦。

对面人家

一天晚上，曹白露正暖着潮被子，冻得上牙打下牙，在雨中卧着倒嚼的羊群忽然一阵骚乱，有的迅速站起，呼隆一下四散跑开。曹白露急忙爬起来，抓了砍刀和羊铲，站起来看。四散跑开的羊又回到原位，卧下倒嚼。曹白露见没啥动静，就又钻到被窝。正在朦胧，听到有人的脚步声快步冲向他所在的石岩下。曹白露睁开眼睛，只见一个人状的黑影，眨眼工夫就到了自己跟前。曹白露正要说话，那人却说：不用害怕，俺是人。声音尖细清脆，俨然是个娘们儿。曹白露一骨碌坐起，摸着火折子，点亮送油灯，看到一个上身穿着黑粗布对襟衣裳的妇女，坐在了自己的床铺边。

那娘们儿看了看曹白露，说，俺是从南边逃荒来的，家在河南滑县，爹娘在路上死了，一个人胡懵乱跑，迷了路，闯到这深山来了。曹白露叹息了一声。那娘们儿嗯了一声。曹白露说，还没吃饭吧？那娘们儿咬着嘴唇，点了点头。曹白露一探身，从尚还干燥的岩缝里摸出一个油纸包，又拿了碗筷，对那娘们儿说，这是炒面（玉米炒熟后碾成面粉），吃点吧。那娘们看了看曹白露，点了点头。飞快地倒了小半碗炒面，就着雨水，搅拌了一下，就埋头吃了起来。

后来的事情可想而知……穷长工曹白露不仅有了一个朴实能干的媳妇儿，且很快当了三个孩子的爹。这种好事在彼时的南太行乡村是穷苦人家梦寐以求的，不掏钱娶回来好媳妇儿——跟平地捡了个金元宝，天上掉下个林妹妹没啥两样，是人生最大的渴求与奇遇。大儿子十岁那年夏天，曹白露放羊收工回到家里，只有老大带着一个弟弟和一个妹妹在家里吃饭，却不见了媳妇儿。当时，曹白露没在意，想着媳妇儿可能去地摘野菜或者拾柴禾了，也就没打问。

眼看着天黑得对面还鼻子都看不清了，媳妇儿还不回来。曹白露就问大儿子。大儿子说：俺娘回娘家了，她还说，以后再也不回来了。曹白露一个蹦子从土炕上跳下来，夺门而出。不大会儿，又回来问大儿子：恁娘朝哪儿走了。大儿子向后山沟指了指。曹白露也不管天黑，脚下石头蛋子崴脚，拼了命往后山沟跑。跑到平时放羊的地方，忽然想到：媳妇说她是从南边来的，这是向西，咋能是回娘家呢？曹白露越想越纳闷，扯开嗓子大喊：媳妇儿哎、媳妇儿哎、媳妇儿哎……喊了好久，也只有崖壁上的回音，在空阔的河谷里跌宕。

几年时间过去了，媳妇儿就像一团空气，再也没回来过。曹白露一夜白头，继续给大地主曹双喜放羊为生。大儿子二十岁那年初秋，羊群要回村边放羊，曹白露卷行李的时候，在羊皮褥子下翻出一个蓝布包，打开来看，是一身新的粗布衣服，还有十两碎银子，曹白露一时恍惚，寻思许久，也不知道这是哪辈子修下的德。再一年，曹白露给大儿子娶了媳妇，把小儿子送到邻村的私塾。

爷爷刚懂事的时候，就听村人背着曹白露议论这件事，有人说，曹白露的媳妇儿根本就不是人，是山里的柴胡精。曹白露听到几次，都和人大骂一场，指天骂地地说谁要再说俺媳妇儿是柴胡精，我就操他十八辈儿祖宗和老闺女。

我爷爷还没从5里外的曹家庄娶回我奶奶的时候，有一年冬天，曹白露病了，要死之前，把两个儿子和一个闺女叫到炕边，说，他死后，把他的尸骨赁在后山沟他放羊时睡的崖岩下。——因为没有路，地势高，再加上坡陡，帮忙的人费了老鼻子劲儿，才把曹白露的尸首安放好。几年后，有放羊的看到，曹白露尸骨所在地四周长满了柴胡，一根根，一枝枝，十分茂盛。春天，柴胡齐齐开出白花，虽然很小，远看，像是敷了一层白雪。

野外

寂寞开无主

南太行一带的村庄大都依山而建,几十、几座或者单独的居多,房屋大都坐南朝北,老房子一般用长条状的山石砌垒而成,房顶上盖着长短宽窄不一的石板,住在里面,冬暖夏凉,与陕北和三门峡一带的窑洞有着异曲同工之妙。新世纪后修建的房子多为砖石混凝土结构,夏天晒得水泥冒烟,里面像蒸笼,老年人大都不喜欢住,年轻人图漂亮,再热也不说新房子不如老房子。

从邢台、沙河、武安一带开始,高低不平的山峦从冀南平原以西的丘陵地带节节拔起,至山西左权、长治、井陉、娘子关一带,海拔达到最高。我发现的一个有趣现象,越是山地,人们对风水之术越是看重,西北沙漠戈壁地带的人家倒不很在意。南太行的人家无论建房盖屋,还是安葬亡者,甚至出门做生意,孩子取名字,都要找人掐算一下,好的遂之,不好的想办法破解。这种有史以来的传统,加上恪守不二的礼仪纲常,是道教、儒教在民间的充分体现。当然,还有"软的欺,硬的怕,见了驴鸡巴圪蹴下"、"各扫门前雪,不管他人瓦上霜"的俗世哲学,以及"有人不算贫,没人贫死人"的人本主义观念,乃至"民不与官斗"的妥协主义和"世上最好是当官"的官本位思想。

南太行的村庄之间有的相距不过三五公里，有的则远过十公里。尤其是平涉（平山县到涉县）的公路修通后，以前散落在深山之中的村庄纷纷搬到了路边，就现代交通之便。余下的深山便真正成为了鸟兽的天堂，草木的疆场。我十多岁的时候，政府还允许养羊，远近的山坡上随处可以听到羊只的咩咩、滚石的轰鸣与牧者的吆喝。山上层出不穷的紫荆被层出不穷的镰刀割断、晒干，成为每家每户锅台下的白色灶灰。我十三岁的时候，常常和小我两个月的表弟一起，背着木头架子、提着镰刀和斧头，加入割紫荆灌木为柴的行列。

那些年，秋天一过，以前植被掩盖的山坡就光秃起来，露出红色的岩石及红白相间的砂土，无处藏身的野兔和山鸡随处可见。有人在它们习惯行走道路上栽了许多木楔子，用细铁丝做成脖套，高手不出三五天就能捡到十几只被勒死的野兔。山鸡倒是不容易入套，必须用笤筐扣——撒些粮食，引诱山鸡蹦进荆筐范围，再猛拉支着的小木棍儿，山鸡就被扣在其中。山后森林里还有狼，有好些人在傍晚和黎明与孤狼狭路相逢。孤狼怕人，但时常偷猎人养的羊只。隔三差五就有人说，谁谁谁的羊群在后山的某处被狼咬死了几只。狼之外，还有山猪，白天很难看到，地里的庄稼时常被这些青面獠牙的家伙祸害得面目全非。

从村子向山西方向走，两山夹持，中间是一道堆满各种巨石的河沟。沟底两侧有许多大跃进年代开垦的山地，貌似梯田80年代中后期基本荒芜着，长了一些花椒树（不需嫁接）、酸枣树（可嫁接成大枣树）、楸子树（可嫁接为核桃树）、

太行春耕

柿子树（嫁接）。阳坡上高而陡峭，有许多悬崖，紫荆灌木和酸枣树最多，当然还有不少蒿草和黄芩等药材，翻开散落的大小石头，可以看到蝎子、蚰蜒、蜥蜴、蜈蚣、黑甲虫和屎壳郎等昆虫。蝎子可以入药，我上小学和初中的时候，有人收购蝎子，大的一只五角，小的三毛。有能干的同龄人，一天可卖到50块钱以上，父母高兴得见人就夸自己孩子能干。我捉蝎子完全不在行，有时候跑一天，才捉十几只，最多二十只，一个暑假，也卖不到100块钱。人都说我没有外财命，就是不能和别的孩子比。

阴坡上大都长着楸子树和杂草，其次就是柴胡、党参、桔梗、黄芪等药草较多。上面还有田地，最顶上是一道高逾五丈的红色悬崖，无路可攀。悬崖的缝隙里长着很多桑葚和杜梨树，还有野葡萄。在我记忆中，阴坡总是很潮湿，草茂盛得插不进脚，盛开的山丹丹花欲仙欲死，给人一种身在仙境傲视人间的非凡感觉。在阴坡与阳坡相连的地方，是一座形似古代将军头盔的山峰。山肚子下稍微平坦处，有一座石头砌起的露天羊圈。

我十二三岁的时候，村里人把自己的羊集中起来交给父亲放养，多则十几只，少则三五只。夏天的傍晚，父亲就把羊群放在这里，他回家吃饭，把我一个人和羊群留在这里。黑夜加深，羊群侧卧倒嚼，夜虫鸣声铺天盖地，偶尔夹杂几声狼嚎。我缩在庵子里，害怕得大气不敢出。越是害怕，以前听说过的那些古灵精怪的事情越是往脑子里钻。同龄的老民棍子说：这里"不干净"，他爹以前放牛的时候，牛总是一惊一乍地，有时正在吃草，忽然就跑开了；还有一次，他爹在这里抛药材，一回头，看见一个穿蓝布衫的中年妇女，胳膊肘上挎着一个篮子，从后山顶上下来，到沟底就不见了。还有一次，他爹一个人躺在谷底的大石板上歇晌，醒来却睡在旁边的茅草窝里，爬了一身蚂蚁。

这些传闻让我心惊胆战，怕得全身汗水都出来了。天完全黑了之后，我就站在庵子外边，冲村子方向大声喊爹，有几次，竟然把嗓子都喊哑了。直到听到父亲的应声，心才安稳下来。有时候早上醒来，父亲却不见了，那时天还没亮，四周还是黑。我知道父亲下地干活去了（许多活计母亲干不了，父亲就趁傍晚早上帮她）。我还是害怕，外面任何一丝风吹草动，我都想到那是某些古灵精怪在活动。有几次，父亲一脸严肃地告诉我说，羊和羊铃铛能辟邪，跟羊在一起，啥也近不了身。想到这些，我才觉得稍微胆大了一些。有好几次，我正吓得浑身哆嗦，对面的阳坡上滚落了几块石头，擦着一溜火光，从山顶冲到谷底。我赶紧用被子蒙住头，心想：一掀开被子，就会看到一个或者一群可怕的东西。

有时候，一个人走夜路，总觉得后面有个人跟着，可一回头，什么也没有。父亲说，他小时候也是那样。还说，那是路神，专门保佑不到十二岁的孩子安全的，人一到家，它就离开了。爷爷说，他年轻的时候，跟着一群人到水米沟开荒地，晚上住在山上的一座土地庙里，第二天早上醒来，却发现连人带铺睡在了庙外的空

猫匿

地上。有一次，他们几个商量，两个人睡在庙里，两个人彻夜不睡，看到底是咋回事？晚上，只见两个正在酣睡的人像是被什么托起来一样，从庙里飘到庙外空地上。还有一次，大明月亮地，他们听到一座废弃房子前的石碾子轰隆隆地旋转起来。开始还以为有人深夜磨粮食，走到山岭上一看，却发现碾子上啥也没有，只见一个光着身子，全身赤黑的年轻小伙子，推着磨杆飞快奔跑。他们大喊一声，那赤身的小伙子一溜烟跑了，此后再也没有再见到过。

关于这一类的野外奇事异象，在乡村从没有消失过，他们的遇见可能是一种奇特的幻象，或者就是"眼离"了。但对于野外这个人群之外的自然之地，更多的幻想来自于他们对某些自然物的期待、臆想和塑造。在道家的思想里，万物皆有灵，任何一种存在都不是单一的，是与自然界的一切事物有着密不可分的联系，这就是自然本身的防御能力及调节能力，是一种自然而然的存在。当他们不可理解，解释上出现困难，就只能将之归结为"神灵"及"神灵的活动"。

　　近年来，农人在山坡上像"备战备荒"那样开垦小片地，种植粮食，每年山洪暴发，山上冲出一道道的水沟，政府部门为防水土流失而禁牧。现在，羊只没有了，牛和驴子也在南太行大多数村庄销声匿迹，只有鸡和猪猡。狼群也消失了，只有山猪。大多数人家用煤球和煤气做饭，也再没人愿意上山割紫荆当烧柴了。山上的杂草茂盛得叫人不知身在何处，紫荆灌木长成了胳膊粗的荆树。无数的野兔和山鸡在空无人迹的山坡上自由奔跑，咯咯乱叫。有几次去山里，到处都是荒草，以前溜光的小径已被淹没，没有一丝人迹。我和父亲与羊只们夜宿过的后山沟更加寂静，灌木遮住了大片青草，酸枣树和野葡萄藤封堵了以前随处可攀的道路。

独花

　　尽管这里比以前的年代更加封闭，但那些古灵精怪的传闻却没再发生，即使记得那些传闻的人，也都缄口不提，好像什么都没有发生过一样。我还记得，爷爷说他和曾爷爷曾奶奶在这里的某窟山洞里躲过日本鬼子，还遇到过一个饿得"两眼陷进脑子里的八路军"，给了他几个烧熟的土豆，那人才缓过劲儿来。他们还趴在洞口，看过一个本家妇女正在山顶支锅煮鸡蛋，忽然一声枪响，一头栽倒在地，死在了鬼子的枪口下。山根下有一眼泉水，很多年来从没有干涸过，夏天沁凉入心，冬天温热暖骨。我十几岁的时候，有一年夏天，特意跑到这里洗过一次澡。四野无人，洗完了，赤身躺在温热的大石板上，白花花的阳光照得我浑身冒气，也第一次发现了肉体之美乃至作为活着的生命的美好与幸福感。2008年回乡，听说那里修了道路，目的是要把那座山一点点挖掉出售，据说含硅，可制造玻璃。在此之前，很多含硅的山都被挖掉了，以前完整的山脉，至今开始残缺不全。

殉与逃

　　1985年初夏，麦子正在变黄，尖利的锋芒上蝴蝶翩翩，瓢虫横飞，套种的玉米儿苗正和逐渐成熟的麦子赛跑。我放学回家，路过一道桥，桥上有两个妇女在说话。一个是朱彩云，三十岁左右，娘家在五里外的白狼村，人长得很丰腴，正是夏天，胸前两只奶子像刚摘下来的大西瓜，随着微晃的身子而不停滚动。一个是赵红花，四十岁上下，娘家在三里外的赵公庄，身子像是一根枯了的小柳树。

　　走到她们近前，我听到：朱彩云大声说："嗯，那俩人咋想不开呢？"赵红花唉了一声，左手掐着细腰说："可能好几天了，要不是放羊的到那羊圈拿东西，怕烂成骨头还没有知道叻！"我走过她们的时候，俩人不约而同地看了我一眼，然后又面对面。朱彩云说："老一辈的事儿不该给孩子们套上叻。"赵红花嗯了一声，说："可不就是呢？不过，那两家的事情年代可长了！"我走过她俩100米了，她们还在说，声音渐小。我再回头看的时候，只见两人还面对面站着，相互看着对方。

　　这个情境我至今印象深刻，不是因为她们俩人的强烈反差，而是后来真切听到了她们所说的那件事。到学校，吴起村的同学吴大光说：他们村的大闺女吴彩霞和朱家庄的半大小子朱家良一块死在了后山的羊圈里。两人都没穿衣服，胳膊和腿儿直直地竖了起来。他说的时候，一帮子同学齐声哦了一下，我只觉得心脏乱跳，大热天地浑身发凉。下午放学回家，蹲在街道上吃饭，大人们也都在议论这件事。

　　大人们说：吴彩云和朱家良以前是同学，比我们高七八届，俩人在学校时，就王八看绿豆——对上了眼儿。毕业都没有考上大学，但"当两口子"的愿望是王八吃秤砣——铁了心。要是换了别人，两家爹娘再不同意，两人坚持一下，闹一阵子，再来过先上车后买票，生米做成熟饭，爹娘也就没招儿了。可不巧的是，朱家良和吴彩云的爹娘是几辈子的冤家。据说，吴彩云的曾奶奶朱秀华是朱家的老闺女，算起来朱家良得叫朱秀华老姑姑。血缘传到这一代，亲情虽然淡成了水，子女再婚嫁也没啥大碍。

朱秀华父母只生了朱秀华一个闺女，在乡村，没儿子就等于绝户，自然，朱家良的曾祖父就成了朱家唯一继承人。有一次，朱家良的曾爷爷饿得全家趴在炕上连放屁的力气都没了，吴彩云曾祖母见状，顿起恻隐之心，私自做主借给他们一斗小米。几年后，朱家良的曾爷爷说还了吴彩云曾祖母的一斗小米，吴彩云的曾祖母说没还。就因为这么点事儿，两家闹得不可开交，见面就恶吵，也不讲啥情义情理，双方都把同一个祖宗十八代都骂得狗血喷头，还狠狠地打了几场架。其中一回，朱家良的曾祖父拿着一把斧头，差点砍掉了吴彩云的曾爷爷（朱秀华的丈夫）一只胳膊。那时候，山高林密，又没有官路，到县城靠步行，单趟起码也

蝉蜕

得要两天，吴家人没去告官，但仇恨与日俱增，总想寻机报复，可始终没有逮着机会，临死了，就把仇恨交给了下一代。

到了朱家良和吴彩云的父母这一代，前仇依然浓郁，打小就教育孩子要记得这血海深仇，有机会要报。谁知道，朱家良和吴彩云反而唱了这一出，使得两家父母异常憋闷。男方父母说：俺孩子就是一辈子打光棍，也不要她家的那骚货！女方父母扬言：俺闺女就是给了猪，也不给那个王八羔子驴×的！可朱家良和吴彩云就是不理那个茬儿，俩人说啥也要在一起。两家大人没办法，把自己孩子打得整天跟个狗崽子一样，不是走路抱胳膊，就是双手捂着脸。

可能是逆反心理作怪，父母越是这样，朱家良和吴彩云就愈是难分难舍，挨了打就往一起跑。大致是1985年初夏，麦子就要被收割了，两人都没了踪影，朱家良的爹娘找到吴彩云家里，大骂吴彩云那骚×把他们儿子糊弄跑了。吴彩云的爹娘站在石头墩上骂朱家良那狗日的把俺闺女弄没了。骂着骂着，都激动起来，随

手捡起卵石头相互投掷，拿着棍棒就要大干一场。邻居们看得口干舌燥，有的人上去劝劝，有的人冷眼旁观。几天后，村里的一个放羊人偶然去羊圈（夏天一般是露天圈，冬天才到暖羊圈里），发现了上述的一幕。

据目击者说，当时一进门，打开小屋门，先是看到炕上（羊圈一侧一般有供放羊者睡卧的小房子，盘有土炕）竖起八只胳膊和腿，他一声惊号，蹿出羊圈又跑了几百米才停住。回村招呼人去看，只见一男一女赤身裸体，四肢直直举起，显然已死去数天。朱家良和吴彩云父母上前一眂，啊呀一声，当即昏倒在地。两家人各把死者尸首抬回家，装棺材时，因四肢直立，盖不了棺盖，就拿了斧头，将多余部分砍了下来，放在棺椁内，将死者赁（也叫批。按照南太行风俗，未婚男夭后，不得进祖坟，通常会按照阴阳先生的勘定结果，将死者放在祖坟外认为合适的野外某处，用石头或砖头加水泥，将死者棺椁垒在其中）在别处。

至于死者的四肢为什么会直直竖起，科学的说法是雷电的结果，其时正是雷雨频繁季节，事实上也是如此，不存在什么异象及其他隐秘力量。这是最大的残忍，砍断死者四肢是其一，将两个相爱并以死相殉的人尸首分开安葬是其二。它们都反映了人——南太行乡村人们的本质性的生命观念，即，逝去就是另类了，不但与这个世界割断了联系，也会自觉不自觉地从现实家庭成员中驱除出去，这比较符合唯物主义思想。再者，他们觉得对死者进行符合某种要求的处置是理所当

崇山秀岭

然的,不需要考虑到当事者的意愿及其他人的感受。也就是说,朱家良和吴彩云追求的"生不能同床,死同穴"终极爱情理想彻底幻灭,甚至他们用生命换取肉体合一的努力也在死后一败涂地。

这起事件让我们心惊许久,但随着秋天的到来,一切都如往常。活着的人照样忙忙碌碌,拿着镰刀,提着斧头,在山坡和田地里照常劳作;死者的坟茔矗立在山坳的某一处,成为一个恐怖和消失的符号。可不巧的是,这一年秋末,又发生了一件叫人心悸的事件:某日下午,村人正在地里收玉茭、豆子,忽然有人惊呼,众人抬头一看,只见山后的小岭上冒起一股浓烟,随后传来一声声撕心裂肺的叫喊。几个人冲上去,人已经死了,散发的味道叫人呕吐。

后来,我们听说,死者是一个结婚不过半年的妇女,她开始不愿意嫁给现在的丈夫,爹娘非让嫁。嫁了后,她不和他同床,啥活儿也不干,整天呆坐在院子里。再后来,就出了这件事——烧成了一截黑木头。有人说,某夜,丈夫把她绑在床上,完成了丈夫对妻子的要求。有人说,这妇女就没有和丈夫有过任何肉体关系。我听到这件事,沉默了好久。我想,这位妇女肯定另有爱人。当自由恋爱最终敌不过"父母之命",她选择了死亡,赤身一人,把痛苦放在汽油之中烧掉了,把一切的希望和渴望留给了她深爱的人。至于她深爱的那个人到底是谁,当时谁也没有说出来。还有人说,她父母为此后悔不迭,尤其是父亲,没两年就罹患癌症,随后而去。母亲也疯疯癫癫,不久也去世了。

与前一个事件比起来,这个事件更具有神秘意味,留下的猜测也更多。她决绝自焚人却不知为谁;她以此了结,而没有给人以充足的理由。她一个人去了,如此惨烈,叫人怀想不尽却又心生惊惧。如果说前一个事件的双双服毒自杀是为了纯粹的灵魂合一,后者的单独自焚则体现了一种隐约的期盼、

明暗

成全和自灭度人的慈悲。无独有偶的是，这两件事后的1987年春天，一个已婚男人和一个已婚女子双双从南太行乡村消失了，不久传来消息，他们俩在河南某地一起生活，至于靠什么生存，谁也说不清楚。

关于他俩的事，在还没有私奔之前，就在南太行乡村哄嚷开来。男的是一个乡村医生，女的是一位退伍军人刚过门两年的媳妇。某日，某人去诊所看病，走近，却见门向内插着，后来听见男女做爱的声音。再后来，人人私下议论。男的媳妇和孩子也听说了，女的丈夫和家人也知道。闹了劝了之后，两人依然故我，一有机会就男欢女爱，热烈得不可开交。

噬

再后来是在南太行消失，至今不见踪影。有人说，一二十年了，俩人也不知道在外咋活的？有的说，蛇有蛇路，鼠有鼠道，管别人的事儿，闲得蛋疼！更耐人寻味的是，男的媳妇依旧没有选择离婚和改嫁，带着他们的孩子，种他们的地，伺候双方的父母。女的丈夫无奈，到法院办了离婚，又找了一个媳妇，现在儿子都读高中了。这个事件至今延续，说起来，人都知道，都摇头，都惋惜，有忌讳的，也有鄙夷的。我开始也觉得这件事情至少是"不应当的"，当事人快乐了，另一些人悲哀了，他们的身体远离了南太行乡村，可他们的根儿还在。

很显然，这起事件的本身并无意义，可以说是为了寻找爱情乐园而勇敢冲破世俗阻力，也可以说是奸夫淫妇为了更肆无忌惮而选择的逃避途径。当然，不同的人会有不同的说法，但事实只有一个。对于殉情而亡的人来说，他们是超脱了，悟透了人世，相信死可以永恒，死了任谁再分也分不开。超越了阻挠者的控制范围与所有的世俗说法，是典型的朴素的爱情理想主义者。私奔的，他们或许意识到了肉体对于爱情的重要性，他们觉得，肉体是爱情的实际附着，所有的欢乐与幸福，都建立在尘世及具体身体当中。

杏花妖

月食

村南边山岭上有一片桃树，春天姹紫嫣红，芳香袭人。在山背阴坡，也长着一些野杏树。正月十五刚过，风就发暖，吹得人懒洋洋地，见到金子也不想去拿。没几天，鼻子里就有了香味，像谁在熬白糖，风一吹，甜味就往牙缝里钻。爬到山岭上一看，杏花开了，不过三五天，这一堆，那一堆，远看就像是一群花姑娘围着一起说悄悄话。再走近看，一朵朵杏花从光秃的黑枝条上跳起来，稍微一晃，就笑得浑身酥软。摘上一枚花朵放在舌尖上，丝丝的甜铺天盖地地往骨髓里跑。

这一带是果树、茅草、紫荆的乐园，当然，还有山鸡和野兔，长虫、狐狸、黄鼠狼，小蜥蜴和大蚂蚁。后来，村里一个地主在一边的山沟里开了田地，种了几十棵苹果树，每年夏天，就派短工或者长工去看。主要是晚上，防人去偷。老年人肯定不行，睡觉睡得死，苹果就是被偷光也醒不来，看苹果就是睡大觉，管不了个狗屁用；小伙子睡觉不沉，一有个啥动静就能惊醒。再说，要是真的有人来偷，小伙子力气大，要打能打，要跑能跑，要喊能喊。

村里一个未婚小伙子叫朱老三，兄弟姊妹多，家里穷，就是清水煮野菜，也往往是吃了上顿没下顿。还没到十六岁，就和哥哥一样，到地主家当短工。每到苹果能吃的时候，地主就派朱老三去看，最后给两斗米，再加两斗麸糠。要是看不好，苹果被人偷一次，就扣掉一斗米。朱老三听了，诺诺一声，拿了斧头和镰刀，先是到梾树林里砍了几根树枝和几根粗木头，又拉了几根粗葛条，在一边山岭上搭了一个小窝棚，白天在附近田里干活，天擦黑就卷着破铺盖到村外山岭上看苹果。

苹果长得极快，但天旱的话，花骨朵和新果子会掉落。只要雨水充沛，阳光再猛烈几天，不要半月，苹果就能吃了，虽然还涩，但在饥饿年代，那肯定比玉帝的蟠桃还好吃。话说十七岁那年夏天，苹果结果了，稠稠地，在灰白叶子的掩映下，向着成熟奋进。朱老三照葫芦画瓢，将去年的窝棚修理了一下，顶上又加了一层厚叶子和长茅草，防止下雨挨淋。干了一天活儿，浑身就像散架了一样，到山岭上，四处巡查了一番，钻进窝棚就扯起了呼噜。

半夜醒来，才知道被雨水浇醒，跟天翻了一样，没命地下。起身修补了窝棚的漏洞，朱老三忽然觉得很冷，冷得连手心都痒痒。一会儿肚子又呱呱叫起来，跟山坡上的山水一样，哗哗地。朱老三想了半天，也就只有苹果可以吃。原先不敢，怕地主知道罚工钱，几经颠倒，才下了决心，冒雨冲到苹果树下，伸手摘了三五个，再沿着泥水横流的山坡跑到窝棚。刚坐下，也不管苹果有没有沾泥，就咬到了嘴里。为防地主发现，索性连核儿一块吞进了肚子。

五个小苹果吃完了，肚子没觉得饱胀，牙齿倒酸得不能碰了。朱老三很沮丧，又没法发泄，只好躺在被窝里，把漏湿的部分当枕头，干的地方捂在肚子上。闭上眼睛想睡，可肚子还是不答应，叽里咕噜叫。朱老三想再冒雨去摘几个吃，可一想到已经酸倒了的牙齿，狠狠心，闭眼使劲睡。正在迷糊间，忽然觉得后背发暖，有个啥活物紧贴着，也跟着他的呼吸而呼吸。朱老三想，这该是啥呢？狐狸还是野兔，抑或是狼！想到这里，朱老三兀自吓了一跳，要翻身坐起，却怎么也起不来，身上也没啥压着。

过了一会儿，那活物又爬到前面来了，正对着朱老三。朱老三想睁眼看看到底是啥，可俩眼皮就像缝住了一样，再咋睁也拉不开缝儿。朱老三想喊叫，嘴巴明明张开了，却喊不出声音。再　会儿胸前愈发暖和，像另一个人的胸脯。朱老三想，这个人是谁呢？脑子里把自己熟悉的年轻妇女想了个遍，也不确定是哪一个。更叫朱老三难以忍耐的是，那人的手径直探向他的私处。朱老三自己觉得，那命根子像弓弦一样，嗖地弹了起来。

接下来的事儿可想而知，朱老三仰躺着，腰间有人压着，起落之间，伴随着一种类似麻雀的叫声。最后，朱老三平生第一次一泻千里。想再睁开眼睛看，也还是咋也睁不开。这时候，雨停了，流水声哗哗，在山坡和沟底，哗哗不休。朱老三陡觉身上没有了东西，一阵疲倦袭来，索性睡了过去。第二天一早，天晴格湛湛地，蓝得叫人俩眼发晕。阳光照到屁股上多时，朱老三嗨呀一声醒来，翻身坐起，见自己身上连根布丝都没有，下意识拉了被子盖上。想起昨晚的事情，忽然一头雾水。正在这时，传来地主严厉的喊叫，朱老三赶紧穿上衣服，一边应着，一边拴裤腰带，沿着山坡向田里跑去。

到地里挨了地主的一顿说道，闷着脑袋锄了一会儿草，也没有像往常那样每当这时节就饿得前心贴后心的感觉。脑子里全是昨晚的事情，朱老三一会儿咧嘴嘿嘿笑一声，一会儿闭紧嘴巴，摇摇脑袋。大雨过后的太阳是最毒的，不过一袋烟工夫，就能晒出一层白皮。同干活的一个年轻长工是十里外赵村的，热得小声骂地主的娘，不断拿粗布手巾擦汗。看朱老三一股劲儿笑或摇头。就觉得稀奇，还有点气恼，就对朱老三说：你他娘的今儿个到底咋了，中邪了，还是脑袋被狗啃了？

长工想，朱老三听到了，肯定回话，没想到，等了大半天，朱老三还是闷着头锄草，一会儿嘿嘿笑，一会儿摇脑袋。长工愈加蹊跷，又把刚才的话骂了一遍。可没想到，朱老三还是那样子。长工苦笑一下，捡了一块土坷垃，照着朱老三后背砸了过去。朱老三猛然一惊，转身看，才把目光移到了长工身上。长工说，朱老三你今儿个咋了，有得失心疯的劲儿啊？朱老三说，你才失心疯呢，俺这不是闷着头干活儿没理你茬儿罢了。长工缓和了语气说，老三啊，你一会儿笑一会儿摇脑袋，那是干毬啥呢？

朱老三嗯哈了一下，呲个大板牙笑了笑，说，人逢喜事呗，笑笑咋就不行了？摇摇也咋不行了？长工说，多少天看你小子眉毛都拧成了上吊的麻绳，脸色跟茅坑里的门帘石差毬不多，今儿个咋变了个模样？再好的事儿还能比过天上掉大饼，刨地刨出金元宝？朱老三听了，又是一阵笑，挂着锄把，看着长工说：私塾的那个朱老饼不是说，人生有俩喜事，一个是考上了状元，一个是娶上了好老婆。你懂不懂？长工听了，嘴角咧了一下，从牙缝里挤出一声笑，看也不看朱老三就说，你他娘的是做梦当宰相，睡觉做皇帝。

长工说完，兀自笑了一阵，意在讥讽朱老三。朱老三却一脸严肃，看着长工大声说，别老是从指头缝里看人，你说的这事儿俺还是真的遇上了，咋地，眼气吧，就是把眼气瞎了也没用！哼！长工听了，脸更红了，鼻子呼呼地说，说你胖你就喘，你这人真是的，老天爷饿不死瞎家雀儿，就能饿死你这种人！朱老三听了，也来了气，大声说，你驴嘴里长个狗鼻子，小看人也不能像这样，老子就是睡觉娶了好媳妇，你干气死了吧你！长工见朱老三真的生气了，腮帮子像蛤蟆那样鼓了几鼓，硬是把一股怒气咽进了肚子里。

中午，地主派一个老娘们送来了饭，两人坐在柿树底下，甩开嘴片子吃喝了一阵子，食物也不是啥好东西，每人四只玉米面加黄菜煮的窝头，两碗能照见胡子的小米粥汤。为了能多休息一会儿，俩人一口窝头能嚼一袋烟那么个工夫。但又怕地主

寂寞的开

说自己磨洋工，装着样子使劲嚼，使劲吞咽。下午，回到地主家喝了三碗玉米粒稀饭，朱老三就往山岭跑。站在窝棚前环顾了一圈，角角落落地没有藏着偷苹果的人，朱老三哎呀一声，又躺在了窝棚里。

想起昨晚的事情，朱老三觉得很是美妙，那感觉，简直就是神仙才能得到的好处。想到动心处，朱老三还忍不住笑出了声。后来又想到白天与长工打的嘴仗，顺嘴自言自语说，那个傻货，哪知道老子的快活？这时候，天色渐暗，星星跟棋子一样，一颗颗地蹦了出来。再后来是月亮，虽然不圆，但光也挺亮。朱老三站在山岭上，一阵阵的风吹过来，跟清水浇一样的凉爽。眼瞅着远处的村庄灯火一盏盏灭了，只剩下一些零星的狼叫和孩子哭。

朱老三想，今儿晚还能有那样的美事，要是能抓住……想着想着，朱老三有点兴奋，越是想睡着，却越是睡不着。在窝棚里烙了一会儿饼，眼睛还像铜铃一

样。朱老三有点恨自己，自骂说，朱老三啊朱老三，你就争点气行不行？再不睡，好事就王红玉吃粉条——够饿了（南太行乡村自创歇后语，由一人因饿吃粉条而胀死的真实故事而来）。到后来，朱老三心绪平静了些，正在迷糊，就要睡去的时候。忽然见窝棚前响起沙沙的脚步声。朱老三心一下子提到了嗓子眼。

没多大会儿工夫，那个人已经走到跟前，朱老三猛地张开眼，只见一个个子大致有4尺多高的女子，穿着一身红衣服，站在窝棚边，半弯着腰，背朝着朱老三。朱老三惊坐而起，颤声问你是谁？那女子直了身子，转脸的时候，朱老三看到，那可真是个绝世美女，至少在南太行方圆五十里没人比得过。朱老三在窝棚边站起来，那女子身影一晃，就与朱老三拉开了一丈的距离。朱老三结巴说：你到底是谁，是干啥的，从哪儿来？那女子始终背对着朱老三，好久没吭声。

朱老三又问，昨个晚上是不……你字还没出来，那女子忽然扭转身子，一张粉脸上充满怒气，伸出左手，指着朱老三的鼻子说，朱老三啊朱老三，要不是看在你老祖奶奶救过我一命的份上，我早一巴掌把你打死了！朱老三听女子这么一说，脑袋懵了一下，不知道该说什么。那女子收了怒气，背对着朱老三说：实话说，我是这山后的杏花妖，两百年前，有一个晚上，玉帝派雷公电母来抓我。正巧你老祖奶奶冒雨回娘家，走到半路，到我所在的石岩下避雨。雷公电母知道不能连累别人，试了几次都没劈到我。那时候，我就想，一定要报答你老祖奶奶的救命大恩。好不容易自己修炼成了人形，报答前世恩情，不料想，你却沉不住气。

说到这里，那女子扭转身子，眼神怜悯地看着朱老三。朱老三仍还懵着，不知道说啥好。那女子走到近前，又说：老三，要知道，天机不可泄露，你说给别人了，我就再也不能和你做夫妻，咱俩的姻缘也就到这里了。朱老三哦的一声，忽然明白了什么。噗通一声跪下，拉着那女子的裙摆央求说：我白天是气不过，才说了一句……那女子突然截住话头，大声说：一句也不行！语气极其严厉。没等朱老三开口，那女子又说，我是妖，你是人，你现在不怕我，是因为我长得好看，天长日久，你就会害怕甚至想法子害死我。现在，你自己说漏了嘴，这真是天意，我正好也解脱了。啥话也都别再说了，说了也没用。

那女子说完，转身就朝山背后走，朱老三也不知道哪里来的劲儿，从地上一跃而起，抓住那女子的裙摆，哀求说，我不管啥妖不妖，我会对你一辈子好！你就跟我在一起吧！那女子停了脚步，回身，叹息一声，拉了朱老三的胳膊，说：啥事都有个规矩定数，规矩坏了，定数就到了，再求我也没办法。朱老三又噗通一声跪下，哭着说，你要是不跟俺，俺就跪着不起来！那女子说，这个也没用，要是你真的要和我成夫妻，三年后这一天，你到山背后红石岩下老杏树下等我。话音刚落，倏地就没有了踪影。

第二天早上，日上三竿，地主见朱老三还没来，站在地头喊了半天，也没人答应，骂骂咧咧地跑到窝棚边一看，连人带铺盖都没了踪影。家人痛苦嚎啕，做了各种猜测，发动亲戚朋友四处寻找，几个月过去了，朱老三还是杳无音讯。三年后，有一个放牛的长工在山背后红石岩下捡到一只黑布糠皮枕头，枕头旁边，是一棵粗大的老杏树，全身没有一点虫蛀、斧砍和刮伤的痕迹，满身枝叶间，挂着黄凌凌的杏子。放牛的长工想摘些，自己吃孩子吃爹娘吃老婆吃，可四边都够不到，就光脚爬树，快爬到树杈时，突然手脚发软，噗通一声摔了下来。着地的地方是一片茅

山中

草窝。放牛的长工也没觉得疼，起身的时候，却看到茅草后面有一眼洞窟，小心翼翼地探头一看，里面黑咕隆咚地，似乎还有风声，还有人说话声和孩子们的嬉笑打闹声。放牛的长工大叫一声俺的个娘啊，起身就跑。回家病了一个多月才好。

临死的时候，才把这件事说给了媳妇和儿子。

　　这个故事也是爷爷讲给我的，我懂事后，苹果园还在，山岭还在，山背后的杏树依旧多而繁茂，每年春天的花香随风散播，让这里的每一个人都能嗅到一股浓密而纯粹的香味。那面红石岩也还在，旁边也有个茅草窝，只是不见了大杏树，只有一堆小杏树，分散在茅草窝四周。我上小学的时候，春天还和其他同龄人抢着到这里摘野杏子吃。

　　当初，爷爷讲完这个故事后，明确告诉我三个显而易见的道理:1、一句话可以成事也可以败事并要我千万记住，不要图一时快意，想啥说啥，不该说的打死也不能说。2、做好事不要怕没好报，只不过迟迟早早，最终都会报（有点佛家思想及宿命论意味）。3、两口子（爱情之意）最好的结局是活着时候能枕一个花枕头，死了能够躺在一个坟穴里。——最后这段话有点画蛇添足，可我觉得还是说出来好。

风月风雅 之

每一个在乡村长大的孩子
都有许多难忘的记忆，
山间的花朵，风中蒲公英，
叮咚流水与掠着草尖与涟漪的蛙鸣，
乃至成长过程中某种各种
各样的遭际与奇遇，
都是生命中最动听的旋律，
也都是内心之间持续一生的
美好与光亮……

幼年的弹弓

　　梧桐树叶上挂满新鲜的蛋黄色，它粗大的树干被我多次用小刀或者铁钉划过，年长日久，留下些很深的疤痕。母亲做饭，从房子侧面的柴火堆里抱来一掐子干枯的杨树和核桃树枝，噗的一声扔在灶火边，再蹲下来，两手抓了一根枯枝的两头，搁在膝盖上，两只手一用劲儿，就发出断裂的脆响。

　　把断柴放进灶膛，母亲又抓摸了一把茅草，用火柴点着，放在黑乎乎的灶膛里，又折了些较细的枯枝，放在慢慢扩大的火苗上。不一会儿，灶膛传来热烈的噼啪声，火焰忽地喷出。

　　我一个人在院子里玩儿。院子不大，靠着另一家楼后墙的地方长着一棵梧桐树，好像很多年了，庞大的树冠比二层石头楼房还高。春天长出阔大的叶子，在微风中忽闪，把越来越热烈的阳光切割成一块块光斑。

乡下摩托

院子下面是路，路左右和下面是田地。麦子已经抽穗了，父亲时常走到自家的麦地里

幽静温情

边，掐着麦穗看一阵儿，说，再过三五天就能割了。

我百无聊赖，一会儿看蚂蚁搬家，一会儿被突然从墙洞里窜出来的老鼠惊吓，还有不常见的蛇，在石头台阶上扭着身子狂跑，再眨眼，就钻到了某个石洞。

清水在铁锅里发出咝咝的响声。母亲把大点的枯枝捯开，放了好几根，就去屋里和面去了。我玩得累了，坐在石头墩上看了一会儿天。初夏的天真蓝，像我在梦中看到的大海和它的大水。不断有狗叫从村子的其他地方传来，间或还有孩子的哭声。

我看见一只小麻雀，从房顶飞下来，在院子里有土的地方啄食。我盯着它看。小麻雀也很警惕，低头猛啄一会儿，赶紧抬起头来，四处看看，然后再低头啄食。

母亲从屋里出来，脚还没落地，那只小麻雀就惊了一下，扑打着翅膀飞起来，落在邻居屋檐下。我说：娘，你把小麻雀吓跑了！娘又往灶膛里填了几根枯枝，站起来，看着我说：吓走个麻雀有啥咪？

麦地里也有很多麻雀，一只只飞起来，在马上就要成熟的麦穗上飞快地啄一口，又落在麦地里。再下面的河沟，对面的林子，还有很多鸟儿，呱呱叫着飞，或者几只十几只聚集在某棵柿子树上，你一声我一声地叫。那情景，让我想起大队开会，那些人坐在桌子上，你一句我一句地大声说话，甚至吵架。

忽然看到一片类似叶子的东西，从高处飘飘地落。我走下台阶，到路边捡到，却是毛茸茸的鸟羽。有一些黑白相间的鸟儿不断地飞，越过我的头顶，没在山岭后面。

关于这些鸟儿，母亲和父亲分别说了好多名字："弹弓"、"喜鹊"、"布谷""黑老鸹儿"、"麻雀"。它们几乎每天都在我头顶飞,在村庄四周的田里,还有附近的山坡上,落下来吃东西。慢慢地,我也能简单地分辨一些,叫出它们的名字(长大后,查字典也不知道方言叫做"弹弓"的鸟是哪一种)。

母亲再出来时,我说:娘,那麦地里有麻雀!娘站在我面前,探着身子向麦地里看了一眼,说,那是麻雀,在吃麦子呢!我说,它们为什么吃麦子?娘说:麻雀就是糟蹋庄稼的!

路过的村庄

我颠颠地跑回家。屋里很黑,和外面截然两个世界。正墙挂满了成串的黄玉米,说是留种子明年再种。父亲给我做的弹弓就挂在玉米中间,红色的皮绳,发黑的骨架,沾满了黑色的灰尘。我取下来,到麦地边儿,捡了一些小石子,放在衣兜。

我像个偷袭的战士,爬到麦地沿上。探头向下一看,那些麻雀还在争相啄食麦穗。我瞄准,朝着至少有二三十只麻雀发动攻击。石子射出后,那群麻雀轰的一声飞走了,掠过麦地,在空中一纵一纵地消失在另一片麦地。

我想它们还会飞回来的。就趴着等。母亲喊我吃饭,我没应声。娘找到我,说:傻孩子,你在这儿趴着干啥?我说打麻雀!母亲说,你能打中麻雀?赶紧回家吃饭!话没说完,就伸手拉住了我的胳膊。

春姑姑，小拨浪鼓

春姑姑，豆芽芽，说着说着，春天就来了。很小时，母亲就教我这首歌谣，我不知道是什么意思，身边有小孩或是大人说起，我就会想起自己的姑姑，还有椿树上挂着的一串串形似长豆角的椿莲子。

南太行的春天最先从地面发生的，先是穿棉鞋的脚不自主发热。抬眼，近处的山坡上有了一层薄薄的绿意，风吹在脸上，也有了一种温水洗漱的感觉。长得最快是向阳墙根的野草和甜甜菜，人还不注意，它们就蹿起来老高。夜里还稍微冷些，东风还使劲在树梢、房顶和远山近岭上扎猛子，人要出门，还是要穿厚衣服，缩着脖颈。

二月下旬某一天，我跟着父亲去山后拾柴，上到岭顶，眼睛就被满山的杏花抓住了。找大喊一声说，爹，杏花开了！爹看看，说，这时候就是杏花开的季节。我说；我想吃杏子！爹说，杏子还早着呢，再等个把月才能吃。

杏花像水粉，一树一树，挂在起伏不平的山地上，而其他的植被，还沉浸在冬天的噩梦中。父亲拾柴，我跑到杏树下，仰着脖子看花。我其实不是在乎花朵，而是想看看花朵后面有没有杏子。

烟村暮色

父亲说：有蜂，小心被蜇了！这时候，我才发现，杏花上下翻飞的都是蜂，有人养的蜜蜂，还有山里的大黄蜂、小黄蜂、黑蜂，甚至重生的苍蝇，也在杏花中间争先恐后，嗡嗡乱叫，疯了一样。我退后几步，无意中，看到地面上蜷缩着很多蜂的尸体。

这蜂咋死了？

冻死的，要不就是被其他蜂咬死的。蜂们也打架，一种和另外一种水火不容，见了就相互咬，拿针蜇。就跟有仇的人一样，非要把对方弄伤弄死才罢！

听了这些话，我懵懂，也觉得可怕。

爹又说：这些蜂——尽管是同类，它们也相互打架和伤害，跟咱村里的人一样，因为一点小利益，连亲情都不顾，吵闹、打架，甚至背后下刀子。

我远远地离开杏花，到父亲跟前看着父亲拿斧头砍柴，然后帮他把枯枝拢在一起。

没过几天，我家院子下面的梨树也开了。娘说，二月初二早上，所有的梨树枝条都没有了尖儿。我说那是为啥，娘说，被神仙采走了，他们用梨树枝尖儿做衣裳，或者在蟠桃园里嫁接成仙梨树。

傍晚，无论天再黑，远远就能看到盛开的梨花，像是一团巨大的雪球。

三月上旬，桃花也开了，整个村庄一片芳香，蜂们照样追香而来，嗡嗡的声音使得树枝发颤。这时，椿树也冒出了嫩芽，紧接着，突出一串一串的椿莲子，像洋槐树上的长豆荚一样，绿茵茵的，风一吹，会响起嗦嗦拉拉的碰撞声。

椿莲子就全身发黄，然后变红，再持续变黑。红的时候，就像是写给春天的条幅，每个上面都凹凸着一些字儿。而黑，预示着它们的使命已经结束，或者生命走到了终点，有些会落下，摔在地面上，里面成熟的籽粒被太阳暴晒，炸开来，蹦

124

的哪里都是。有些还会勉强挂在枝上。

清明节，娘带我去舅舅家。似乎从一开始，我就没有见过姥姥姥爷。娘去舅舅家，还有大姨妈和小姨妈。姊妹三个，带着自己的孩子，是去给姥姥姥爷上坟。姥姥姥爷的坟地上，长着几棵柏树。母亲姊妹三个对着石头做的坟墓跪下，点燃黄纸，还有冥币，然后放声哭，叫爹娘，说爹啊娘啊俺想恁都（你们）！哭得眼泪鼻涕一大堆。

我在旁边的草地上玩儿。

回到舅舅家，通常会留下来吃午饭。小姨妈到大舅家吃，大姨妈和娘在二舅家。

两个舅舅家挂在一面山坡上，院子下面是石头砌的墙壁，墙壁下面长着很多椿树，再向下是小马路，马路外面是石头水泥大坝，宽宽的河道里都是大小不一的卵石，只有到雨季，来自上游的水会把卵石一股脑盖住，且不断向前推动，把新的带来。

每年这时候，舅舅家院子下面的椿树也正挂着数不清的椿莲子，我和大我几岁的表姐表哥一起，站在石墙上面，大声说："春姑姑，豆芽芽，说着说着，春天就来了！"表哥人大力气大，总是会拿了带钩的长杆子，伸到某一棵椿树上，将其中一根树枝折断。我们几个一起，把上面的椿莲子捋个精光，拿手里，一边说"春姑姑，豆芽芽，说着说着，春天就来了"，跑到大人面前耍。

青山近暮色

娘说，这样会损坏椿树，你们这群孩子啊，咋不知道爱惜椿树呢？舅舅和妗子看着我们笑笑，说，孩子，就是贪玩的，没事儿。

下午跟着母亲回到自己家，我还拿着几串椿莲子。

我六岁那年春天，嫁到邻村的姑姑忽然回来了，从我们家一侧的巷道里，拿着一只小拨浪鼓，走到我面前，说，平儿，姑姑给你买的！我接住，使劲摇起来，咚咚的鼓声在春天的院落里格外清脆。娘看到了姑姑，热切地说，你姑姑来了，献平，快叫姑姑。我叫了姑姑。

小小的拨浪鼓，两面打磨得白而光滑，绷得很紧的牛皮，上面带着一个用红绳儿栓了的小鼓锤，还带着一绺儿红缨儿。我欢喜得不得了，连饭都没有兴趣吃了，一个劲儿地摇着，在院子里跑着。

姑姑没有在我们家吃饭，母亲端起面条给姑姑，姑姑好像说吃过了。在门墩上坐了一会儿，起身要走。母亲喊我说，姑姑要走了。我收住脚步，姑姑摸摸我的头说，姑姑送你的拨浪鼓好玩不好玩？姑姑好不好？我说好玩好玩，姑姑很好很好。

姑姑的小拨浪鼓让我的童年时光幸福了好多天，甚至睡觉的时候，还把它紧紧抱在怀里。后来，母亲和姑姑吵架了，吵得很凶，回到家里，母亲把小拨浪鼓硬从我手中夺了过去，朝着姑姑家的方向，快步走去。从那儿之后，我就不见了小拨浪鼓。我哭着向母亲要了好几次，母亲总答应给我买，可买着买着，我就长大了。

远村

摘榆钱儿

村庄周边有很多的榆树，一棵棵，一丛丛，在春天，闪耀着绿。相对于杏花、梨花和桃花，山坡上的黄芩花，榆树很寂寞，除了偶尔的鸟儿会光临它们，其他一些漂亮的飞禽一次都不去榆树上歇一会儿脚。直到榆树叶子长大了，每片叶子都像是铜钱的模样，嫩嫩地在阳光下闪着光的时候，村人忽然把眼睛对准了它们。

春

那时候，刚刚包产到户不久，冬天刚刚过去，家家户户的存粮就不多了。有特别困难的，早就吃干了缸底，找人借着吃了，等秋天粮食下来，再还上。

春天成了人们的野菜盛宴。先是挖着吃苗苗草和甜甜菜，等榆钱儿长大，就拿着镰刀和长杆，向着榆树进发。娘说，榆树上最好吃的是叶子，就是榆钱儿，再就是榆树皮，剥下来，晾干，放在碾子上碾成面粉，掺在玉米面或荞麦面里，吃起来很光滑。

有一天，天就要黑了，母亲领着我，挎着篮子、拎着长杆，悄悄地向白天观察好的榆树走去。山坡很陡，她在前面探着身子向上爬，我在后面四肢着地爬。娘俩呼呼地喘着粗气，到白天观察好的一棵大榆树下面，趁着星光，娘抬头向上看看，说，幸好还没有人摘过，榆钱儿很多。

母亲叮嘱我就在树下，哪儿也不要去。为了制止我乱跑，说，山里有狼，狼最喜欢吃小孩子！我吓得就要哭了。娘说：狼也怕大人，只要你不乱跑就没事儿。我赶紧点头。娘还说，娘在树上摘榆钱儿的时候，会砍下树枝，你也要看着，不能让树枝砸到你！我也嗯嗯着答应。

娘脱了布鞋，像猴子一样沿着粗大的树干向上爬。我至今记得，母亲爬树的姿势不好看，甚至还有些丑陋。两条腿弯着，两只手抓着树干，屁股突出，很不雅观。而在当时，母亲根本不会想到这些，她的目标就是榆钱儿，能采更多更好的榆钱儿，够一家人吃几天，比什么都强。

榆树高高大大，在母亲的攀爬中轻轻摇晃。爬到榆树分叉儿的地方，母亲坐稳，从后腰取下镰刀，开始砍榆树枝，哐哐的响声在渐次加深的夜晚显得格外空旷。大约一个小时后，地面上就落了好多榆树树枝。母亲在树上　站起来，四处看看，实在没了可以够得着的树枝，就找一个空地，把镰刀扔下来，然后顺着树干爬下来。

这时候，天已经黑透了，星星在天空中不知好歹地闪着，旁边的草丛中传来鸟雀睡眠的声音，还有风摩擦茅草和摇动树叶的声音。下树要比上树轻巧和快，母亲穿上鞋子，对我说，帮娘拣树枝吧，咱捆好，扛回家再捋！我也急忙行动起来，帮母亲拉树枝。母亲拿了一根麻绳，呈一字形放在茅草上，再把树枝一根根

院子里的椿树

入夜的村庄

搂上去，然后把所有的榆树树枝捆起来。让我拿了篮子，她扛着一捆树枝，手里还拖着长杆和镰刀，沿着陡坡向下。

母亲滑倒了几次，我也是，篮子脱手，向下滚了一段，又被一丛枣树灌木拦住。跌跌撞撞地回到家，村庄里已经没了灯光，只有几只狗，对着黑夜狂吠乱叫。

到家，母亲帮我脱衣服，让我先睡，我说我不睡，跟着娘捋榆钱儿。娘说，你小孩子家捋不下来。我坚持，母亲只好不管我。她把那捆榆树枝子拖进家里，拿了小凳子，坐在煤油灯下一节节地捋。我也拿了凳子，坐在母亲一边捋。可把手都捋疼了，榆树叶子也还好好的。娘说，你快去睡吧，别在这糟践榆钱儿了。

我趴在炕上，看母亲捋榆钱儿，看着看着，就睡着了。第二天早上醒来，看到屋地上放着两大篮子榆钱儿。母亲说，今儿晌午咱吃榆钱儿饭！想不想吃？我说，想吃。母亲笑着给我穿衣服。穿好，把我放在地方，又看了看那两篮子榆钱儿，叹了一口气，说，太少了，这能吃几顿？

中午，我在院子里玩，榆钱儿和玉米面混合的香味就飘进了鼻子。大约半个小时，母亲掀开锅盖，看榆钱儿饭熟了，就倒了一点食油，用勺子放在火上烧热，又放了一些花椒和葱花，还有白盐。给我盛了半碗，我拿着勺子吃，觉得很香甜，尤其是榆钱叶子，嚼起来特别柔韧，有一种青草的香味。

到下午，还是榆钱儿饭，不过是中午剩的，榆钱儿叶子已经变成了黑色。我有点不想吃，母亲就给我下了一把挂面，撒了点香油和葱花的，还有盐。收拾了碗筷，母亲提着猪食桶子去屋后喂了猪，就要闩门睡觉的时候，一个人进来了，借着昏黄的煤油灯光，我看到了父亲。

一个人的正午

　　父亲从很远的水库工地回来，带了好多香烟、糖块，还有一包一包的雷管和炸药。母亲说：你吃饭了没？父亲说：这么晚了我到哪儿吃饭去？母亲说，没吃我就给你做。

青苹果

　　母亲做饭，父亲打开屋子中央的双层抽屉，将香烟和炸药分开放了。叮嘱我说：你小子可不要乱翻，那是雷管和炸药，很危险。那时候，我正在吃糖，还抱着一大堆花花绿绿的糖块挑挑拣拣，把认为好吃的放在自己的布兜里，不好吃就暂且搁下。

　　父亲又大声说：你听见没有？我回过头来，看到父亲略带怒气的脸。我赶紧说我知道了。我又问父亲：爹，到底有多危险？父亲说，就像《地雷战》里炸日本鬼子一样，轰的一声，就把人炸飞了。

　　父亲对母亲说，水库已经修好了，再不用去了。母亲说：就在那儿还能挣些钱回来养家，不去了，以后干啥呢？父亲说，回来就种地呗！母亲说，村里就那么一点地，还不够俺一个人种！父亲说，不种地还能干啥？母亲搓了搓面手，说：村里正在找人放羊，要不你去吧。放一年羊也能挣两三千块钱，还给几袋面和大米父亲点了一根烟，坐在炕前的小凳子上，没有吭声。

第二天，家里都是和放羊有关的话音，在我耳边绕来绕去。到傍晚，父亲就做好了放羊的铲子和皮鞭。这就预示着，村里同意把各家各户的羊拢在一起，让父亲放了。

奶奶说：俺小子放羊绝对是个好手，除了他，村里再没有合适的了。爷爷说，俺小子放羊，羊绝不会有啥闪失的，这孩子心善，对人好，对羊也好。

再一天早上，父亲起得很早，穿上衣服，脸都不洗，带了铲子和皮鞭，就出去了。从那天早上起，父亲正式接管了羊群。中午，母亲说，你到山上给你爹送水和干粮去吧。我说山很高，我爬不动。母亲说，你已经7岁了，该替娘干点活儿了。

母亲一边说着，很麻利地将烙的饼子和水装进花布袋里，把袋子挂在我的脖子上。

应当说，后山我还是很熟悉的，父母亲带我去了多次。去收坡地的庄稼，还有给牲口割草，打栗子、摘柿子和核桃。父亲放羊的地方虽然不大确定，但范围大致就在后山。

我脖子上挎着饼子，还有一罐头瓶子热水，出了村庄，一直向后山走，嘴里嚼着父亲带回来的糖块。暮春正午的太阳很热，在家里还不怎么觉得，走一会儿路后，感觉就像热锅上的蚂蚁一样，连头发都发烫。

后山长长河沟里满是卵石，大的比一间房子还大，小的就像我攥紧的拳头，石头下面是粗沙。河谷中间，有一条溪流，水很清，但很凉，即使夏天，也乍手。河沟两侧，是高高的山坡，太阳经常照的那面，叫阳坡，背着太阳的叫背坡。背坡上的草也多，阳坡草也不少。阳坡和背坡的区别在于：阳坡石头多，高高低低的悬崖也多，基本上由石头和悬崖构成，石头下面住着蝎子、蝎虎、蜈蚣和蚰蜒，还有冷不丁吓人一跳的花蛇。裸露着的褐红岩石形似野兽的血盆大口。悬崖下面，还有很多的枣树和紫荆灌

白鹭戏水

木。所谓的背坡见太阳光少，但泥土和空气很湿润，即使在石头上面撒一层土，也能长出草。背坡的草阴软，紧贴着土皮，草中间有很多的药材，像柴胡、田七、黄芪、桔梗等。春天时候，杜鹃、山丹丹、野黄花开的到处都是。

我走累了，钻在一棵栗子树下面乘凉，有风吹，感觉像凉水冲了一样的舒畅。山坡上有些鸟们，不停喊着叫着，小小的壁虎匆匆地从我脚边窜过，一窝窝的黑色蚂蚁排着队列把小虫子的尸体拼命往家里拖。

一只蚰蜒不知怎么就爬到了我胸脯上，我惊叫，站起来使劲拍打。蚰蜒的腿很多，细细的，抓的很牢，我捡起一根木棍，这才放心大胆地将它划了下来。母亲说，蚰蜒这东西很邪乎，专钻人的耳朵，钻进去，就非要用香油灌，它才会死或退出来。

沿着河沟，我又走了一会，看到飘在阳坡上的黑色羊群，羊们蹬下来的石头从山坡的最高处，轰轰地，碰撞着火星，冲沟底奔来。我害怕，站在一块大石头上，脸向上，使劲儿喊爹。父亲听见了，站在羊群上面，大声对我说，你就在那儿待着，不要过来，我下去。

父亲的声音在很大，声音掠过两边山坡上的岩石、茅草、枣树和野花，不一会儿，就跑到了河沟的尽头，又撞出一片回声。我找了一个阴凉的地方坐下，父亲从高高坡顶上走下来，手里拿着铲子和皮鞭，腰里还别着一把镰刀，肩上还扛着一捆荆条儿。

父亲哎呀一声坐下来，吃干粮，喝水。抹了抹嘴角，开始捋荆条儿上的叶子，只剩下细细的长长的条干。父亲说，割一些荆条儿，冬天时候编花篓，一个花篓三块钱呢。你背回去吧。下午我再割一些。我说我背不动，父亲说，少背一点儿，没事儿，人就是干活儿的。说着，就把一捆荆条儿搁在我的肩上。

民居

羊儿们上山

父亲放羊，我开始上学。同村的几个同学说，恁爹就会放羊，最低等和下贱的活儿。我很生气，反驳说，恁爹还不会呢！他们哈哈笑，我气急，转身就往家里跑。他们在后面还呵呵大笑。

我对母亲说了。娘说，就是的，恁爹就是会放个羊，其他的也都不会。不像

嫩叶

人家老军蛋爹当支书，家里人来人往，好吃的不断。大把头的爹倒卖木材，家里都头了摩托车，牛得给个乡长一样。还有二黄毛的爹，会给人盖房子，当瓦匠，吃得好，一年也挣好多的大票子。

母亲这样一说，我彻底沮丧了，也没有反驳，闷着头写作业。可怎么也写不好，就扭头对母亲说，娘，不要咱让爹放羊了？娘说，傻孩了，恁爹不放羊干啥，你看，家里吃的用的，包括你上学的学费，哪一点能少了钱？我嗯嗯了一会儿，啥也没说出来。闷着头吃了饭，撂下碗筷，背上书包，一个人往学校走。

农历五月，麦子熟了，金黄金黄的，摇着沉甸甸的脑袋，一副不堪重负的样子，山风一阵阵吹着，麦田里涌着波浪。母亲说，今儿个你去替恁爹放羊，让他回来收麦子。我说我还小，放不住羊，要是吃了人家的庄稼咋办？母亲说，让你爹把

133

羊群赶到后山去，那儿没有庄稼，现在有草吃，羊也不会乱跑。我拗不过母亲，背上书包、干粮和一肚子的不乐意，到后沟替换父亲。

见到父亲的时候，羊群正在河谷里休息，卧在两棵挨着的柿子树的浓荫下面，黑压压一片。羊们喝足了水，就开始倒嚼。满河谷里都是它们牙齿碰撞的声音。父亲喝水，吃着母亲做的玉米饼子。见我来了，父亲从兜里摸出几颗杏子，说是从后山沟的野杏子树上摘的，比骡子圈村私人种的还甜。一看到杏子，我的腮帮子酸水横流了，牙齿痒起来。我吃了一颗，给父亲一颗，父亲说太酸了，吃了牙疼。

父亲躺在石条儿上，鼾声比溪水响亮。羊们卧在那儿，很少来回走动。我听着知了和鸟们的叫声，打开新发的课本，找上面的吸引人的文章看。太阳有点斜

羊群与水草

意的时候，父亲醒来，嘴里发出一声口哨，羊们就开始咩咩叫，一只只站起，抖抖身上的土尘，疏松一下筋骨，就准备出发了。

父亲发出第二声"号令"，有两只脖子上挂着铃子的大羊率先迈开四蹄，向着后山走去。头羊的角很美，基本上都弯曲向上，粗粗的，长长的，两只角儿合成

一个半圆，再分开，向上长，尖儿细细的。它全身的毛也很特别，和腿一般长，都耷拉到地上了。

头羊叫着，像是号令，众多的羊跟在后面，像整齐的队伍，有条不紊，蹄子踩在石块上，发出很脆的响声。

父亲说，一般来说，走在最前头的羊不会惹是生非，这儿乱啃一口，那儿胡采一嘴叶子。经常捣乱的羊会走在队伍中间，最滑头的走在后边。

村庄的河沟两边，有很多和玉米、谷子地和菜地。一不留意，就有好吃的家伙，三蹦两跳地跑进去，逮住玉米苗儿、谷子或菜猛吃几口，待人发现的时候，一颗石块砸来，就赶紧跳出来，嘴里还不停嚼着。有的则把嘴伸进地里，能逮着多少吃多少，落空了也不要紧。

因为羊们的好吃，父亲和母亲挨了村人不少的骂。父亲说，羊在春天和秋天快完了的时候最难管，一不留神，就一窝蜂似的窜到地里吃庄稼了。有几次，羊吃了和我们家有过节人家的玉米和麦苗，人家凶巴巴地找到家里，把母亲骂了一顿。母亲就说，到秋天我赔你们粮食，不要骂了。有的就此罢休，有的嘴里骂个不休。有关

田地

系还算可以的人家，不好意思讲，就干脆在地边扎上满是尖刺的枣树枝子。羊再好吃，也怕刺扎。

远离田地和庄稼，羊们也就暂时安分了，顺着河沟边的斜坡，以画圈的方式，逐步向更高处挪动。父亲说，你要上到羊群的上面，别让羊蹬下来的石头把你砸

着了，到太阳快落的时候，就把羊赶回来，我在前面水池那儿接你。

我抓着结实的荆条和茅草，从羊群侧面，爬到羊群上面。刚坐下，就有不听话的羊捣乱，竟然向栽有栗子树苗的背坡跑去，我一下子慌了，抓起一块石头，使劲朝那两只羊扔去，可我力气小，石块儿还没有飞到坡根，就像突然受伤的鸟一样，扑拉拉地落下了。我捡起一块小一点的，拉开步子，右手前后作势甩了甩，再抛出去，这会刚好砸在那两只羊的屁股后面，那两个家伙屁股一缩，大概知道了什么意思，转过头来，回到了羊群。

气喘吁吁地坐下来，看着脚下低头吃草的羊们，心里有一种空落落的感觉。巨大的山坡上只有我一个人，细微的风吹动身后的茅草，被羊惊吓的野兔没命奔跑。还有野鸡，不知道它们藏在哪里，只能听见它们咯咯的叫声，有离得近的，在我不经意的时候，从身边的草丛飞起来，大声叫着，飞到更远处的草丛。

狼白天一般看不到，除非饿极了的那些家伙，才会出来找东西吃。有几次，羊群在后山河沟里过夜的时候，父亲吃饭回来，就看见一匹孤狼在羊圈里横冲直撞的凶恶样子。父亲拿起猎枪，想打它，又怕打着羊，就朝天放了一枪，那家伙一惊，身子一纵，跳过羊圈墙跑远了。有几次，父亲打死几只野鸡或野兔回来，可母亲不吃肉，我也不爱吃。父亲就自己做了，给祖父祖母和小弟一块吃。

狼这家伙狡猾得很，一般撞不到枪口上。

一个人坐在山坡上，时常胡思乱想。小时候，祖父经常给我说些鬼狐的故事，凑巧的是，他说的那些故事几乎都与这面山坡有关。祖父说：这面山坡某处，蒿草茂密，里面住着一只狐狸精，羊群一到那儿，不知咋回事，就一阵骚动，远远跑开。祖父还说，很多年前，村里一个人在后山根下一棵柿树上上吊死了……这样越想，心里越发紧，全身起了一层鸡皮疙瘩，头发也像竖起来一样。

而羊们却还是一副事不关己，懒得理睬的样子，低头自顾自地吃草，它们的嘴巴飞快地掠过青草，决不放过任何一根新鲜可口的青草。后来，我才知道，羊们专心吃草，是对牧者的一种怜悯和帮助，让一个人跟在羊群后面，歇歇身子，做些其他的事情或是躺在柔软的草上，由着心性胡思乱想。

蝎子的叫喊

蝎子们住在后沟山坡的任何一块石头下面，它们大都颧骨很高，嘴巴塌陷，经年累月不发一声，即使它们叫喊，也只有覆盖它们的石头可以听见，但谁也不可能听懂。小学五年级之前，蝎子们对我一无所知，我也从来没有打搅过它们。十岁那年暑假，我第一次和蝎子谋面。因了钱的缘故，蝎子们的名声空前大了起来，像一炮走红的艺术家。

我看见蝎子们在老军蛋家的臭洗脚盆里，头顶的两只浅黄色的钳子左右伸着，细细的腿脚轮番迈动，形似竹节的尾巴头上举着钩状的尾刺。老军蛋一脸得意，说，别看那不起眼的刺，扎进肉里，就放毒，然后缩回去，它才不管你疼不疼呢！

蝎子们听不懂老军蛋的话，只是一个劲儿地熙熙攘攘，一个个做出张牙舞爪，不可一世的凶恶样子。可这只是蝎子们在妄自尊大，它们再跑，做的样子再凶，也跑不出老军蛋家的臭洗脚盆。怪只怪它们的身体太小了，如果和我一般大，老军蛋就不会站在我面前指手画脚了。

老军蛋找了一根木棍，伸在臭洗脚盆里，在

红花古庙

蝎子群里胡乱指画着，一会儿压住一只蝎子的后背，一会儿把蝎子翻个仰面朝天。蝎子挣扎着，对老军蛋的戏弄不放在眼里，只是在长满污垢的盆子边上，使劲儿地向上爬。蝎子们的心思很明显，可老军蛋却不肯放过它们，有一只特别健壮的家伙，成功爬上盆沿，喘息未定，可老军蛋手中的棍子一挑，它就又无功而返。

村口传来收蝎子人的叫喊。这些骑着破车子满村庄跑的小贩，也不知道从哪儿冒出来的，一串儿一串儿的，一个还没走，另一个就跟来了，亲戚串门一样。谁和谁也在不一块儿，各收各的，一个人到一个或者相邻的几个村庄吆喝着收购蝎子。大人们说，做生意有做生意的道道儿。可我所看到的事实不是这样，通常，在栗岩坪收蝎子的是这个人，到和尚沟还是这个人。另外一个收蝎子的人骑着车子来了，这个就赶紧收了袋子，把车子骑得飞快，从另一条路上跑了。

蝎子贩子推着车子，到马路边儿就扯着嗓子喊："收蝎子了，收蝎子了！"这时候总会有人答腔，问咋收的，收蝎子的停下车子就喊：大的一只5毛钱，小的2毛钱，半大的3毛4毛钱！声音在村庄里缭绕，捉了蝎子的半大小伙子就窜出家门，站在街道上招呼收蝎子的快来，快来呀！收蝎子的就骑上车子，也不管路面的石头蛋子和洋槐葛针，卖命的蹬着，冲到小伙子们面前，看货论价。老军蛋、黄毛鬼、朱娃子等捉蝎子能手蹲下来，睁大双眼，仔细瞅着，生怕收蝎子的少数一只。接过钱，手指往舌头上一摸，一块两块，两毛五毛地点。个个脸上都有光芒在闪。收起钱，老军蛋、黄毛鬼和朱娃子就嚷着下午到哪儿哪儿去捉蝎子，他们眉飞色舞，指手

背后

对山

断崖

画脚，神态就像书上舍身炸碉堡的英雄董存瑞或者小英雄雨来。

蝎子贩子跨在自行车前把上的厚塑料袋子里装的都是蝎子，一只只压在一起，黑黑糊糊的，如果不动，倒像是装了半袋儿黑土。

老军蛋、黄毛鬼和朱娃子卖蝎子的钱让我眼红，花花绿绿的纸票子，往兜里一塞，想要什么就有什么，这恐怕是世界上最好的事情了。我跑回家的时候，母亲正在院子里用簸箕簸着晒干了的瘪麦粒，头顶的毛巾上落着一层黑黑的土尘。我对母亲说："我也要去捉蝎子！"母亲转过脸来，一副不相信的表情。

母亲摸摸我的头说，俺平子知道帮着家里做事儿了，这才是好孩子。恁爹累死累活地给人家放羊盖房子，一天才挣十几块钱，你一天不多，捉10个蝎子相当恁爹半天的工资了。就是怕你被蝎子蜇，山也高，你爬不动，山上还有人捉蝎子，扔下石头来，那可不时闹着玩儿的。

我说，娘，不要紧的，你给我做个镊子，看见一只，捏住往瓶子里一扔就行了。我爬高些，不让石头砸中我！

第二天一大早，母亲叫醒我，一边让我洗脸，一边洗刷了盛咸菜的小玻璃瓶儿，随手从墙壁上的筷桶取出一根竹筷，用菜刀从粗的那头劈下，到筷子中部停下来。再找一段不长的细铁丝，在劈开的筷子中间绕上几圈儿，一个捉蝎子的简易工具就做好了。

老军蛋、黄毛鬼滑头，故意把我往没有蝎子的坡面上带，他们总是在坡根转，等我爬得老高了，他们就像兔子一样滑下来，到河沟后，嘴里响着一串戏弄的笑声，跑到另一面山坡上去了。我想去，可他们总把石头翻得滚下来，飞快滚动的石头和静止的石头相互撞击着，满山遍野都是它们的响声和浓重的硫磺味道。

我只好从背面山坡向上爬，一边翻着可能压着蝎子的石块，等我接近他们的时候，老军蛋和黄毛鬼已经抓了十多只大蝎子了。

再以后，我不敢跟着他们了，就和比较实在的建民一块儿。和老军蛋、黄毛鬼他们一起的时候，我也看出了些门道。蝎子一般都栖身在阳光照的比较多的地方，覆盖它们的石头要有点缝隙，一般用手就可以翻过来。

中午天气比较热，蝎子都紧贴在石头上面，翻石头的幅度要大些。下过雨后，藏在深洞和巨石下面的蝎子都要出来晒太阳，这是捉它们的绝好时机。那些深陷泥土的大石头下面，看起来不像有，用短钎撬开，说不定就是一个蝎子家族，多的有上百只，少的也有十几二十只。

可是我每次捉的蝎子都很少，有时跑一天，耗费两只大饼、一壶糖开水，傍晚回来才捉了两三只，可老军蛋和黄毛鬼平均每天都是50只以上，心里总有些不服气，可是蝎子们并不理解，它们变着法子躲着我，跑到老军蛋他们眼皮底下。

后来跑得很远，到南盘老长城那面山坡上，几乎一块不落地翻石头，可捉的蝎子还是少得可怜。怎么也不好意思迈进家门。那次和母亲一块去卖蝎子，几个妇女相互打问谁家的儿子捉蝎子捉的多，卖了多少钱。母亲实话实说，俺献平一个夏天捉蝎子一共卖了25块钱。

其他几个妇女就笑，牙龈都红艳艳的。有的说，恁家献平没那个外财命。母亲虽然很没面子，但从来没有因此数落过我。

我听到了，心里也难受，有天中午，看田地里没人活动，我一个人去翻地沿边儿的石头，希望找个几只蝎子。没料到，正翻一块石头的时候，一只半大的蝎子就藏在我手石头底面一侧，我手指刚刚到达，它的尾针就命中了我的右手食指，那一瞬间，我感觉像遭了电击一般，脑子轰地一声，疼痛传遍了全身。

我娘呀娘呀地喊着疼。回到家里，母亲听见我的哭声，急忙跑了出来，眼瞳里满是惊恐。

母亲说：蝎子没娘，越是喊娘就越疼。

"蝎子怎么没娘？"

母亲告诉我，蝎子生出来后，没东西吃，就把自己娘分着吃了。这是残忍的，它的食母行为让我吃惊，"娘"这个称谓可能是它们致命的弱点和良心的滴血伤疤，不允许别人提起。

母亲一边说着，一边取出白线，使劲绑了手指，用针尖刺了一下，使劲一挤，一股清液溢了出来。母亲说那是毒液，挤出来就没事了，不要喊疼，就当蝎子报复了咱一下。

我们的新居

好像一场雪后，新房子就站起来了。它按照父亲母亲的意愿，离开了我们都不喜欢的村庄，在向前二里的一处向阳坡上——母亲找的地方，又经过风水先生堪舆。先是打了拉了石头，砌了根基。趁冬闲，找人垒了起来，铁锤和钳子叮叮当当了一个腊月。

雪很快就化了，天气也暖和起来，趁着农忙还没有开始，父亲和母亲拿了撅头，挑了荆篮，到一边的黄土岭上刨了、挑了黄土，一担一担，堆放在院子里，如此重复了两天时间，所需的黄土就够了。如果堆在一起，完全可以达到房墙的高度，但必须摊开来，并在它们上面挖出池塘一样的坑。

又一个好天气，父亲就找了二十来个不错的乡邻，挑水、又掺了麦秸，将黄土

太行风景

和草芥和成黄泥,再用荆篮子吊到房顶上,一层一层抹了,再盖上石板,不到一天时间,算是完成了最后一道工序。又请了木匠,在新房子里面,抡起刨子、凿子、宽斧和锯条,做了门和窗户,装了玻璃。正月还没有过完,我们就迫不及待地搬了进来。这时候,白天的阳光热得叫人脱掉棉袄,傍晚,细碎的霜花悄没声儿结在了窗玻璃上。

新房子一共三间,传统的石头和木头结构,坐落在向阳坡地上,显得有点孤单,尤其是在夜里,以往,邻居长一声短一声的喊叫声消失了,取而代之的是风走过山岭、荆柴、茅草和屋顶发出的尖锐之声。

令我意想不到的是,连从老房子一起搬过来的猪猡和鸡,叫声中也有了一些变化,往往,哼哼声大的出奇,也多了颤音……父亲和母亲似乎没有觉察出这些变化,他们两个时常站在一边的山岭上,看自己的新房子,表情忧郁,偶尔也会轻松和舒展。

我和弟弟的心情空前兴奋,尽管新房子里面还弥散着浓重的黄土气息,也避免不了烟熏火燎,白白的墙皮上有着一些黑黑的垢迹,到处都还散落着碎石、干泥和草芥。但相比老房子,它已经足够敞亮和新鲜的了。尤其早晨,曾经的村庄还残存在阴影当中,鸡鸭和毛驴们还在梦中,早起的人打着长长的哈欠。而我们还

日暮

躺在炕上,我和弟弟的身上,就有了阳光。正月的阳光,落在杜鹃和牡丹的被子上面,也落在我们的心情上面。我和弟弟常常赖在被窝里,各自伸出手指,抓挠对方,两人咯咯大笑,也会因疼痛而恼怒,而大哭出声。

站在院子里,新鲜的土还没有踩硬,尤其是边缘地方,还留着好多的草根和枯枝,浮土松软,一踩就是一个脚印。父亲有意识地去那里踩踩,脚下用力,一遍一遍;也叫母亲、我和小弟去踩。我们当然乐意,尤其是我,对这样的不用力气而有乐趣的活计,做起来总是十分快乐。不几天时间,我和弟弟小脚就把它们踩得找不出任何痕迹了。

插图

院子外面旱地里的杂草疯长，苗苗菜、猪耳朵、黄芪和党参等药材见缝插针，从地沿的石头缝儿里挺出颈叶，新鲜的叶子在风中忽闪着初春的太阳光芒。我们端着饭碗，蹲或者坐在院子里的石磴子上面，一抬眼就看到了它们，还有一些昆虫，在湿润的表面上快步爬行。冷不丁地会冒出几条花蛇，从草丛中蹿出，又在草丛中闪没。还有从后山跑来的野兔、野鸡和笨重的山鼠，在下边的麦子地里悄悄作业。这一年的三月，父亲用铁丝套了好几只肥硕的野兔，还捎带着勒死了三只山鼠。

山中人

春天正式蓬涌起来后，不大的村庄到处发绿，灿烂得像油画，就连村口那棵即将老死的槐树上面，也舒展了几根新枝。房后的草，一边的榆树灌木，再一边的旱地，到处都是春天的颜色和声音。在它们的喧闹和衬托下，我们的新房子显得有点不合时宜，它高高地耸立在春天之上，没有依傍。我们也时常看到从前的老房子，那些梧桐、洋槐、椿树和桃树、梨树等已经超越了它们，在房顶上，婆娑着大片的阴凉。

父亲说，种些树吧，母亲也说，种些树吧。我和弟弟也说，种些树吧。可具体种些什么树呢？一时拿不定主意。母亲说，院子里面种些苹果树、桃树和梨树好，孩子们有东西吃。父亲说，房后种些洋槐树、椿树和梧桐，将来可以打家具用；我们说，种些松树、竹子和山楂树吧，又好看又好玩，还能吃上笋子和果实。父亲说哪儿去找竹子呀？咱这儿土壤不适合，长不成。而我和弟弟坚持要试试，母亲就说，石盆村赵起立家院子里长着几棵竹子，啥时候我去问问看。

几天后，那些移植而来的树木，离开了土壤，不到半天时间，叶子就蔫了。我和弟弟看到的时候，父亲正把它们往树坑里面栽放，我们帮着提清水，一桶一桶往里倒。父亲说行了行了，我还觉得不够，似乎水比土壤重要。我们的植树活动断断续续的一个春天，房前房后就有了一排摇曳的树影。有的树木虽然复苏虽然慢一些，但有足够的水和我们的关心，它们的生命总是要舒展起来，总会要向着更大更高节节长成。

院树

那些树已经栽了好久，我亲手栽的，也亲眼看见了，但没有确切的印象。我好像一直在有意地忽略它们，反过来说，它们也在忽略着我。而现在，它们长成，我也长大了。在这年正月的一天，我们相遇了，似乎是第一次。

其实，它们在那里长了好久了。我也就在它们的身边，日日时时相互看着，我甚至还在它们身上用刀子刻下自己的名字……而今，它们已将我的名字掩盖了，用并不坚硬的皮肤，将一个人的名字收缩到了时间里面。

早上起来，父亲拿了锯子，出门。那锯子被太阳一照，就泛出明亮的光，照在我和一边的母亲身上。我第一次看见那种凶恶的工具，足有6米长，半尺宽，一个接一个的齿子像小人书上的魔鬼獠牙。

父亲要干啥呢？正想着，母亲问了，父亲指了指院子右边的那棵大梧桐树说，把它锯了！

梧桐树发育太快了，没几年时间，它就树叶婆娑，躯干粗到了水缸的程度。上面的枝杈很多，但有很多干枯了，最显赫的一枝，就是它的头颅了，原先青色而略带黑色碎斑的肢体变得特别黄脆，在冬天啸叫的大风中，吱吱呀呀地响，尤其在夜里，声音吓人，落在地面上，有点魔鬼脚步声音的意味。我很是惊惧，常常被它们吵醒。而早晨，那些枯枝就成了我们这一天做饭的柴禾了。母亲觉得挺省劲，好像天赐的一样。

父亲说要锯掉，我觉得不可理解，以至他叫我帮忙拉锯，心里还有点别扭。看我不高兴，父亲就说，这树里面空了，再长下去，什么材料都不成。还不如现在锯了，还可以解成几块板子，做家具用。我说，咱家的家具不是很多了吗，还做家具干啥呢？父亲有点不高兴，侧脸拧了我一眼说，给你娶媳妇用。

我哦了一声，就再没有出声。

父亲叉腿坐在左边，我坐在右边，中间是梧桐树，锯条横在树的最底部，我们各捉了一边，一推一送，锯齿不断深入树木。第一个回合，它就流出了青色的树脂，淅淅地，亮亮的，像口水一样，噗嗒噗嗒地滚在树根的泥土上。而我们的锯齿不依不饶，沿着新开的缝隙，一左一右，向着它的中心和另一面，甩着白色的锯末，凶猛挺进。

梧桐树材质柔软，自然当不了大梁，倒是做桌子面的绝好材料。我们锯的时候，父亲就说，这棵树，要是没有被虫子蛀过，差不多能解成三个写字台的桌面材料。我抬头顺着树身子向上看，它仍旧纹丝不动，满树的树枝向着各个方向，新鲜的骨节隐约着，里面蜷缩着春天的叶子。锯齿过半的时候，它似乎觉察到了，突然歪斜了一下，朝我们相反的方向。

绿荫

我知道，再也不能坐着锯了，需要蹲下来，它倒的时候，也可以及时跑开。而它却又静止不动了，还是原先的样子。父亲说，把锯拉平，要不然就夹住了，抽都抽不出来。我说会不会向房子那边倒呢？父亲说，应该向着院子外面的出地。母亲在一边却说，还是用绳子拉住一点吧，啥事儿都有个万一。

我脱了鞋子，像猴子那样，但没有猴子敏捷，跑到树冠分叉的地方，老梧桐树晃了一下，我一阵惊惧，父亲和母亲同时叫了一声。树又不动了，我才继续向上爬。好不容易爬到足够的高度，父亲拿了麻绳，使劲儿扔上来，它还是纹丝不动。我伸手接了麻绳，按照父亲的意思，拴在向西的一根粗枝干上。

我们继续锯，锯齿还没有完全穿透它的身体，它就倒了，轰然一声，落在还没有点种秧苗的田地里面，就连那根最为粗壮的枝干，也断成了几截，裂痕白得耀眼。干枯的和活着的细枝碎了一地。父亲说，这下又有柴烧了，母亲说，这树长了

这么多年，现在把它锯了，真有点可惜。我在一边看着一地的树木，有一些快感，还有一些惊愕。

把树枝收拾完毕，天色也晚了，初春的空气里有一些温热和粘人鼻息的味道。而那棵树不在了，端着饭碗，我一直朝那里看着，除了白白的锯茬，什么也没有了，心里忽然觉得少了一些什么。父亲说，撒上一些湿土，它还可以滋生一些新枝条，几年之后，就又是一棵大树。而母亲说，梧桐树只能做桌子面，不如栽一棵椿树，又要给继平盖房子了，当梁当门板都好。

而椿树苗不像梧桐树苗那么好找，尽管山后边不少，可大都不太直顺，不符合我们的要求。第二天早晨，父亲扛了镢头，到石盆村里转了大半晌，带回来一棵椿树苗儿，虽还没有我高，但很直顺，新发的叶子已经露出了嫩黄色的脑袋。

父亲把敷在梧桐树跟上的湿土用扫把扫净，不让它再滋生枝条了。又在一边挖了一个坑，提了清水，先润了底下的干土，把椿树苗儿放在里面，我铲土，一锨一锨地填，父亲不时用脚踩踩浮土。一会儿工夫，一棵树就又竖在了我家的院子里面。

不过几年，一棵新生的椿树顶替了那棵老梧桐的位置，时间一长，发芽展叶，很快长大长粗了，这时候，我早就把那棵老梧桐忘了。但老梧桐树还在地下的根系很顽强，不断地伸出新的枝条，我们把它们砍掉，或者踩死。

再一年冬天，家里请了木匠，叮叮当当做起家具。那棵死了的老梧桐已经干得可以用手指敲出响声了，不到10天，就变成了我们家崭新的写字台和橱柜的一部分。至于它留在院子里的根，就像我们此后相当一段时间内的生活，基本没有什么异常枝节。

风貌风情 之

一方地域一方人，

很多东西可能是一成不变的，

当然，也有一些是时代变迁之后

的自然结果。但人心人性，

尤其是一方地域的文化传承乃至

民俗风情，

不仅能够体现他们自身的精神谱系，

更能够烛照一地人群的内心世界

及其灵魂景象……

说着话儿就老（没）了

太行秋色

暖和的阳光照耀大地，大地上的南太行乡村沉浸在北风之中，远山一片枯寒，裸露的红色岩石像是火焰的灰烬。鸡们在土里刨食，咯咯的叫声根本不关心人家的喜怒哀乐。一堆老人坐在阳光下面，黑粗布的棉袄不知穿了多少个冬天，一人一根旱烟袋，吧嗒吧嗒抽，青烟冒出来，还没到房顶，就消失得无影无踪了。

他们在皱纹中深陷，在时光中体验到了生命的迅即与艰难。一个人说：南垴村的郭其栓死了——众人"哦"惊诧了一声。有人叹息说：人咋就这么不经个活哩？另一个人也叹息一声，接着说：说着话儿就没了。再一个人也发出相同的声音，接下来说：唉，那时候，俺们还一起掏鸟蛋呢！

那个人是死了，抬头，就看到了挂在半山腰的南垴村，哭声隐隐约约，穿过巨大的河沟，再曲折到对面的村庄——人们听到了，都不由得摇头叹息了一声，站在自家的门前说：人咋就这么不经个活呢？——脸上是无奈的神情，还有悲哀——他们也坐在一起，说到了往事，共同发出了"说着话儿就老了"的感慨——这句话是南太行特有的一句禅语，包含了一种时间的沧桑感和生命迅即感。一些老人老了，在路上遇到，相互看看对方的头发和脸，忍不住想起往事，说出："说着话儿就老了。"

说这话的时候，他们的内心隐隐作痛，刀割一样的疼，然后一脸沮丧，低头，再摇头，叹息，相互走开——郭其栓真的死了，走在下面的马路上，人们抬头看到在白布中忙碌的人们，大大小小的哭声像是冬天群狼的哀嚎——除了小孩们不会叹息，上了三十岁的人都会从内心感到一种特别的情绪，脑海里晃动起死者的音容。

天高云不淡

这是多么残酷的一件事情——很多人不会这样文雅地说，他们只是用约定俗成的"说着话儿就没了"来表达——带着浓重的鼻音和儿化音，好像是从心脏或者胃里吐出来的一样。很多人听到了，心情骤然发凉，迅即结为坚冰，还有人会流下眼泪——他们曾经是很好的伙伴，年少时曾一起游泳、砍柴，甚至结拜了干兄弟，成为了儿女亲家——所有的往事都如在眼前，但人已经老了没了，所有的经历都成为念想，再成为灰烬。

按我的话说：人人都是"时间的灰烬"——他们也不会这样说，只是会说："说着话儿就老（没）了。""人咋就这么不经个活呢？"语气极其低沉，像是午夜的呻吟。还有一些妇女，小时候乃至未嫁前都在一个村庄，相跟着做农活，坐在梧桐树下纳鞋垫，说最隐秘的心事，但婚后，大家分开了，嫁在同一个村的倒没什么，若是嫁得远了，平常时候很少见面，一晃几十年时间过去了，蓦然相逢——也会说起当年的人和事情，尴尬或者坦然，都只是心境和情绪问题，但真正的悲伤则是：说着话儿就老了！

站在明亮的日光下面，她们相互看到了白发和皱纹——晃悠悠的白发像是青草中的荒草，皱纹似乎一块石头上的裂缝——她们看着对方说：你老了，我们都老了，几十年，一眨眼就过去了——"了"字的尾音拖得特别长，像是一滴微弱的枯叶，在空中翻转很久，才悄无声息地落在地上。

每天的太阳都是新的，而人是旧的，并且越来越旧，旧成了农事之间的一块土，家庭中的一根木头——三天不见，孩子就长大了，再有三天不见，就有人张口喊爷爷奶奶姥姥姥爷了——还有一些辈分小的人，冷不丁地喊姥姥姥爷——这种尊称对于当事人来说，不是荣耀，而是伤害，喊的人体会不到，被喊的人内心哀伤，但还得笑着答应，顺便夸奖对方一句。

白天来了，又去了，黑夜起始的时候，总是会有人叹息说：一天没干啥就黑了——黑了之后，说明自己的生命又消失了一截。上了50岁的人还会说：黄土都埋大半截子了——有时候是自嘲，有时候是自悲，还有些是对时间的怨怒和不解。但这都无可奈何。我小的时候，几位老人都还健壮，还能够下地干活，上山打柴——等我再回来，先是一个不见了，接着是另一个，不几年工夫，老人们都没了。有几次帮着父亲到田里干活，蓦然看到那些老人死后的坟墓——觉到了一种凄凉，源自同类的悲伤，潮水或者山风一样汹涌浩荡。

"说着话儿就没（老）了"（朴素的时间观念和生命意识）这句话，在南太行的村庄，几乎每天都有人在说，只是面孔不同罢了。他们也有人对我说：说着话儿就三十多岁了。我笑笑，内心黯淡了一下，接着是无边的忧伤。坐在高高的山岗上，群山起伏，皱褶如井，每一口里面都盛放着人，袅袅的炊烟越过树梢，在山顶消失；每一口里面也安放着亡者的坟茔和骨殖……一代人送走一代人，又被又一代人将自己送走，绵延的生命旅程，当面还青葱欲滴，而转过身来，却已是皱纹满面，腰身佝偻了。

有人不算贫，没人贫死人

　　这是南太行人的人本观念——很多人这样认为，也这样做。娶媳妇的一个重要功能就是生孩子，而且要男孩——唯有小子（儿子），才能够把血脉延续下去——但他们只知道香火，不知道孩子是另一个自己。往往，新婚的囍字还没有褪色，孩子就呱呱出生了——要是男孩，公婆笑得牙龈都红艳艳的；不小心是个闺女，公婆都会铁青了脸，会把黑眼球翻到鼻子下面。

　　接着再生——按照有些汉们（已婚男人）的话说，晚上黑灯瞎火，不干那事干啥？自己得劲（舒服）了，还能生孩子，一本万利啊。有的人会当场哈哈大笑，但绝不是嘲笑，而是认同的笑——若是一连三胎五胎都是闺女，不用他们自己着

太行风光

急，父母、岳父母和村人就开始着急了，说：那是咋回事？一连几个都是闺女，该不是只有闺女的命吧？还会有人说：那两口子可能上辈子做了啥缺德的事儿了，这辈子生不下小子来。

这些话，当事人不用听，顺势一想就知道了——男人总是沮丧着脸，在有儿子的汉们面前抬不起头——有的汉们还开玩笑说：你是不是不中啊，要不要俺替你"劳动"一下？说完，就是一阵哈哈大笑。还有的人真的觉得生小子没希望了，就让老婆找合适的男人——怎么样不管，他只需要结果——儿子虽然不是自己的，但是自己老婆生的，又在自己家——亲爹再亲，也不能要回去。

皮影

闺女是别人家的人——"嫁出去的闺女泼出去的水。"这句话流行范围很广，南太行人也这样认为——闺女再好，出嫁就变心，爹娘再亲，也亲不过自己的汉们（丈夫）——或许是因了这种因素，谁要娶他们的闺女，就得拿来财礼钱——乡人也觉得合理，毕竟是人家生的闺女，含辛茹苦养大，脱落成标致或者一般的黄花闺女，不给点抚养费从良心上说不过去——锣鼓花轿，鞭炮齐鸣之后，不消半天工夫，自家人就成为了别人的人。

小子是自己的，啥时候都走不掉，姓永远跟着老子，所有的家产也都是他和他们的——人见到，都会说是谁谁谁家的小子。作为父母，听到这话，他们是自豪的，儿子构成了一对夫妻最根本的乡村人生尊严。听人说，还没解放之前，在南太行的乡村，只要家里弟兄们多，再苦的日子都不算苦，很多连苇席都没睡过，别说吃馒头了；再后来的公社，人多劳力多，分的粮食也多。现在是人多力量大，遇到械斗或者利益纷争，可以男女老少齐上阵，以人海战术打败另一家族。

这样一来，不但在村庄确立了自己的强势地位，还可以形成一个固定的利益圈，再不公正的事情，遇到不公正的人，也会变得公正合理起来。这是一种简单而充满侵略意味的乡村生存哲学——儿子少的人家，只能低眉信手，敢怒不敢言，即使按耐不住怒火，进行了激烈的反抗，但也注定要失败——儿子多的人家，父母是尊贵的，没人敢欺负，就连一句有损或者有辱于他们的大话怪话都听不到。

人多力量大——他们说这话的时候，脸上是自豪的神情。他们还说：养儿防老。与其说儿子是他们的终身依靠，不如说是传统赋予他们的一个笃信的人生信条。但事实上不是这样，儿子很少的人家，子孙包括儿媳照样孝顺；儿女成群结队的人家，也不一定都能够获得孝道——有两口子一口气生了五个儿子两个闺女，丈夫死后，哪个儿子都不孝顺，老人饿得头昏眼花，实在没有办法了，就到城市拣垃圾，自力更生去了。

"有人不算贫，没人贫死人"这句话的核心思想是人，一种古老的生育观念，充满对人力资源的无限渴望与信赖——时间从南太行掠过，将人变成一堆黄土，又将人变成人，一代代的人，长大了，结婚了，生孩子了，老了，抱孙子了——抱着抱着，就靠在石头的墙壁上睡着了。

养女嫁汉，穿衣吃饭

暗香

闺女还没有长成，就有人盯上了：一种是被同龄的小伙子看上了；一种是被家有儿子的父母惦记上了。还没到十六岁，就有人上门说亲，媒人是两家的熟人或者亲戚。第一次，张着嘴巴胡说一通，再耍个心眼，旁敲侧击问问闺女父母找女婿的条件——若是父母对男方家没啥意见，就会明确表示。说媒的人心里有底了，集中时间，天天往人家家里跑，说东道西，不着边际，但主题寸步不离。

闺女的爹娘说：养闺女嫁汉，吃饭穿衣，只要男方家境好了，闺女嫁过去不受罪（苦），就令他们很满意了，也是有闺女人家给自己闺女找婆家的首要条件。闺女们一般不吭声，嫁谁不嫁谁大都是父母说了算，说媒的过程本人也很少参加——南太行的闺女们都很自觉地遵守了"父母之命，媒妁之言"的传统精神，即使有反抗的，不同意的，但都属于无效投票。到上个世纪八十年代以后，这种情况有所转变——有闺女们刚烈的，有主见的，宁死不从，也有自作主张非他不嫁的。

但大多数闺女是没主见的——像山顶上的树，河里的水，哪儿风大往哪儿倒，哪里的水深往哪里淌。也有的订婚了退婚的，本来要好的两家，因为退婚反目，村骂铺天盖地，不但大肆夸张生殖器的功能，还捎带了对方的祖宗八代。没有退婚的，早早就结了婚——男的十八岁，女的十七岁，两个刚刚成年的人，还没有明白人生和婚姻究竟是站着走好，还是趴着稳当，就成双结对，耳鬓厮磨，白天一锅饭，晚上一个花枕头了。

插图

到二十世纪九十年代，这种风气愈演愈烈：男方家庭"占位"的思想意识空前强烈——也就是见到好的闺女，就先说给自己的儿子，免得别人再来饶舌。闺女们还只要十六七岁，就成了未婚妻——两个孩子遇到一起，涨红了脸，还羞羞答答，前言不搭后语，扭扭捏捏像是两只嫩玉米，惊慌如两只刚出生的小松鼠。

给的财礼多是一方面，即使出再多的钱，也愿意自己儿子有个媳妇——打光棍让人看不起——对那些光棍，村人会说：这辈子算瞎（完）了！父母一辈子的任务就是生孩子，养孩子，给孩子盖新房，啥时候娶了媳妇，就算完成了一生的使命——而一生的使命靠什么来完成，最要命的就是钱（有势力就一定有钱）。有钱的家，有十个儿子也不怕，闺女们抢着往家里跑，哭着喊着要给人家当儿媳。

因为什么？因为"养女嫁汉，穿衣吃饭"——其中，"穿衣吃饭"是物质层面的，流传了千年，似乎还没有多大的改变——吃得好，穿得好，才构成了普遍意义上的乡村荣耀——很多年以来，南太行的闺女们似乎都在为此做着努力——有的如愿以偿，有的隔窗哀叹；有的如愿以偿了，又人财尽失了；有的顾盼自恋，却迎来了预想不到的富贵。

他们是看眼前的——没有人醉心于梦想，不是梦想不美妙，而是太漫长和飘渺了。"夫贵妻荣"绝对是一个颠扑不破的真理——南太行的闺女们时刻都在渴望着，捕捉着，不放过一点蛛丝马迹——她们就像精明的侦探，方圆数十里村庄，那么多同龄小伙子，几乎没有一个逃脱她们的精确追踪和判断。这些年来，我只听说过两件自由婚姻，且都以死亡的方式做了最大限度的抗争，一对婚前喝毒药双双自杀，一个婚后独自拿了汽油，浇在自身身上，放火点燃。

"养女嫁汉，穿衣吃饭"，现在还时常可以听到——它让我从骨头里忍不住打了一个寒战。这种朴素的生存哲学让我看到了南太行的宿命——就像那些高低不一的山脉，直插云霄或者接近人类，从本质上说，他们都是八百里太行的一部分……一些村庄，一些人，他们在这里，也必定永远都在这里。

家有万贯，不如武（手）艺随身

　　秋风之后，天气骤然冷了下来；人们颗粒归仓，大地萧索，万山同枯，乌鸦返回，这时候，人便真的闲下来了——也正是手艺人上工的时候。有需要做家具的，早早打听了口碑和手艺好的木匠，专门去说了话儿——木匠收拾了刨子、凿子、墨斗、长锯、短锯、斧头等工具，趁个早上，骑上自行车，一路叮当来到主顾家。吃了早饭，先看木料，确定了那根做什么用之后，拿了墨斗，打了黑线，然后甩开膀子，开始嘎啦啦地锯起来。

　　白色蓬松锯末簌簌而落，像雪花——不一会儿，木匠就是满头大汗，站起来抓了水杯，仰了脖子，咕咚咕咚喝下去，再用袖子抹一下嘴巴，就又吭哧吭哧地锯起来——在南太行乡村，木匠是最普遍的。他们说：家有万贯，不如武艺（手艺）随身。特别是男孩子，长大之后，就托着个人，把孩子交给手艺口碑都好的木匠，聪明的学徒半年可以出师，笨一点要两年。

　　一旦具备了手艺，就意味着再也不会吃苦受穷了——随便找个活儿干，哪家主顾都要小心伺候着，给家里最好吃的，还得给工钱——很多年前的南太行乡村，手艺被人们认为是人生中最宝贵的东西。正如我母亲所说：只要有一门手艺，咱走到哪儿都有人上（另）眼看待，再穷也饿不死手艺人，等等。这反映了一种生存观念——以不是人人都可以掌握的技术换取生存的物质所需和人群尊严，我觉得这才是南太行人真正的生存智慧。手艺人吃香的年代，他们都是趾高气扬的，有一种身怀绝技的优越感，见到不喜欢或者没权势的人眼皮都懒得抬一下，老远给他说话，眯了眼睛，还装没听见。

　　还有打铁的，整天抡着铁锤，从炭火中夹出烧红的铁，你一锤我一锤叮叮当当砸——把弯曲的砸直了，把直的砸弯了，再放进一边的铁皮桶里，嗞嗞冒出几圈儿白色的烟——但他们不打武器，只打农具：镢头、铁叉、钢钎、斧头和锤子——我小的时候，母亲拿了家里断毁的镢头给唯一的铁匠铺，那人态度很不好，收费也很高——母亲觉得不合理，再有了断毁的农具，宁可到十里外的乡政府，也不到本村的铁匠铺去修复。

另外的手艺大致是和木匠紧密相关的拉大锯了——木头很大，锯条比人还要长，锯齿就像是猛兽的獠牙——这些手艺人的主顾大都在南太行山西左权县地界上——手

插图

艺人秋天走，到年根儿（春节前）回来——大姨家的二表哥就是一个拉大锯的手艺人，刚结婚那些年，一直泡在山西，挨门挨户拉大锯挣钱——直到他上吊自杀的前一年冬天。

手艺让人以身体的技巧获得了一种生存的优裕资本——但好景不长，上个世纪九十年代中期，木匠们虽然买了电刨子（也开始了电气化运作），但也没有挽回衰退的趋势。一些成品家具铺天盖地，矗立在各个商店和大小集市——有人认真算了算，买家具和请木匠做家具的成本大致相当——还有一个重要原因是，有儿子的人家一旦说好了媳妇，就会很快结婚，没有时间再请木匠到家里干活了——尽管手工的家具结实耐用。

木匠还没有完全消失——铁匠铺就倒闭了，以前充耳可闻的打铁声戛然而止，似乎是瞬间的事情，一些老人不习惯，总站在人去火灭的铁匠铺前，摇着脑袋叹息——咋就不打铁了呢？打铁的人也摇摇脑袋说：不挣钱了还咋干？上山西拉大锯的人也没有了，不几年时间，通往山西的小道就灌木遮青石，乱草碧连天了。

　　但"家有万贯，不如武艺随身"这句话仍旧没有过时，手艺消失了，还有新的手艺，比如开车，厨师，电器修理，车辆修理等新手艺异军突起；南太行人依旧按照过去的思维，让孩子们学习新的手艺——挣钱了，就有人开始大口大口羡慕了，大闺女照样主动找上门来——要是学不到家，会惹来众多的嘲笑，无论走到哪里，只要是了解情况的人看到，总觉得背后有人指指戳戳，浑身不舒服。

　　还有些人喜欢学武术，主要是那些弱势家庭，人少，总受欺负，学点武术技击起码可以用来震慑寻衅者，但家长大都会反对，教育孩子说，武术那东西总不算个啥手艺，惹祸的根苗——我小时，也喜欢武术，主要是总有人欺负母亲——我学武术，就是要用来保护母亲，打击那些坏人的。但终没实现，爱屋及乌，看了不少的武侠小说，常常把自己幻想成武术奇才，历经人世坎坷，最终成为除暴安良的江湖大侠——无独有偶的是：弟弟长大后，也萌发过学武术的念头，并亲自去了一趟武术圣地——嵩山少林寺，至今还保存着在那里的一张相片。

好人不长寿，坏（赖）人活千年

坐在院子里的梧桐树下，我和母亲有关多次争论。主题是：世上的好人多还是坏人多。母亲说是好人多，我说坏人多——很显然，我们的好人标准是趋向一致的，母亲注重细枝末节，具体到了生活本身甚至内部，我是宏阔的，但有些空泛。在母亲看来：好人就是那些不故意找茬欺负人，不背地里毁坏别人的东西，没有害人之心的人。而我却又增加了一些不具体的内容，如：好人是有道德底线，坚守自己良知的人。

"道德底线"和"良知"对于母亲来说是陌生的，尤其是前一个。母亲是一个不识字的乡村妇女，我说这些有卖弄的嫌疑。在乡村生活那么多年，对于好人坏人，我的认知是雷同于母亲的 ——乡村的生活繁填而又具体，处处都是利益，有

证明

利益便会有争斗，明明暗暗，川流不息。

小时候，欺负我母亲的人肯定是坏人——他们让我咬牙切齿，可又无能为力——其中有一个妇女，村人都说她一辈子用各种方法使他人受到了财产甚至生命的伤害，她的武器不是刀子，但是比刀子还厉害的软刀子。一个男人和她偷

一角

情，她反过来找到人家家里，把两个人做爱的细节说给男方老婆听；另一个木匠刚刚结算了工钱，她热情叫他到家里坐了一会儿——她冷不丁弄乱了头发，撕开上衣，大喊木匠要强奸他；木匠辛辛苦苦干了两个多月，挣的钱全部归到她的腰包。

她丈夫早年去世，她又找了一个男人，极尽女人之妖媚，把这个男人的钱粮据为己有之后，眼睁睁地看着那个男人躺在炕上苟延残喘，嘴角冒血，死了都大睁着双眼——古人说，人不知耻不成人。但这只是一个理念，并非人人都会遵守。这个老太太已经一百多岁了，耳不聋，眼不花，走路不用拐杖和人搀扶——而与她同龄的一些人，一生规规矩矩，不敢越雷池一步，谨守个人财产，远离是非，却都早已经不在人世了。比如我奶奶，73岁那年，患癌症离开了人间；爷爷六十九岁猝亡……还有一些五十多岁就没了踪影。

我甚至觉得，向善是一种痛苦的过程，禁锢自己比伤害别人还要沉重和疼痛——所谓的坏人在伤害中获得平衡的快感，也在别人的呻吟中得到了一种唯我独尊的俗世荣耀——恶是真实的人性存在，善则有些虚无缥缈——谁也无法

深入了解她当时的心情，按照现代科学思维，她应当是一个严重的心理疾病患者，虐人以自乐，在我印象，常常是那些物质极其富足的达官贵人做出的反人类行为（像汉代吕后制造的"人彘"事件和杀韩信、诛彭越的残酷手段），不应当是平头百姓的专利。

很多时候，人们看到她，就会想到"好人不长寿，坏人活千年"，要是有两个人，肯定会不约而同说出，然后觉得不可思议，表情也很古怪——开始我不知道他们的表情为何古怪，现在蓦然想到：那里面一定还夹杂了嫉妒甚至羡慕的成分——按照上帝的说法：人本身就是恶的产物（原罪），作为人，必须要用相关的法律和规矩来加以限制；所谓的道德也是脆弱的，讲求个人修为，而"恶是第一推动力"，如果以容易和艰难来选择，我相信，在庞大残酷的生存中，更多的人会选择恶而不是我们口头上所颂扬的善。

善恶同气连枝，共存共生，对于具体人，善恶都是一把锋利的刀——唯一的区别是善刀刃指向自己（正如他们所说：好人难当），恶指向他人。关于"好人不长寿，坏人活千年"这句话，我想是南太行乡村人们的生存经验总结，也反映了善恶之间的一些客观规律——恶更能使人获得那种被形容为"幸灾乐祸"的心理愉悦，善则是收束的，向内的，强制的，损伤的只是自己——在今天的南太行，信奉佛教的人家不在少数，还盖了巍峨庄严的庙宇，善男信女们总是会虔诚地跪下来，头顶柏香，向神灵祈求只属于个人的富贵与平安；也有基督教徒，每次聚会都很积极，集体背诵赞美诗的声音响彻村庄，但反身过来，也会做一些被神灵和上帝定性为恶的事情——只要违反了个人的利益原则，再强大的信仰也须向现实生存作出让步。

人敬我一尺，我让人一丈

最先对我说这句话的人是我的母亲——我向她说了一个人对我的好，母亲当即说"人敬我一尺，我敬人一丈"——我隐隐觉得，其中也包含了一种"受人滴水之恩，当涌泉相报"的传统思想，还有朴素的交际原则。在南太行乡村，母亲也是这一信条的恪守者，很多次，我见她拿了一毛钱或者一块钱还给另外一个人，其他人说不要了，但母亲坚持要给，直到对方接住为止。

但很多事情是不牢固的，人与人之间存在着太多的变数——最凶猛的敌人大致就是利益冲突了，没有人能逃得过这种力量的撮合。两个两村的闺女，关系好到了亲姐妹的程度，同嫁到一个村子后，关系一如既往——多年之后，却因为不到一尺的房基地反目成仇，甚至大打出手。

阳山

从那时开始，我才知道，很多书本上的东西是不可靠的，还有那些流传的人生信条——让人懂得了一种品质，却又在现实中加以破坏和毁灭。还有一些虐待老人的子孙，好像也不觉得羞耻，人说起来，还怒目金刚，振振有词，我觉得不可思议。南太行的一座村庄中有一对亲姐妹——相比邻里，再没有什么比这种血缘更亲近的了，但没有料到的是：她们也反目的，因为一笔钱，一个人还了，一个说没有还，谁也不肯让步——想起这件事，我就会记起"人真正爱的是他们自己"这句私人主义特别严重，令人沮丧的名言。

在南太行村庄，这样的事情可以列举很多，而且有名有姓，有地点还有时间，但似乎没有必要，一个人在那里出生，长到十多岁，即使他走得再远，那种根性的东西总是如影随形——在异乡的最初，我是怀有戒心的，对任何人都是，但也有毫不设防的。我经常思考的一个问题是：什么样的一个人可以让另外一些毫无顾忌地信任于他呢？

事实上没有——在南太行村庄，人们普遍认为最可靠的人还是自己的生身父母，父母们也这样认为——有一个妻子，丈夫做生意不慎赔钱，怕人追着要账，妻子提出将存款转移到自己名下，丈夫同意……转账后的第三天早上，丈夫一觉醒来，妻儿已然无影无踪，等了找了好久，几年过去了，一点音信都没有。

这个事情让我震惊——母亲总让我在外面与人接触多长个心眼——我不习

群山

惯这样，我相信人都是善的，不像母亲像姐妹，不是兄弟如兄弟。我觉得，母亲最初关于"人敬我一尺，我敬人一丈"的教诲是伟大圣明的。在与很多朋友的交往中，我不藏私，即使有非分之想，也说出来，征求意见——但很多时候是令人沮丧的，误解是必然的，到现在，我才猛然醒悟：一个人和一个人是截然不同不可混淆的，任何人都取代不了具体的"这一个人"。

曾经多次回到南太行的村庄，有人见到了，给我一杯水喝，我很感激，想到什么时候也给他一杯水喝；有人叫吃饭，也想请他们吃饭，有人给我一支香烟，抽

神迹

完后，我会给他们一支——母亲看到了，说我做的好，我没有笑，而是觉得人应当这样的——我喜欢大智若愚的人，甚至有点笨的人，因此笨，他们专一，也因为笨，他们会一条路走到黑。

最近几年，听到南太行的两件事是：一个三十多岁的光棍，生前打工挣的钱大都给了嫂子，下煤矿不慎被炸死后，赔偿了20万元，但一分也没落在他的生身母亲手里，据说，他母亲几次哭着去了嫂子家，都被骂出来了。一个有点傻的侄女儿要出嫁了，收了一些财礼钱，姑妈哄着说替她保管——婚后第二年，丈夫生病了，侄女儿去找姑妈要，姑妈脸红脖子粗，跳着说：你啥时候给俺钱让俺保管了？侄女儿无奈，盯着姑妈的脸看了一会儿，扭头走了出来。

真理都是片面的——这些年来，不少人承包了砖场、煤矿和铁矿，召集了一些以出卖苦力为生的乡亲们做工——地面上烈日暴雨，狂风呼啸，地下岩石松动，碎渣横飞，随时都有生命危险，但为了钱，这些人光着脊梁，将绳索勒进皮肉，但还是要干——但到年终，背着行李回来了，再去找包工头要钱，到大年三十了，包工头还没回家。

亲戚们听说了，哀叹一声说：死气马爬（形容人出苦力的悲惨样子），累死累活给人家流了一年的血汗，到最后一个子儿都没要回来，不看僧面看佛面，就是看在流的那汗的份儿上，也该给人家的——工钱没要回来的人一脸委屈，恨不得抓住包工头喝血吃肉，但始终找不到人，时间长了，那些工钱就不了了之了，从新再找新的包工头，开始又一年的打工之旅——代价不是等价的，南太行乡村"人敬我一尺，我敬人一丈"的人际交换理念，只是一种少数人遵循的道德信条，而不是人所共守的铁律和原则。

164

地下历险记

这个故事似乎很久远了，爷爷讲给我，作为聆听者，我后来极少对他人讲，一是没有人耐心聆听，二是缺乏讲述的氛围和对象。那个晚上，爷爷有点不高兴，具体原因忘了。——吃完晚饭，爷爷坐在门槛上抽了半天旱烟，叹息几声，拄着拐杖去茅厕回来，脱了衣服就躺在了炕上。我尾随其后，脱成了光不溜儿，挨着爷爷躺下。我说，爷爷你再给我讲个故事听听吧？爷爷没吭声。我伸出胳膊推了推爷

插图

爷的肩膀，爷爷突然说，你小子做啥咻？声音奇大，我吓了一个哆嗦。

我也牛闷气，觉得爷爷不该那样凶。正这样想着，爷爷翻身趴在炕沿上，装了一锅旱烟。随后是辛辣的焦油味，在整个房间弥漫开来。大致抽了两三口，爷爷突然开口说，刚才爷爷说话声音大了，没吓着你吧平子？我一听，突然有点受宠若惊，赶紧笑着说，没事儿的爷爷。爷爷说，为了给你赔不是，我就再给你讲一个你从没听说过的故事。我一骨碌爬起来，兴奋地说，俺爷真好。爷爷呵呵笑出了声来。爷爷敲掉烟灰，躺好，长长吸了一口气说：从前啊，咱村后边的深（方言读chen）山里，长的都是几个人都搂不过来的大杨树。

爷爷说，有的大杨树长得比现在城市里边的楼房还大，就是全村人都住在下面也还站不严。老辈子的时候，有 年，咱村杨大松的老老爷杨老庄放羊放到那里。中午，吃了干粮喝了水，突然想解大手，沿着斜坡走了一段，到一大片茅草窝跟前，解开裤带，痛快完了，俩脚向外一叉，突然，嚯嗵一声，还没闹清楚是咋回事，就往下掉，只听得耳朵边风声呼呼。杨老庄心想，这下可毁了，不但没了命，恐

怕家人还尸首也肯定找不到了！越想越沮丧，到后来，杨老庄竟然晕死过去，等再醒来。俩眼一睁，一片漆黑，转了转脑袋，还是一片黑。再活动活动手脚，都还好好地长在自个儿身上。

杨老庄心想，这可能就是阎王殿了，自己不过是一个新死的鬼魂。想到这里，杨老庄一阵沮丧，想起自己才四十来岁的老婆，十八岁的大闺女，十五岁的小儿子，还有快六十岁的爹娘，忍不住一阵心酸。他做梦也没想到，自己这么个年纪就到阎王殿来报到了，余下的孤儿寡母还有高堂爹娘以后咋生活呢？杨老庄还想，自己这大半辈子没做过啥恶事坏事，也没有得罪过天帝路神灶王爷土地爷山神爷和上面的祖宗，咋就这么短命呢？

翻身坐起，杨老庄伸手一摸，地上暖融融的，好像是树叶松针，手指向下刨了几下，下面好像还是松针树叶，刨到胳膊肘子那么深，还是树叶松针。更叫杨老庄奇怪的是，坐了这么久，没见一个鬼魂，也没有传说中的牛头马面、扇扇子的钟馗和抬轿的小鬼。杨老庄不由得咦了一声，心中纳闷。心想，说不定阎王殿里事儿比较多，鬼差们也都比较忙，暂时还顾不上搭理自己；也说不定自己阳寿还没尽，判官还没在自己名字上打勾画叉……杨老庄一阵高兴，嗖的一声站起身来，把眼睛睁得跟铜铃一样大，四处张望了一圈，见左边的远处似乎有点亮光，其他方向都黑漆得跟锅底一般，习惯性地拍了一下屁股，俩脚擦着地面，向左边挪去。

地面上还是很软，一脚下去，一陷老深，还有干树叶折断的碎声。大致走了一炷香工夫，地面变硬，感觉就像咱村边的土石小路。走了大概十来步，嗤嗤啦啦的脚步声倒叫杨老庄猛然醒过劲儿来。因为，自从老辈子那阵就传说，魂魄走路是

村路

没有声音的，整个身子在空中飘。杨老庄伸出两只长满老茧的手指头，在大腿外侧使劲儿拧了一下，忍不住哎呀了一声，声音撞得四壁嗡嗡作响，传出好远。又伸手在自己胸口上捂了一会儿，心在蹦蹦跳，胸口还像以前那样热乎乎地。杨老庄又是一阵兴奋，不由得加快了脚步。

又走了好一阵子，还没到有亮光的地方。大概是急着逃命的缘故，杨老庄一点儿都没觉得害怕。这时候，基本能看清路面了。杨老庄看到，自己所在的地方，其实是一个阔大无比的山洞，顶上起码有四五十丈高，两边是黑色岩石。空气里有点树叶腐烂霉味儿。杨老庄心想，就这么一直走，说不定就能出去了。越是这样想，越是浑身有劲儿。杨老庄大步如飞，空空的脚步在石头洞里响起一连串的回声，出了一身身的热汗。也不知道走了多长时间，走到亮光处，杨老庄四处一看，嚯嗵一声又一屁股歪坐在地上。

这是为啥呢？原来，杨老庄到的那地方，还是山洞，高得像半边天，两边的石墙是褐红色的，有的光滑像镜子，有的疙瘩不平。杨老庄有心再往前走，可前面又是黑乎乎的，往后退，就是走老路。走投无路，这个是世上最难的光景了。谁知道，杨老庄正在闷着脑袋叹气，忽然被人拍了一下肩膀。杨老庄浑身一颤，猛然抬起脑袋，先是看见一只白的跟秋天萝卜一样的手。杨老庄喊了一声"俺的个娘啊"，随即，就像兔子一样蹦了起来。再回头一看，只见一个瘦得跟麻秆一样的汉们，脸上连胡子都没有，眼睛小的跟刀子在面团上割了一刀一样，嘴巴瘪得跟干柿子一样的老头，似笑非笑地看着自己。

杨老庄靠着石墙，那人站在空地上，对视了一会儿。老头说你别要害怕，俺也是人。杨老庄眼睛呼溜溜地转了好几回，嗫嚅说：你是……老头低了脑袋，叹了一口气，向前挪了一步说：你可能不知道，这地方像我这样的人还有几千号，因为长年不见老烨（俗语，指太阳），都不长胡子，身上的皮肉给白菜帮子一样；也不能种地，人人都靠吃虫子生活。杨老庄哦了一声。看这个老头确实没有恶意，随即放松了戒备。老头咽了一口唾液又说：你是在地上面生活的人，得赶紧跑，要是让他们抓住了，就没命了。杨老庄心里一阵发紧，瞪大眼睛说：这……这个咋能跑出去？

老头说：你跟着我走，往前走一会儿，有个出口。不过，那儿有人守着，得趁他们不注意，才能溜出去。杨老庄急忙说：那赶紧走！老头说：着急也没有用，前边就是大厅堂，白天晚上都有人巡逻，还得趁他们换岗的时候，才能偷偷绕过去。杨老庄说：现在不是黑夜吗？老头说，这时候是中午，到晚上，还得一大会儿呢。杨老庄说：那咋办？老头说：先找个地方躲躲，越黑越好。说完，扭头就往杨老庄来的地方走。杨老庄犹豫了一下，跟在后面。走了几步，忽然想到，自己来的那地方没人把守，就说：那地方不是没人吗？老头说，那地方确实没有人，因为是绝路。杨老庄心里忽悠了一下，停下脚步。老头走了几步，扭头过来，见杨老庄停住不动。说：俺要是有心害你，你早被抓了。

杨老庄站在那里，脑子飞快旋转。老头似乎看出了他的心思，说：那地方确实是绝路，离天上百丈高，蚂蚁都爬不上去。另一头有一条大蟒蛇，一张嘴就把人吸到肚子里去了。很多人说了不该说的闲话、办了对不住大头儿的事儿，不管有心还是无意，就被扔到蟒蛇洞里。杨老庄倒吸一口凉气，急忙跟上。俩人一前一后，越走越黑。正走着，老头忽然停下，伸手在墙壁上摸了一会儿，再使劲一按，一阵嗡响，坚硬的墙壁上忽然打开一道石门。老头抬脚走了进去。杨老庄心里狐疑了一下，也跟了进去。

老头从怀里拿出火折子，点着了墙上的松油灯。这显然是一个石室，有两间房子那么大，飘着一股苔藓味道。走到石凳前，老头示意杨老庄坐下。杨老庄嗯啊了一声，甩屁股就坐。老头坐下，看着杨老庄说：外面的日子是好，人都有个正经肤色，想走多远就走多远，想干啥就干啥。杨老庄说：是比这儿好。可有钱才能愿意去哪就去哪，没钱就能当个"拱地虫"，一辈子也去不了县城一趟。杨老庄说的时候，老头一脸虔诚地听。老头说：那也比在这儿强。干啥事都得大头儿允许，就是两口子那点事，也得先报告，批准了才行。

杨老庄忽然来了兴趣，眨巴着眼睛问老头说：你们大头儿咋就这么厉害，连这事儿也管？老头说：这里其实就是个大树洞，最开始，好像是闹兵灾，一群人慌不择路，在深山里面见洞就钻，没小心，就掉进来了，后来掉进来的人多了，又没吃的东西，就相互斗殴，饿的不行，人吃人。到最后，吃人最多的那个人谁见了谁躲着跑，没人敢惹，他说啥就是啥，这里就成了他的天下。他死了以后，他儿子又当了头儿。剩下的人，就成了老百姓，头儿叫干啥就干啥，不听话的，说头儿这不好那不行的，以前是像猪一样杀了分了吃，现在算是好点了，人不吃人了，吃虫子。

老头说话的口气很平常，杨老庄却听出了一身冷汗。老头笑笑说：你不要害怕，现在早不吃人了，就是喂蟒蛇。杨老庄更加害怕，看着老头，一脸惊慌。心里

暗想：这家伙会不会诓骗
自己，然后拿去吃了或喂
了蟒蛇？想到这里，噌的
一声站起身来，说：天早黑
了？咱赶紧去找出路吧？
老头没吭声，脸微斜，两
只耳朵上下耸动了一会儿，
说：还早呢，这会儿刚擦

不知虚实

黑。杨老庄说：那咱先往出口那走呗？老头说，这会外面正在巡逻，不信，你过来
看看。说完，起了身子，到石门前，拨了一下，出现一个圆孔。杨老庄把眼睛贴上
去，没看到东西，又过了一会儿，听到一阵踏踏的脚步声，三个人举着火把，铿锵
锵地走了过去。

　　杨老庄安下心来。老头关了小孔，又说，现在得赶紧吃点东西，不然的话，一
会儿跑不动。说完，伸手掀开一片沤得稀烂的苔藓，朝里抓了一把，诺的一声向
杨老庄递去。杨老庄一看，竟然是一堆白白胖胖的蛆虫，在白老头的手掌里扭动。
杨老庄哇的一声，蹲在地上呕吐起来，到最后，把自己在山上吃的那点饭都吐了出
来。老头露出一口白牙笑了一声，趁杨老庄低头呕吐的工夫，连往嘴里塞了把白蛆
虫，吃得满嘴白浆水。杨老庄看到，又一阵干呕，差点把胃和肠子都吐了出来。

　　擦净嘴巴，老头又竖起耳朵听了一会儿，才对杨老庄说：这会儿没人了，准
备走。说完，就要开石门。杨老庄忽然说：你为啥要救我？老头怔了一下，看着杨
老庄说：光顾着说别的，把正事都忘了。实话告诉你，我是武安县白家庄人，俺爹
叫白老大，俺娘是沙河石盆的娘家，我叫白狗剩儿，十三岁那年到这儿来给地主
砍柴，一不小心就掉进了这洞里。凭着一张嘴巴，糊弄住了这里的头儿，当了一个
更夫。这一晃，也不知道多少年过去了，爹娘兄弟还在不在，也都难说……说到这
里，老头眯缝眼里掉了两颗泪珠子。杨老庄说：原来是这回事，现在咋办？老头抽
了一下鼻子说：就是死也要回家去！

　　杨老庄嗯了一声，拍了一下老头肩膀。老头握住杨老庄手，杨老庄觉得冰凉冰
凉，像冰凌一样。白老头开了石门，探着脑袋左右看了看，压着嗓子说：走！提了
双脚就往外奔，杨老庄紧随其后。老头关了石门，身子擦着石墙，朝着刚才的方

神奇的土地

向小步走去。俩人摸到刚才的地方，还是一个人没有，又走了一段，还是鸦雀无声。到一个小凹槽处，老头蹲下，示意杨老庄别出声。杨老庄说：这不没人吗？老头嘴巴对着杨老庄的耳朵小声说：这墙后边就是人住的地方。说完，指头在石墙上用力按了一下，出现一个小圆孔。杨老庄贴上去一看，只见另一边正面墙壁下，石洞一眼挨着一眼，都亮着灯光，每眼洞里都要三五个人围坐在地上，从地上抓东西往嘴里填。

左边也有灯光，一连好几盏，照着一个有七八间房子大小的石洞。洞门两边有人站岗，还有三五个人打着火把，在前面巡逻。杨老庄想，这可能就是大头儿住的地方了。白老头拍拍他的肩膀，挥挥手，起身猫腰向前疾走。杨老庄紧随在后，俩人奔了好一阵子，远远看到几盏晃动的火把。老头说，那地方就是出口了，俺花了一辈子才摸清楚。杨老庄哦了一声。老头说，越是这个时候越是要小心，被抓住了，喂蟒蛇倒是小事，就怕被活剥了！说完，靠着墙壁一动不动，杨老庄照葫芦画瓢，贴了一会儿，只觉得后背像结冰了一样冷，忍不住打起哆嗦。

有说话声传了过来，在洞壁上悠悠地，打着滑旋儿，水雾一样，一绕一绕地向远处跑。后来是整齐的脚步声，向着相反的方向，越走越远。老头拉了一下杨老庄胳膊，身子就像箭，飞快向前射去。杨老庄也学着老头的样子，紧随在后。跑了一大阵子，到一面石门前，老头停住，大口喘着气，在右侧墙壁上找按钮。谁知道，寻了好一会儿，还是没找到。老头急得不住擦汗。这时候，又传来了脚步声。老头双手并用，又在左边摸了一阵子，忽然停住，使劲一按，中间一道石门就嗡嗡地敞了开来。

杨老庄见到，一个纵身就往门外冲，老头一把拉住，嗔怪说：你这么冲过去不死也得重伤。杨老庄握着拳头，眼神疑惑。老头说，你跟着我，我咋样你咋样。

说完，抬起右脚，探到实地，又来回挪了挪，左脚才迈了出去。杨老庄也学着老头的样子，小心翼翼地跨了出去。老头反手过来，在墙壁上按了一下，石门又嗡嗡着返回原位。杨老庄只觉得大风扑面，到处都是风吼。这才意识到，这门外就是悬崖，不由得暗自庆幸。俩人抓着悬崖上葛条和荆丛，一点一点转到另一面，见没人追来，就在一个宽敞的石岩下蹲了下来。

杨老庄的爹娘孩子老婆和村人都以为杨老庄不是被狼群分着吃了，就是从那个悬崖摔下去死了。找了亲戚邻居找了好几天，还是活不见人，死不见尸，就找了杨老庄用过的东西穿过的衣服，放在棺材里，准备埋葬。谁知道，睡到半夜，忽然听到有人喳喳喊。一开始，人还都以为是杨老庄的鬼魂，因为是横死的，自然会有怨气，肯定会闹腾几天。听了一阵子，又觉得不像。老婆叫了一大帮子男人，打着灯笼到后山查看，确认杨老庄没死后，用绳子把俩人吊了下来。老头脚一落地，给杨老庄打了招呼，趁着黎明，往武安县方向奔去。

杨老庄的奇异经历叫村人大为惊叹。从那以后，杨老庄再也没去那里做过任何事情，其他人也都望而却步。在家躺了一个月，杨老庄爬起来，第一件事就是背了大半袋子小米（那时候粮食是最稀罕的礼物），到武安白家庄去看望救命恩人。一路汗水地寻到白家庄，找到老头的家。听白老头的兄弟说，他哥是一个月前回来了，谁也没想到他还活着，一家人还没高兴完，白老头身上就一个接一个地起泡，明亮亮的大水泡，咋掐也掐不破，用针挑开，流黄豆大的清水。半个月后，浑身上下都是，白老头疼得满地打滚。有人说，还是让他回那个地洞去，或许就好了。谁知道白老头听了，一蹦三尺高，说：俺宁死也要死在地面上，打死也不再去那个不是人待的黑洞里。

家人请了好几个大夫，切脉看人后，一个个脑袋摇得跟拨浪鼓一样。有一天，家人在外屋商量这事，达成一致意见是，保命要紧，还是要把白老头送回去。话还没有说完，只见里屋冲出一个人，像箭一样，嗖的一声，就蹿到了门外，家人还没醒过神儿，只见白老头低着脑袋，往一堵石头墙上撞去……杨老庄叹了口气说：那地方确实不是人待的，跟活鬼没啥区别。白老头兄弟听了，半天没说话。杨老庄看了看他，询问白老头的坟，到货店里买了几张黄裱纸，一个人在白老头坟上坐了半天，又背着大半袋子小米，回到村里。

命运背后

　　离村三十里外，层叠山岭后，有一座海拔一千七百米的山峰，一面是山西，山根有一座村庄，叫塔铺；一面是河北，有座村庄叫黄庄。黄庄村右侧红色山梁上，有一条清朝中期山西李姓财主修建的栈道，清一色石板，比面板更大，马蹄叮当，天长日久，除留下些坑坑洼洼蹄印外，石面和边角如水洗般光滑。黄庄村边，有一座古旧房屋，木质门窗，常年糊着一层马头纸，内里黑咕隆咚，即使阳光照在屋地上，也还是黑色的。

　　十三岁那年正月，奶奶带着我，去山西姥姨（奶奶的妹妹）家串亲戚。到黄庄村，进去讨水喝。敲开那扇门，一个满头白发的老奶奶，脸上皱纹像是紊乱的麻绳。奶奶说明来意。那位老奶奶似乎没听清，奶奶又放大音量，她还是一脸茫然。奶奶再大声，她低头，又抬头，啊了一声，颤巍巍转身，进屋，过了好大一会儿后，颤抖着端出一碗开水。

　　奶奶坐在门外石墩上，咻溜溜喝水，我虽然也渴，但不想喝，总觉得，那水里肯定充满灰尘和其他脏东西。奶奶说，不喝，过了这村要好长时间才有村子。渴了可不要哭闹啊！

　　沿着栈道，祖孙俩吃力爬着。奶奶小脚，不敢走小便道。我提着一兜吃食，蹦跳着向上爬。离奶奶远了，就坐在岩石上等。走到半山腰，蓦然看到一座坟茔，金黄杂草在风中摇头。坟前有座墓碑，比我还高。我放下布兜，走到墓碑前，看上面的文字。

　　碑写：清故辽州知县黄嘉州、夫人杜玉翠夫妇之墓。我知道，知县是一个官名，但不知道辽州是哪里？黄嘉州又是谁？正想着，奶奶喊我，可能是我太专注了，竟然打了一个机灵。奶奶喘着粗气说：不能随便到别人坟前，恁娘咋没给你说过？

　　爬上山顶，忽然一阵大风，将我吹了一个趔趄。展眼山西，重峦叠嶂，深谷悬崖，沟壑纵横。翻过一道山岭，迎面一座废弃的关隘，青石建筑，由于年长日久，石头上爬满了黑色苔藓。

　　到亲戚家，寒暄，吃饭，围坐在炉火边说淡话。大人们热火朝天，我说到黄庄村那位老奶奶。姥姨笑着说：那老太太可古怪了，整年不说一句话，隔几天就去山上烧纸。奶奶说，听说她有汉们，整年窝在家里，夏天也不出门透透气。我又问姥姨：为啥不能走到生人坟前呢？姥姨说，真是个傻孩子，不干净呗。

　　躺在床上，我问奶奶：辽州是哪儿？奶奶说，等回咱家了，问你爷爷吧。说完，就敦促我睡觉。山西地势高，风尖，也持久，吹得枯树呜呜叫喊，窗户和门不断发出摔打的声音。可能是走乏了，不一会儿，我就呼呼睡着了。后来，竟然梦见那位老奶奶，胳膊上挎着一只柳条篮子，用蓝头巾盖着，拄着拐杖，一步步向山上走。

绿亭子

　　忽然一阵风，哗地一声，撩起满山的茅草，把老奶奶的头发吹得像是一个麻雀窝。我蹲在岩石上看着，突然，老奶奶扭过脸庞，鹰一样看我。我大叫一声，从梦中醒来，一身汗水。这时，天光放亮，稀黄的日光落在灰尘的玻璃上，再投射到我的被子上。——我发烧了，头重脚轻，浑身冒虚汗。姥姨叫了医生，吃了两天药，不管用，又说要打针，我怕屁股疼。一个星期了，感冒还没好，后半夜烧得说胡话。姥姨叫来一个须发皆白的老头，伸出松树皮一样的手指，为我切脉，然后，摇头说，这孩子被冷风呛了，拔火罐吧。说着，就拿了几个小罐子，点着，呸的一声，按在我的额头上。

　　元宵节后，我和奶奶原路返回，路过那座坟地时，忍不住多看了几眼。墓碑前还有没燃完的柏香和黄裱纸。回到家，对爷爷说了这件事。爷爷说：辽州就是现在的左权县，八路军参谋长左权牺牲在那里，就改成这个名字了。知县相当于现在的县长、县委书记。你说的那个老娘们儿，是山上清朝辽州知县黄嘉州的亲女儿。我哦了一声，觉得了一种遥远的神奇。

　　爷爷继续说：黄嘉州是一个好官，戊戌变法失败后，慈禧太后要杀尽康有为梁启超谭嗣同，辽州县城有几个没考取功名的读书人，也积极响应康梁谭嗣同搞变法，榆中道台让黄嘉州下令辽州知县，把几个读书人抓捕起来，就地处决。黄嘉州不愿意杀人，夜里，弃了官印，带了一家老小，跑到黄庄，隐姓埋名好多年。

　　再后来，在历史课上，看到戊戌变法，想起那位老奶奶。有几次热血激荡，想去黄庄给黄嘉州上几炷香。还斗胆给老师提建议，组织春游时，去祭拜黄嘉州夫妇。老师说，想法是个好想法，可不实际，几十个学生跑到几十里的地方祭拜一个死了多年名不见经传的清朝知县，劳民伤财不说，封建色彩太重。

　　回到家里，我对爷爷奶奶说，再去山西时，还从黄庄那儿走。奶奶笑着说行。我很高兴，就盼着时间跑得再快点，赶紧放寒假，再跟着奶奶去山西。好不容易到了寒假，邯郸却开通了山西阳泉的长途班车。有了车，就没人愿意步行了。我央求了半天，奶奶还是在马路上乘上班车，一路曲折，不过三个小时，就到了姥姨家门口。

　　等再回来，我央求走小路，过黄庄村。姥姨

空林讲堂

说：你奶奶上了年纪，又是小脚，哪能跟你小伙子比？坐班车吧。

此后十多年，我没有再去过黄庄。那位老奶奶在内心已淡化成一个模糊的影像，但仍旧记得她和她的故事。其中的原因，大致是与听多了爷爷讲的民间传奇故事有关。那时的乡村，除偶尔放几场电影、每年唱一台大戏外，还有些说书人，来讲《隋唐英雄传》、《杨家将》、《水浒》、《岳飞传》之类的评书。

那时候，我的是非标准很简单，世上只有好人坏人，对好人无限拥护；恨不得化成一个武艺高超的侠客，护佑好人不受厄难；对坏人切齿痛恨，恨不得自己就是通天彻地的神仙，惩恶扬善。

2004年夏天，我带着妻子儿子，从外地回到家乡。闲聊时，母亲说，黄庄现在不叫黄庄了，叫长寿村，还建成了旅游区，夏天去的人特别多。我觉得新奇，和妻子、母亲一起去了黄庄村——以前陈旧不堪，偏僻无人的村庄变了模样，卵石横陈的山路不仅加宽且铺上柏油。新盖的楼房，石阶铺成的街道，飘摇的招牌和来往不断的游客，热闹非凡，到处崭新。

刚进村，我就看当年那座房屋，门前长满蒿草，台阶和门槛上都是雨洗风吹的痕迹。心想，那位老奶奶可能过世了……我觉得沮丧，站在村边，看了看半山腰的坟茔，只见满山苍翠，偶尔露出的红色岩石面孔狰狞，向着对面的山梁和脚下的村庄，经年累月保持一种姿势和表情。

妻子换着母亲，拾阶而上。到村上，只见一股清流从山崖飞泻而下，落进池塘，激起无数水花。池塘一边坡上，长满紫荆灌木，我走过，蓦然看到两座坟茔——不是埋在地下，而是隆起地面，用石头和黄泥砌成棺椁状。

登上山岭，大风自东向西，吹动两省，牛羊散落各处，咩咩声犹如婴儿啼哭。俯瞰的黄庄村落在一大片绿色中，小面积裸露的红石板房顶，古朴典雅，颇有世外桃源的味道。山岭上的峻极关也焕然一新，新砌的石头夹在旧朝的石头当中，模样古怪。下山时，我特意去看了黄嘉州夫妇的坟茔——草比以前更茂盛了，墓碑依然完好，字迹还很清晰。我蹲下来，点了一颗香烟，倒插在黄嘉州坟前。

中午，找了一家饭店，坐下来，母亲说她早年认识这村子里的一位妇女，多少年没来了，不知还在不在人世。贸然打听店主，店主说，那女的应当是黄桂花，不但还活着，身体还挺硬实。说完，叫自家孩子去喊黄桂花。不一会儿，一个头发稀疏且霜白，脸膛黑红，走路不大方便的老年妇女走了进来。

母亲站起来，拉住黄桂花的手，寒暄半天。黄桂花拉着母亲去她家吃饭，母亲看看我和妻子，我说饭菜都要好了，就在这里一起吃吧。黄桂花又坚持了一会儿，挨着母亲坐了下来。

出乎意外的是，黄桂花就是黄嘉州的外孙女，我见过的那位老太太唯一的女儿。黄桂花说，她母亲叫黄爱莲，活了117岁，直到1997年才故去。她终年不出门的父亲名叫杜有才，死时，差一岁不满一百。

黄桂花说，杜有才原是辽州县衙一名捕快。当年，黄嘉州弃官逃跑，上峰问罪，杜有才遭受牵连，被捕下狱。寻机脱逃后，也像黄嘉州一样，往直隶界仓皇奔逃，没想到，在黄庄撞见黄嘉州。

以后的故事水到渠成。起初，黄嘉州对杜有才心存怀疑，处处提防。但随着时间的推移，慢慢打消了顾虑，将自己唯一的女儿黄爱莲许配给了杜有才。又许多年，黄嘉州夫妇相继过世，女儿女婿披麻戴孝，安葬了两位老人之后，天下仍旧动荡，土匪横行。上个世纪三十年代中期一年夏天黄昏，忽然来了一队人马，穿着国民党军队制服，大呼小叫，从山岭跑下，杜有才跑的时候，被流弹击中腰部，落了个终身残废。

再后来，日本鬼子扫荡，刚听说阎锡山丢了整个山西，就见一队鬼子从攀援而来。惊慌间，黄爱莲把杜有才藏进地窖，带了女儿黄桂花，和村人藏在一眼隐蔽的山洞。三天后回家，从地窖抬出杜有才。好不容易全国解放，安稳没几年，又闹饥荒和大跃进、文化大革命。因出身不好，杜有才和黄爱莲被游斗了好几次。

幸好没出人命，等消停下来，两位老人更老了，身体还算硬朗。几年之后，黄桂花就地择嫁，丈夫虽然大字不识一个，但为人诚实，勤劳。两口子生了一个女儿，早年间，嫁到一山之隔的塔铺村。

听了老人讲述，心情沉重。忍不住想：黄嘉州当年绝没预料到自己身后，会发生如此多的事情。一次仁义，导致全家落魄山村，原想图个安静，但终究没能安静。

黄桂花还说，黄嘉州夫妇墓碑被砸毁。现在的墓碑，是七九年重做的。叙说间，黄桂花语气平静，眼神空茫，不见埋怨。我想，一定是时间抚平了远处的伤痕，沧桑暮年，所有的过往都如尘烟——老人是宽容的，这是一种境界。

喝了口水，黄桂花看看母亲，再看看我和妻子，眼神亲切而自然。看着她满头银发和拧在一起的皱纹——可能坐久了，老人使劲努了几次腰身，也没站起。我急忙搀她。老人拍了拍后腰，对母亲说，老妹妹，到咱家去坐坐吧，住一晚，好好说说话。母亲看看我和妻子。

　　我把老人搀扶到家里，告别，与母亲和妻子到村口，在黄爱莲和杜有才故居前，特意停了一下。房子没人居住，就没了生气。幼年看到的那扇窗户上，纸张发

晨曦

黑，纷纷撕裂开来，被间隔的山风吹得哗哗乱响。离开黄庄村好远一段路程，我再回首，只见群山纵横，烟岚轻遮——2005年仲夏，我们再次回家，再次去了黄庄，黄桂花老人还在人世，只是爬不动山了，每年清明和农历十月一，她在山西塔铺的女儿回来祭扫坟墓。临走时，老人拿了几个山桃核串成的手链送给我们，说能驱邪消灾。我掏钱给她，她不要，我放下，跑到车上。现在，又有几年过去了，我想，黄桂花老人一定还在人世。在我的想象中，她时常拄着拐杖，坐在村边那棵槐树下，看深邃的天空，沟壑一样的往事，看山腰的祖坟，内心安详，目光清晰，面孔沉静。

四块红石

　　村子后沟，有一处特别平坦，一边是红色山崖，另一边是流水河滩，中间有一条路，紧靠着石壁，是村人往返后山的必经之路。也不知道哪一年，流了几百上千年的大水忽然小了，靠山一边，露出四块高有四尺，宽两尺多，棱角浑圆的大红石头，远看近看大小一致，丝毫不差。有一年夏天，村里的杨称奇从后山打柴回来，走到那儿累了，把柴架子放在其中一块红石头上歇息。擦了满头汗水，下到河边，洗了一把手脸。起身来，坐在另一块红石头上，掏出旱烟袋，挖了一锅，点着，吧嗒吧嗒地抽。

　　旱烟劲儿大，喷出来的烟雾也大，刚出嘴巴，就被顺沟溜的风吹得没影儿了。杨称奇一边抽烟，一边举着脑袋乱看。那时候，山比咱这会儿高，山上长的树也比现在多，河里不但有螃蟹、泥鳅、青蛙、小鲇鱼，还有一种见肉就钻的小细虫子。杨称奇正要起身，忽觉得屁股下面一阵刺疼，噌的一声，弹簧一样蹦起来，伸手就在屁股上摸。开始，杨称奇还以为是虫子、草棍或者干了的紫荆刺，可摸了好一阵子，啥刺也都没有。

　　没找到刺，屁股也不疼了，就没在意。磕掉烟灰，吐了一口唾沫，又装好旱烟袋，猫腰一钻，去背柴架子。把两个肩袢挂好了，屁股一挨石头，忽然又是一阵刺疼，　比第一次还疼，杨称奇哎呀一声，急忙跳了出来。俩手又在屁股上摸了个好几遍，还是啥也没找见。杨称奇心里就有点郁闷，睁大眼睛，四处眊了眊，确定没别人后，解开腰带，把裤子脱了下来。

　　那时候人有裤子穿就不错了，根本没裤衩子。杨称奇光着个猴屁股，站在当地把裤子翻了几遍，还是没找出一根刺。杨称奇咦了一声，自个儿诧异了一阵子，胡乱穿上裤子，又钻到柴架子下就要背的时候，屁股上又刺疼了一下。杨称奇忽然想到了什么，也顾不得疼，背了架子，一颠一颠地就往村子的方向跑。一口气回到家里，连架子和柴禾一股脑儿地倒在柴堆上，大口喘着粗气，心慌得给乱石敲打一样，好半天没有起过身来。他娘在院子里看到，叫了一声，杨称奇应了一声，才卸了柴禾，又拾掇好后，回到屋里。

吃饭的时候，杨称奇把那四块石头遇到的奇怪事儿对爹娘说了。爹说，那四块石头确实很整齐，一模一样的，很少见。娘说，指不定哪有根儿尖刺，你一时没找到罢了。过了两天，吃过早饭，杨称奇和村里岁数差不多的杨铁柱和杨山林结伴去打柴。仨人背着空架子、提着大镰刀走到四块石头那儿。杨称奇怂恿杨铁柱杨山林说，恁俩往红石头上坐坐试试。杨铁柱和杨山林相互看了看，呵呵笑说：这个有啥咪？说完，杨铁柱就一屁股撂在了东边第一块红石头上，剩下的杨山林也不甘落后，背着柴架子，坐在了另一块红石头上。杨称奇站在一边看，见那俩家伙都没事儿，心里正犯嘀咕，只听起初坐下的那两个伙伴哎呀一声，螳螂捕蝉一样弹了起来。另一个也哎呀一声，箭镞一样射了起来。俩人也像原先杨称奇一样，伸手在各自的屁股上摸索，摸了半天，也是啥也没找到。

起初的杨称奇问：咋了？杨铁柱和杨山林几乎同时说：啥扎了一下，跟蝎子蜇的一样疼！杨称奇脸色一紧，甩开步子，率先朝后山走去。俩人相互看了看，快步跟上。走出了一段山路，杨称奇才把前几天遇到的事儿跟俩人讲了。杨铁柱和杨山林听了，下意识地回头朝四块红石头看了看，脸色都有点发白。杨铁柱说：怪不得每次黑了走到这儿觉得瘆的慌。杨山林说，这四块红石头长得一模一样，确实很少见。仨人到后山飞快砍足了柴禾，太阳还老高，就背着柴禾回到了村里。

从这以后，后山的四块红石头成了村人的某种地理禁忌，与那些有着各种各样奇闻异事的其它地方一起，构成了村人关于神鬼与仙妖传说的现实根源之一。好事不由赖事由，可能是说的太多的缘故。没过几年，四块红石头那里果真又出了件叫人百思不解的诡异事儿——村里唯一的大财主杨德福和老婆江桂花折腾了一二十年，得溜得连（俗语，意即连续）生了五个闺女，四十五岁那年，实在等不及了，就又从十里外赵村又娶回来一个十八岁的小丫头，一年后得了第一个儿子，取名叫杨留住。

因是独子，杨德福老两口和几个都已长大成人的闺女都很溺爱杨留住，放在院子里怕风吹着了，关在屋里又怕潮气熏着了。杨留住长到16岁，没下过一次地，更没上过一次山，整天泡在好吃好喝里，裹在丝绸棉绒里，养得一身细皮嫩肉，脸白得黑夜里不点灯也能看清眉目。说起来也巧，某一天，杨德福心血来潮，带着从没和村里山坡田地打过交道的杨留住出了院门，先到自家田地里，站在地边上，用拐杖指了指一溜溜的田地，说：儿啊，这是咱家的田产，水地23亩零4分，旱地18亩零8分。

然后又带着杨留住，沿着山道往后山走。出村子不到二里，杨留住就走得气喘吁吁了，比玉茭籽还白的脸上渗出一颗颗黄豆大的汗珠子，噗沓沓地往汗衫上掉。杨德福看了看，说，儿子，咱慢慢儿走，别着急。杨留住掏出白手绢，擦了一把汗，站在道上喘了一阵子气，说，我没事儿啊爹，继续走吧。杨德福嗯了一声，挂着拐杖在前面走，杨留住在后面晃。爷俩快走到四块红石头那，杨德福停了脚步，回头对杨留住说：儿啊，后山有咱的树林子，成年的松木、椠木、杨木有三百多根，还有24根大核桃树、16棵柿子树、19棵花椒树。爹也快七十的人了，家里的财产你得都看看，弄清楚，看管好，养护好。

杨留不住地嗯着，因为劳累，声音有点变调。杨德福叹了一口气，转头挂着拐杖继续朝前走。走过了四块红石头，听着后面没声音，扭头往回一看，自己活生生的儿子杨留住却不见了踪影。杨德福大吃一惊，迈着两条老腿儿，急惶惶地颠到四块红石头附近，伸长脖子看。一边扯开绵羊嗓子叫，儿啊，我留住啊，你在哪里唻？可叫唤了半天，也看遍了四周的茅草窝和荆柴丛，除了两只逃跑的兔子，炎炎日头下几窝黑蚂蚁和一只灰蜥蜴，啥也没看到。杨德福一阵绝望，一屁股坐在乱石上，大声念着杨留住的名字，放声嚎啕起来。

在后山打柴的杨称奇、杨铁柱和杨山林最先听到，停下镰刀，捉着干树枝，竖起耳朵，拉长脖颈，寻找声音的方向及哭诉的内容。确认是地主杨德福后，杨称奇说，这家伙大白天在那嚎啥丧？杨铁柱说，这老家伙一辈子抠门儿，屎尿到了门儿上也要拉到自己茅房里，那么有法儿（南太行俗语，意为有本事赚钱和家境丰裕），还有啥不高兴的事儿呢？杨山林说，这人生来不如意，穷有穷的苦恼，富有富的心病。杨德福肯定遇到啥大的伤心事儿了，要不然哭的不会这么凄惶？

三个人拾掇了柴禾，放在架子上，背上一口气走到四块红石头前，各自放下，先后围到杨德福跟前。杨称奇说：大爷（大伯），你这是咋了？杨山林说：叔，啥事儿叫你不高兴了？杨铁柱说：大爷，遇到啥事了？杨德福一看这仨人，抬起脑袋，胡子上的眼泪鼻涕像水泡一样往下滑，哑着绵羊嗓子说：俺儿啊……在这没（mo，阴平，阳平，上声，去声）了！杨称奇有点着急，催问：大爷你别介哭，啥事说出来咱爷们儿还能不帮忙？另外俩人也都嗯声点头。杨德福顿了顿，用求助的眼光，看着仨人，说了刚才的蹊跷。杨称奇杨铁柱和杨山林三人听了，脑袋轰的一声爆炸开了。你看看我，我看看你，一脸的惊恐和诧异。

　　出了这么大的事儿，仨人也顾不得背自己的柴禾了，轮流架着软成米汤的杨德福回到家里。村人听说后，都聚拢到杨德福家里。要是平时，杨德福的老婆和小妾肯定会对这些不如自己的人不给个好脸色，可自己家里遇到这么大的事儿，没有人帮忙绝对不行。俩老婆相互抱着哭了一阵，大老婆似乎意识到了啥。赶紧让雇了多年的奶婆子（奶母）给众人拿花生、玉米面饼子和花烧饼吃。杨德福也知道，光哭嚎解决不了事儿，正了心情，与村里几个同辈的堂兄弟商量了一番，决定请大家帮忙连夜到后山寻找。几个长辈发动得年轻人做了二三十个火把，散成六帮人，分六个方向找。杨德福还让村里妇女一起动手，烙了上百张大饼，分给每个参加寻找者。

　　因为穷，吃白面大饼比过年还奢侈。吃人的嘴短，拿人的手短。村人有了这等待遇，人人都很尽心，一边吃着就出发了。上百号人在后山散开，忽悠悠的火把和呼喊声把山里的老狼、野猪、獾、狐狸、黄鼠狼、豹子、飞鸟、野兔等等动物都惊

山峦

得四处乱窜,发出各种各样的叫声,整个后山,比白天还要热闹一千倍。可从傍晚到太阳找到沟底流水,青蛙蹦到了山坡上,还是不见杨留住的身影。在河沟里挂着拐杖巴望了一夜的杨德福和俩老婆,眼睛都没眨一下,可仍旧没有等来杨留住的星点消息。

村人找的乏累了,在后山顶上汇合,叽叽喳喳地回到了杨德福夫妇身边,一个个脸色沮丧,在杨德福面前摇摇沾满灰土的脑袋。杨德福又劳累有悲伤,哎呀一声再次昏厥过去。等醒来,已在自家炕上,几个同辈的堂兄弟站或者蹲在地上抽旱烟,见杨德福醒来,上前劝慰了几句,就先后离开了。杨德福又是一阵悲伤,哭着说:老天爷啊,俺杨德福这辈子没做(zu,阴平,阳平,上声,去声)啥伤天害理的事儿,咋这样对俺嘞?二老婆因是杨留住的生母,也哭得俩眼比核桃还大。杨德福爬起来,看着门外的一棵大梧桐说:我杨德福就是倾家荡产,也要把儿子找回来。

杨德福吩咐奶婆子站在屋顶上喊,村人一听,先先后后地又都到了杨德福家。杨德福肿着俩大眼,挂着拐杖,看了看众乡亲,一字一句地说:今儿个,我杨德福家出此不幸,谁要是能找到俺家留住,俺分他十亩水地,再加上一公一母俩牛!要是我说话不算,天打雷劈,叫我杨德福不得好死!这话一出,村人一阵议论。有人小声说:这家伙也有难(nan,阴平,阳平,上声,去声,灾难之意)的时候?有人说:这人啊,就是祸福难定,谁知道不愁吃穿的杨德福老来也有这样的大祸事呢?杨称奇站在人群中,一句话没说,眼珠子骨碌了几下,就回家去了。

这一次,村人再一次出动,尽可能分散开,大都是一家一户到后山找。杨称奇拿着镰刀,背着柴架子,又到后山打柴去了。一天快过去了,寻找杨留住的人翻遍了自以为可能的地方,仍不见踪影。眼见日头落山,就都回去了。杨称奇把柴架子背到四块红石头那儿,趟水过河,坐在对面稍高处的一面石岩下,一边抽旱烟,一边盯着四块红石头看。直到天色擦黑,夜风袭身,还是没动窝。不一会儿,半圆的月亮从东边山头上升起来,淡淡的光把后山照得不明不白。

杨称奇紧对襟布衫,仍旧盯着那四块红石头。这时,夜虫叫声铺天盖地,林中野狼的嚎叫声四起,早枯了的茅草在风中发出哗哗啦啦的声响。前半夜不怎么难熬,午夜以后,一个人在空无人迹的山谷,听着分不清是啥的嘈窃声音,要是胆小,尿裤子还是小事,吓破胆命都没了。杨称奇一点瞌睡劲儿都没有,左手掌心里攥着一包朱砂，右手抓着一根一尺长的柳木棒子，心跳得跟打雷一样。半圆的月亮偏西的时候，杨称奇忽然听到一阵摩擦声，开始像干树叶滑过冰凌，后来像石头和石头错开，沉闷且有些笨拙。杨称奇看到，东边第三块红石头中间部分一片黑，后来又有了像是松油灯一样的光。紧接着，是说话声，在哗哗的流水之中，一会高一会低。再后来，石头前面有两个人影，面对面站着，头脑不住晃，好像在商量啥事。过了一会儿，其中一个扭头转身，走到东边第四块红石头面前，伸手推了一下正面，又传来一阵石头与石头摩擦的声音。

等他再看的时候，两块红石头又恢复了原样。杨称奇想了想，沿着对面的山坡爬到山顶上，又沿着山坡爬回村里。爹娘还没睡，开门一看，见到杨称奇，娘看着杨称奇嗔怪说：你跑哪儿去了？一天半夜不见影儿？杨称奇没顾上回答，就对爹娘说了刚才在四块红石那儿看到的情景。爹说，这家伙可不是个小事儿，得找阴阳先生。娘也说，这神鬼的事儿，凡人千万别介去掺乎。杨称奇说：人为财死，鸟为食亡，咱发现的再叫别人去，那十亩水地俩大牛，不就没咱的份儿了吗？爹娘嗯了一声，沉默了一会儿，爹说：这事儿不能太着急，咱自己人没事儿才能去做！

第二天一大早，太阳刚刚升起，杨铁柱和杨山林就在窗外叫杨称奇名字。杨称奇一骨碌爬起来，拉开门闩，俩人进屋，就压低声音对杨称奇说：杨留住估摸着是在四块红石头那儿出了事儿？杨称奇脸色变了一下，急忙又钻进被窝。杨山林说：俺和铁柱哥商量了下，咱三人一块去红石头那儿，保准有发现，找到了杨留住，那十亩水地和两头牛够咱弟兄仨干大半辈子了！杨称奇说：人咋能到石头里了呢？俺看那留住子肯定是被狼冷不防拖走了！杨铁柱说：俺看不像，杨留住的身体再弱，也不可能被狼叼连屁都不放一个。杨山林嗯了一声，对杨称奇说：咱就去试试呗，这又不耽误啥的，费点工夫算个屁啊？！

杨称奇说，那好，咱分工去守，发现啥不对劲儿的再商量着来。杨铁柱说：白天轮着守，晚上一起去。杨山林说，这样保险。杨称奇说：那也行。就这样，杨铁柱和杨山林上午下午盯着四块红石头各自抽了半天旱烟。到了晚上，杨称奇硬着头皮跟在俩人后面，坐在昨天的石岩下有一搭没一搭地朝那四块红石头看。这时候，月亮又圆了一圈，光也比昨晚明了好多。到半夜，仨人正昏昏欲睡，忽然听到一阵说话声。东边第三块红石头又像昨晚一样打开，一前一后走出俩人，照样面对面说了一阵话，其中一人走到第四块红石头跟前，又走了进去。杨称奇杨铁柱杨山林一看，头上渗出一层层的冷汗，摸索着回到了村里。三家人父母兄弟聚在一起，抽了满屋子的旱烟，商议着怎么靠前看个明白，查查杨留住是不是就在里面，现在变成了个啥？

　　商议的结果是：嘴巴利索的杨称奇去给杨德福暗示，索要报酬；杨铁柱的爹去三里外的朱家庄请孩子娘舅朱三炮来施法降妖；杨铁柱杨山林继续守住四块红石头。半天过去，杨称奇从杨德福嘴里得到说出杨留住在那里的消息，给他3亩水地，一头驴子的承诺。杨铁柱的爹也和孩子娘家舅朱三炮一前一后地来到了杨家庄。傍晚，一切准备停当，杨称奇、杨铁柱、杨山林、杨德福一家和朱三炮一起来到四块石头前，分别找地方藏好，等到午夜，石门打开，朱三炮站起身来，嗖的一声抛出一根一头是套儿的红线，准确无误地套在了其中一个人的脖颈上，众人齐声大喝，飞步跑到红石头面前。

　　被套住了那人似乎很惊恐，声音尖利地喊，转身就往石门里钻。另一个也尖叫一声，扭身就窜进了石门，再一看，就不见了石门。众人点亮火把，近前一看，只

太行明珠

见身形矮小，头发很长，俩手白得像水萝卜，抠着脖颈上的红绳套，不住尖叫。朱三炮手持桃木剑，腰悬柳木弓，顺着红绳到了那人跟前，挑开头发一看，果真是个妇女。大致三十岁的样子，眼睛不大，鼻子平塌，两腮红得像熟了的桃子。那人见没法挣脱红绳，扭过脸来，脸色凶狠地看着朱三炮说：俺和你井水不犯河水，你来害俺，小心俺姊妹们害了你全家！

朱三炮手中木剑一挥，盯着那妇女说：咱们本来就是井水不犯河水，可你做妖不守妖道，出来祸害人，我就得管！那妇女听了，长发一抖，又恶声说：你光听这些人说，知道俺们和杨德福的恩怨？朱三炮说：不管啥恩怨，也不能祸害人！我不收你的话，天也会派雷炸你，龙抓你！那妇女哼了一声，人知道报仇，妖精就不知道报仇吗？朱三炮说，俺不管你和杨德福有啥恩怨，只要你把杨留住放了，俺就再也不管恁们这事儿！那妇女说：说得轻巧，父债子还，天经地义，杨德福他做的孽，他儿子来还也没错！你要是再不放我，不出三天，就会大祸临头。

那妇女说完，眼睛瞪大，怒气冲冲地看着朱三炮。在一边吓得全身像是筛粗糠的杨德福颤声说：俺就是杨德福，俺啥时候跟你结仇了？咋你了？那妇女听了，头像碾磙子一样，来了个急转弯，眼睛盯住杨德福，一手伸出，一根像是绳子一样的黑东西忽地一声就飞了过去，蛇一样缠住了杨德福的脖颈。杨德福哎呀一声，扑倒在地。那妇女说：老贼，俺四姐妹在水下被冲了几十年，就是要报当年的杀父之仇！

杨德福被缠得两眼泛白，脸面浮肿，一句话也说不出来。正在这时，只听得咯吱吱地一阵响，其它三块红石头同时打开，分别跳出一个跟那妇女长相打扮差不多的娘儿们。其中一个，眼神凶狠地走到朱三炮面前，沉声说：这是俺们白家与杨德福的冤仇，不想死的就别掺乎，想死的，尽管过来！朱三炮一看又出来三个，知道自己的法力敌不过，叹息一声，又摇了摇脑袋，看了一眼憋得脸红脖子粗的杨德福，又看了看姐姐、姐夫和其他人，就丢了红绳套，转身就走。杨称奇杨铁柱和杨山林等人见了，也都跟在朱三炮身后，看也不看杨德福和他老婆还有五个闺女三个女婿，径直往村里走去。

转过一道山岭，朱三炮小声对其他人说，恁都回去吧。说完，他弓着腰，爬到山岭高处。杨称奇看了一眼爹娘，没吭声，也跟着爬了上去。杨铁柱和杨山林向前走了一段，觉得不妥当，也跟爹娘嘀咕了一会儿，返身回去，爬到了山岭上。四个人趴在草窝里，先是听着一阵说话声，高一阵儿低一阵儿，有怒骂有争辩。其中有一个人摔倒在地，从哭声和叫声判断，应是杨德福。后来是一阵寂静，一堆人影蹲着趴着，不知道在干什么？许久，好像听到了杨留住的说话声。再后来，是石门关闭的摩擦声，还有杨德福家老婆、闺女、女婿的嚎丧声。

第二天一大早，村人都聚集在了杨德福家。杨德福躺在门板上，身下均匀垫着一层谷草（有辟邪作用，也是南太行乡村停灵必备之物），穿着一身崭新的寿衣，早就没了鼻息。

过了头七，杨留住叫人请了村里的长辈，又叫了杨山林、杨称奇、杨铁柱和朱三炮等人到家里。众人面面相觑，不知道杨留住要干啥。不一会儿，杨德福的两个老婆，五个闺女分别端了酒菜，招呼大家坐在长条桌子边，杨留住举杯向各位长辈和同族兄弟敬酒，三杯过后，对大家说了这样一番话：按照父亲遗言，为报答本家长辈兄弟，每户赠给一斗米，算是对大家帮忙出力的报答。给杨称奇、杨山林、杨铁柱每家一亩水地，算是兑现父亲生前诺言。给朱三炮一头母驴，算是对帮忙的感谢。

众人不由得交头接耳。杨留住清了清嗓子，又说：头七后，按照父亲生前意思，在后山四块红石头东边山岭上，修建一座庙，还请叔伯兄弟们帮忙。另外，父亲还要俺到山西太谷一趟，有些东西要运回来，有兄弟愿意同去的，绝不会亏待。——再一年，杨德福的坟茔上长满了荒草，后山的庙也盖了起来。几乎与此同时，杨留住也从山西返回。赶着两驾马车，一个用苇席盖着，一个上挂着红布帘。帮忙的时候，村人才知道，苇席下面是两口棺材，几天后与杨德福葬在了同一块坟地。也是这一年，春节前三天，杨留住家操办婚事，媳妇是山西太谷县的，说话很啁（南太行乡村对山西方言的形容，意为舌头绕，音轻，吐字薄），但长得细皮嫩肉，眼睛给俩泉眼一样的清，盘起的头发上，左边插着一根明亮亮的簪子，右边也有一根。杨称奇、杨铁柱和杨山林看了，总觉得在哪里见过这女子，还有她头上的簪子，可一时又想不起来。

一则故事，三种意味

很久以前，一个人在某座山上放羊（另说割草或打柴）。有一次，坐在一座红色石崖下歇息。先是抽了一袋旱烟，又吃干粮喝水。肚子饱了，人就犯困。正在昏昏欲睡，觉得自己身体发轻，一会儿悬空，慢慢向上，一会儿又徐徐落下。如此几次，心觉诧异，猛然起身，错开几步上下查看：上面是青天，不多的云朵像棉团，崖顶上长着几棵小楝树和小松树，叶子挺多，在风中和一些灌木茅草一起摇摆，一起发出唰唰的响声。崖壁呈褐红色，由红色石头层叠成崖。崖

香火

壁中间，有一面凸出来的岩石，还有沙土，长着一些茅草和灌木。

下面是山坡，有些陡，但人和牛羊可以攀登。四边是起伏不断的山岭。远处是埋在山坳里的村庄。这家伙看了半天，觉得没啥，就又坐在原位。不一会儿，身体又轻轻悬起，大概离地一二尺的样子，停顿了一下，又慢慢地落了下来。反复几次后，这家伙心想，莫非这里是修道成仙的地方？坐久了，是不是有一天会脱掉肉身，驾上五彩云朵，像传说中的吕洞宾一样，成为天庭神灵呢？越是这样想，这家伙越是兴奋。

越偏执越着迷。从此后，不管是放羊还是打柴，冬天还是夏天，有事没事，每天都偷偷去崖下坐一会儿，每次坐下，不需一袋旱烟工夫，身体就慢慢地悬了起来，而且一次比一次高，一次比一次感觉美妙。媳妇儿见自个儿汉们行踪诡秘、面

色有异，忍不住问：你有事没事老去那山上干啥咴？他支吾了一会儿，眼球转了几圈，小声对媳妇说了。媳妇儿乍听，心里不高兴，怒说：这能成仙人儿好事儿，你都想一个人儿独占，看来，人家说的老婆汉子都不可靠这话儿没错！这汉们赶紧说：不是你想的那回事，俺还在试验，谁知道能不能成仙，现在也说不清楚。老婆说：你都能离地一丈高了，等你脱了肉身，成了仙人，俺上哪儿找你去？！

这汉们就决定带老婆一起去。俩人在崖下坐好，像和尚打坐，迅速闭了眼睛。不一会儿，就觉得身体离开了地面。亲自体验到飘飘欲仙的滋味，老婆兴奋得不得了。一连几天都和汉们一起去崖下修行。某一夜，躺在炕上，两口子干了点都觉得舒服的事儿。娘们儿偎在汉们胸脯上，后背的汗还没全消。汉们儿吧嗒吧嗒厚嘴唇说：俩人一起就升得低了，要是一个人，没准儿这会儿俺可能早就成仙了。媳妇儿猛然抬头，眼睛一瞪，反问：你这话意思是俺拖累了你？他赶紧解释说：不是那意思，俺的意思是说，咱俩一个一个来，可能快点。媳妇儿收了怒容，拨拉拨拉额前乱发，用心一想，也觉得汉们儿说得有道理，低了语调说：反正这地方只有咱两口子知道，你先成仙，再后来是我，到最后，也告给孩子跟俺爹娘说，咱一大家子人要成仙都成仙，在天上来来去去……想咋就咋，要啥有啥。

人一想好事，浑身汗毛都乍起老高。两口子睡了一会儿，天还没亮，汉们儿穿衣下炕，趁着黎明往后山跑去。山道上全是乱石，脚步一踏，石头乱滚，在空谷中响起一串回声。快到崖根儿的时候，太阳不失时机地从东边的山头上拱了出来，比红薯瓢还黄的光芒一下子就照亮了眼睛能够看到的地方。汉们儿气喘吁吁，扬着一头热汗，跐到崖根，就在落座的时候，无意朝上看了一眼。这一看不要紧，只见崖半腰的石台上挂着一个水瓮粗的圆东西。汉们儿一阵诧异，凝神细看，那水瓮粗的东西沿着崖台滚了一下。汉们儿似乎知道了啥，叫了一声"俺的（di，去声）娘哎！"扭过身子，连滚带跌地跑回了家。

媳妇儿一看汉们儿那狼狈样子，还以为遇到了狼群或者山猪。汉们儿喘息稍定后，对媳妇儿说：哪儿的神仙啊，是大蟒。媳妇儿眨了眨小眼，一时间不知道汉们儿说的啥？汉们儿见媳妇儿还在愣怔，扯开嗓子说：那半崖上住着个大蟒！媳妇儿又眨了眨眼睛，重复说：大蟒？汉们儿点点头。汉们儿又说：大蟒吸人，可能是那崖太高了，把咱吸了一半没劲儿了，又放了下来。天天这样，一回比一回高，要是再坐十几二十天，咱就不是成仙了，成那大蟒的肉馅了！媳妇儿眼睛睁大，盯住

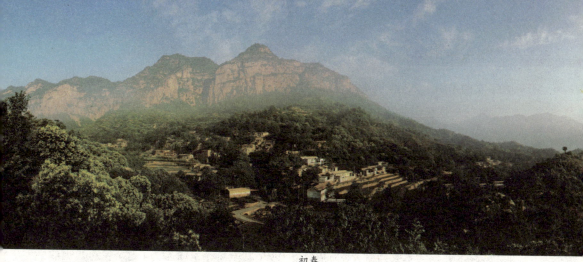
初春

汉们儿脸上的每一个毛孔，还是一脸狐疑。

放下手中活计，媳妇儿扭头回了娘家，不到中午，就又掣了回来。脸上的"狐疑"换成了沮丧，"南瓜"变成了"木瓜"。站在屋地上，看着自个儿汉们儿，连连摇头，乱发上成块儿的尘土簌簌而落。汉们儿心里想：人都是想好的，有好的啥都好，没了好了，就好也不好了。邻家是这个样儿，父母也是，就连媳妇儿汉们儿也都这个样儿。想到这里，汉们儿叹了一口气，抽了一袋旱烟，拿了镰刀和柴架子，打柴卖钱去了。媳妇儿看着汉们儿的背影，坐在院子的石墩上，也叹了一口气，起身回屋的时候，一只公鸡咯咯咯地奔过来，媳妇儿怒斥一声，顺势踢了公鸡一脚。

叙述到此，故事就结束了，但我始终觉得，这个故事不单单是故事，而是一方民众的文化信仰、世俗习惯及人情人心等方面的隐秘体现。我记得，给我讲这个故事的人有三个：一是爷爷，二是一位堂伯，三是母亲。虽然讲述的方式、地点、时间略有差异，但版本，甚至连细节都几无差别，只是语气不同，长短不一而已。

第一次，是爷爷躺在冬天的土炕上，在黑暗中，听着呼呼的大风，还有树枝折断跌落屋顶及院落的声音，抽着旱烟、吧嗒着嘴唇一字一句地讲给我的。我听的时候，心情和想象随着故事起伏荡漾，甚至自己在脑海模拟具体地点，猜测某个具体的人。到最后，觉得这个故事结尾太过平淡了，我当时的愿望是这一家人都可以在崖下久坐成仙，圆满他们的心愿或者说梦想。

第二次，是一位堂伯，坐在煤油灯下，一边剥吃花生，两嘴角冒着白沫子讲给我们一群孩子的。他语调极慢，但抑扬顿挫，很会用嘴巴模仿出各种各样的自然物状及声音，给人一种强烈的现场感。听完之后，我就只觉得他讲故事的本事太大了，真的是引人入胜，听者入迷，说者悠然。

第三个是我母亲坐在夏天的梧桐树下，一边摘豆角、切土豆、看马路，一边讲给我听的。相对于爷爷和堂伯，母亲的讲似乎干瘪一些，只叙述了梗概，没有更多的渲染。说完之后，她说：凡人成仙的事儿都是人用嘴说的，她从来没见过。要想过得比别人强，得靠自己的头脑和体力。听了这些话，我当时很不高兴，不是故事本身不好，而是厌恶说教。母亲讲故事的目的极其明确，就是要告诉我一个什么样的人生道理，以他人的事迹来激励或者教诫、引领我。我反感的原因大致是：最好不要用故事来教育人，一个可以，两个甚至每个故事都为了这个目的就叫人腻歪了。

从那儿以后，还有人讲起这个故事，但我已经听过多次了，就没用心听，催着他赶紧再讲一个我没有听说过的故事。等我长大，这一故事及许多故事都离开了耳畔，取而代之的是现实的梦想与日常所见。在多年以后，我长大成人，这些来自于民间、流传于口唇及耳膜之间的民间故事成为了迷信的代名词，自己也顺从"大流"、科学说法与官方意识形态，主观上开始排斥神鬼妖魔之类的山野逸闻与荒诞不经。可过了三十岁以后，静极冥想之时，总是会不自觉地想起小时候听到的那些故事，细细品味，却有了另一番感触。

故事表面上是蒙昧年代乡民们渴望羽化登仙，最终梦想破灭的小悲喜剧，实际上深刻反映了道家文化在南太行乡村的深入程度。它看来是一对小民为了满足"想咋就咋，要啥有啥"的富贵与权利愿望的某种虚妄尝试，本质上也还是人在追求更高生活目标时的失败与挫折。它更多地包含了南太行乡村人群与生俱来的"利己主义"和由利益关系松紧决定亲疏薄厚的世风人情。

从讲述者来看，爷爷讲给我的目的一是为了满足我的聆听欲望，二是警示我不要被某些假象迷惑，万事弄清楚再去做。那位堂伯的讲是纯粹为讲故事而讲故事，表现自己讲故事的能力，更多的是成年人或手艺人的一种炫耀和施舍。母亲是把故事作为载体，出发点和落脚点都是为了教育我。三个人，以血缘远近及出发点的不同，构成了一则简单故事的多重意味。可以说，本真的善意是从血缘里迸发出来的，关爱也是，这是南太行乃至更多的中国乡村"善意"、"关爱"的朴素面目，也是我们持续至今的某种狭隘与浅薄所在。

怎样的命运，怎样的爱情

去冬回家，下了一场大雪，厚及膝盖。清晨开门，原先尘土飞扬、鸡叫狗吠的村庄不见了，到处安静，白白的雪堆满了远山近村，就连牲口棚和厕所的顶上，也厚厚一层。院子树上枝桠朝上的一面也积雪丰厚。清冷的空气湿润而冰冷。抬头天空，仍旧是灰色的，但没有继续下雪的迹象。早饭后，帮着父亲和弟弟扫了院内积雪。母亲说，里沟村的刘立志一直让你去他家走走，见面再说，不知有什么事情。

相爱

踩着大雪，一个人咯吱咯吱地走，马路上不见行人，倒是有一些鸟儿，慌张地在雪落不到的桥洞下蹦蹦跳跳，啄着留在沙子里面的草籽和粮食。经过的第一个村庄叫做杏树凹。还是十多年前的模样，石头的老房子居多，从前荒芜的南坡上耸立起几座楼房。临近马路的一座房子，记得是同学曹莉莉家，曹和我同岁，母亲和她母亲的关系要好，闲了常在一起说话。中学毕业不久，曹莉莉便奉父母之命，与砾岩村的一个张姓小伙子订了婚。一时间，他们两个成了包括我在内许多人羡慕的对象。

母亲说，曹莉莉和她父母都看上了张家小伙子脑袋精明，会做生意。村里人也这么说。可没几年，张姓小伙子做生意赔了，且不是小数目。原先待若亲子的丈母娘和丈人脸色没变，心却变了。两人还没正式婚娶，退婚成为了必然的事情，但曹莉莉家碍于面子，又勉强维持了半年多，才硬着头皮退了婚。

这样的结果，村人早已明了，没人多说什么。一个月后，曹莉莉到县卫生学校学习去了。半年后回来，托在乡卫生院做院长的姑夫，做了一名护士。不久，曹莉莉和乡政府附近村庄的一个王姓小伙子恋爱了。有人说，每天早上看见王小伙从曹莉莉的窗户翻出来走掉。作为同学，听到这事情，我也觉得有点不好意思，脸上火辣辣的。半年后，他们结婚了，并很快生育了一个儿子。但小孩还没有学会走路，王姓小伙子就在歌厅里认识了一个湖北籍小姐，带回家，同床共枕。曹莉莉制止，却连遭毒打，万般无奈，只好离婚。春节前两天，我正在姑夫家，曹莉莉带着新丈夫也来了，看到我，还说话，邀请我去他们家玩。

　　接着，是一段空阔的马路，中间的山沟里住着一户刘姓人家，围墙高高，大门紧闭。路边的洋槐树上积雪簌簌直落，噗噗的响声显得落寞。我东张西望地走着，呼吸的白雾萦绕在脸上，不一会儿，就结成了薄薄的一层冰。正走着，从对面拐弯处走来一个人，再看是一个妇女，头上包着一面红色围巾，以白雪做背景，看起来赏心悦目。及至走近，相互看看，似曾相识。但一时想不起是谁？走过一段路程后，蓦然想到是里沟村的刘云云。十多年不见，当年美颜如玉，众相追求的刘云云也在岁月的刻刀下变得皱纹明显。

　　刘云云和我算是半个同学，高我一届，中学毕业后，赋闲在家。她父亲是煤矿工人，全家农转非，在村里十分高傲。19岁，远远近近的人就上门或者托人，给刘云云说媒。刘云云家提出条件：务农的不嫁，不拿工资的不嫁。这令一些面朝黄土背朝天的人家望而却步。有家境殷实的人抱着试的心理，也被刘云云拒在门外。我来西北的前一年冬天，梧桐沟村的一户冯姓人家，父亲也是煤矿工人，本人又在矿务局上班，托人来刘家提亲，只是一次，刘云云本人和父母就应允了。当年冬天，刘云云便被冯家的锣鼓唢呐，汽车鞭炮，喜庆热闹地娶回了家。

　　刘云云出嫁，断了村里好多小伙子的痴心妄想，一年多时间，本村再没有人提起。第三年夏天，刘云云回来一次，没几天就被丈夫叫走了。可又没过几天，又回到娘家。这一待就是半年，长舌妇们说，刘云云在冯家大摆威风，吃喝都要丈夫和公婆端来送去，一不顺心，大吵大闹，弄得冯家鸡犬不宁，焦头烂额。如此几次，冯家再也没来叫过，刘云云抹不开面子，始终没回去。到冬天，传来消息，她丈夫在市里和另外一个女子恋爱了。这年春节前，刘云云离了婚。

　　想到这里，忍不住回头再看，刘云云早走远了，雪地上又是一片寂静。到里沟村后，无意间遇到同学刘广，到他家里待了一会儿，说起中学时候的事情，很快乐也很伤感，问及刘云云，他说早就再婚了，婆家在武安的沙漠镇。离开刘广家，到刘立志家。他比我大一辈，叫叔叔。

刘立志的父亲曾是县人大代表，刚刚改革开放时，承包了500亩荒坡，种植板栗树，不几年时间，赚了不少钱。自然是里沟村有名的富户。他找我来也没什么事情，就是喝酒，说着，喊来村里的一帮子人，陪着我喝了一顿。回去已是傍晚，夜幕在雪上升起，一颗颗的星，看得见，但摸不着。我在里面跌跌撞撞，真像一个酒鬼。

雪天路滑，绕道案子沟村。小时候老在里面跑来跑去，熟悉得给自己家一样。这村人不多，一色杨姓。从大堂伯院子路过，想到在一起玩着长大的四堂姐。她比我大3岁，也是比我高两届的同学。我到西北的第二年，她和东边村从天津退伍回来的朱姓小伙子结了婚。我正好探亲在家，和村里好多人一起送她出嫁。这次回来，听说她也离婚了，传言很多。她婚后第二年，有人说她和村卫生所的一个医生关系暧昧。

男方生气，多次劝她回头，她不听，和那个医生愈发炽热。以至公开，无所顾忌。那医生的家也在上边村，并且有了一个小女儿。男方无奈，正要提出离婚，她却和那个医生私奔了。

晃晃悠悠地回到家里，或许是路上寒冷的缘故，竟然清醒了许多，躺在床上，想起这些命运和爱情各各不一的女同学，常得很有意思，刘云云，曹莉莉，堂

空房子

姐——三个女人，三种命运。而事实上，她们是雷同的，传统的爱情和婚姻，爱与不爱，自持的美与矫，相互的背弃，这些都是什么呢？睡不着，又想起一个叫做曹桂花的女同学，曾多次向我请教过语文题。初中毕业后，听说去了白塔镇的饭店做服务员，很少见面。母亲急着给我找媳妇时，还托人问过她父母愿意把闺女嫁给我不。人家哼哼哈哈，也没说行不行。后来听说，她家向来说媒的人开出5万元的财礼钱，吓退了不少人。现在嫁到了哪儿，我也不知道。

大年初二，去小姨家拜年，遇见同桌女同学朱宝儿。她也结婚了，在路边开了一家饭店，丈夫是个愣头青，不务正业。朱宝儿父亲是个私营企业主，不想女儿跟着二流子混，有一次，她丈夫和丈人大吵起来，回家拿了一杆鸟枪，对着丈人拉栓开火，丈人吓得躲了起来。有人说，朱宝儿也不愿意离婚；可还有人说，她丈夫一直威胁朱宝儿，敢给他离婚，就灭了她全家。正月十八，和三表哥去市里回来迟了，在她那个小饭馆吃饭，看到我，朱宝儿笑着打招呼，脸上的笑容很灿烂，不像有什么沉重心事。

还有几个女同学做了小学教师，或者考上了大学，都在外地。我想这一辈子恐怕都很难遇到她们。倒是很偶然地遇到一个印象尤其深刻的女同学，叫曹芳龄。那天傍晚，我骑着摩托，去买年货，在街上碰到，她步行，拿着一个什么东西，瞟了一眼，驰过后才想起，急忙回头去看，车子打了一个趔趄，差点摔倒。我记得她在十多年前，说过这样一句话：无论如何，她不会嫁给本村的人，起码也要50里之外。而她却偏偏嫁到了本村，我的一个男同学成为了她的丈夫。也遇见几次，要我去家玩。在几个女同学当中，没听说她的婚姻如何起伏动荡，我想一定很平静，这样也很好，为此，我有理由，对看不到的她，轻轻说声祝福。

雪后，阳光一直不怎么热烈，直到我们再次踏上西行列车，仍旧没有完全消融，顽强停留在背阴的坡上、房屋后面、隐蔽巷道等阳光照不到的地方。但都不再洁白，上面飘落着好多黄色或者黑色的尘土和干枯的树叶。大概是风吹过多的缘故，残存的积雪表面粗糙，缝隙很大，一些鸟儿的爪痕和人的脚印清晰地留在上面。但我知道，要不了多久，它们就会和积雪一起消失不见。

特殊年代的饥饿与死亡

荒地

上世纪五十年代末，以前冷清荒芜的山上突然热闹起来，远远近近村庄的人们集合起来，一个个背着铺盖、锅碗瓢盆进驻深山，开荒种田。满坡的绿树和青草被锯倒、翻开，满山满坡干枯，挥舞的镢头和洋镐溅起火星，在汗水和鲜血间，逐渐形成了一片片田地。坡度稍缓的地方，荒地就大些，坡度陡的地方，田地当然会小些。祖父说，那地里种的谷子，一年下来连籽种都收不回来，纯粹闲费工大真扯淡。还不如赶马车给供销社拉一回货赚钱买回来的粮食多。至今，到村庄远近的山坡上面，还可以看见许多的荒地，一条条，一片片，参差不齐。不见了庄稼，只看见春风吹又生的杂草，茂密无疆，随风飘摇。

接着是大炼钢铁。祖父说，那年九月，公社干部突然号召大炼钢铁，不管男女，只管老少，实在跑不动的人留守村庄，种植棉花和小麦玉米；凡是有点力气的，都要到离村庄100华里之远的綦村镇大炼钢铁。祖父眼睛盲了，无法参加劳动，由奶奶和父亲顶替着去了。父亲后来回忆道：在綦村也特别好，上千人吃一锅饭，质量还不错，有大米、土豆和豆芽，比在家里吃得强一千倍。父亲还说：就是太危险了，几千个人在高炉上下忙活，一不小心就会掉进烈焰熊熊的炉子里面。白庄一个叫玉兰的闺女，才十八岁，晚上填废铁时，闪了进去，还没等喊出声儿来，就烧得连骨头渣子都没了。

枯山

人生有地，死无处，谁都不愿意过早结束自己的生命，虽然当时生活条件苦一些，人活得累一些，但活着毕竟是美好的。乡言："好死不如赖活着"，不仅反映了村庄人们的一种生存观念，更体现了村庄人们的一种与生俱来的生命价值意识。这是无法篡改的，但作为一个集体，以强制的手段将许多人聚拢在一起从事危险的劳作和生产，这不道德，甚至有将人的生命视如草芥蝼蚁之嫌。当生命不再被视作生命后，面对的那一定就只是简单的欲望和赤裸裸的利益了。

很快，遍布城乡的简易高炉废弃了，曾经热闹的场地一下子空旷了起来，砖头碎石砌起的锅台，远处近处的田间地埂上到处都是人的粪便，还没有来得及融化和投进高炉的废铁和矿石堆积着，一片狼藉。几乎与此同时，不知从哪里飞来的蝗虫占据了村庄的天空和田地。父亲说，那年的蝗虫就像冰雹一样，噼里啪啦地下了一天一夜，清早起来，就看见地上的庄稼，一株株一棵棵变成了光秆，一丝不剩。再看看地上，蝗虫厚厚一层，用脚一踩，就发出噗哧噗哧的爆裂声。大片的蝗虫飞来飞去，好似乌云一般，太阳不见了，嗡嗡的响声接连不断，像日本鬼子的飞机，遮没了整个天空。

父亲说，庄稼都让蝗虫吃了，到秋天，颗粒无收，人饿得不行，就把山坡上岩石根儿的细土和了麸糠吃，那土叫观音土，吃一顿可以顶好几天饿。那一年，村里远远近近的榆树可遭了殃，一个个被人剥皮抽筋，细嚼慢咽，都到了人的肚子里面。更奇怪的是，连山上的兔子和野鸡都无缘无故地死了，到山上一转，就能拣几只死了的野兔和野鸡回来，村里人连穿衣服都成问题，不会买药毒杀野兔和野鸡的，吃了也没事儿，再说，人都饿到那份儿上了，只要有吃的，还管它干不干净？！

太行小学

人就逮了蝗虫吃。蝗虫那东西和人一样怕饿，先用荆条筐子扣住，饿上几天，蝗虫就死了，再一个个掐头去尾，把锅烧开，用水煮了，放些盐，晾干存起来。吃的时候用油炒了，味道比观音土好，吃了也消化，就是容易拉肚子。还有的人饿极了，逮住蝗虫，拉头，一下子就将蝗虫的肠子和内脏带了出来，直接扔进嘴里，大口大口地嚼，还挺嫩的。

父亲说，你从河南逃荒来的姑夫，就是吃着蝗虫和地牛牛儿长大的。关于这一点，我确实还有印象，大概是七九年，虽然不怎么缺吃少穿了，姑夫刨地时翻见地牛牛之后，还一个个捡起来，或者直接放进嘴里吃掉，多了就带回家，用油炒了吃。我见到过几次，姑夫还要我尝尝，我一看见就嗓子发堵，直想呕吐。姑夫还笑着说，傻孩子，不知道东西好吃。

这当然是后话，生于七十年代中期的我和更多的同代人自然无法体验和了解，关于过往了的村庄往事，只是可以听从祖父、父亲和母亲的诉说。关于一九六零年的特大洪水，记事起，母亲讲了很多，许多年后，我只记住了其中一个片断。那年夏天，雨下个没完，开始下得还是雨，半个月后就不是雨了，像血，一串串地从天空掉下来，连房顶上的青石板都染成红的了。接着是洪水，远处山上大水泛滥，气势汹汹，在宽大的河谷汇成大河，呼啦啦地向着村庄冲了过来。村里人事先将自以为贵重的东西转移到山顶的岩穴里，连家都不敢回，一个个像老鼠，住在阴暗潮湿的岩洞里。眼睁睁地看着洪水将自家辛辛苦苦盖起的房子像推火车一样冲倒、打散。一个月后，对面那座叫做小扇子的山突然塌了，偌大的一座山，硬生生地从中间裂开一道缝。褐色的巨石随着不甚陡的山坡，轰隆隆地向下翻滚。

连年颗粒无收，洪水一过，大地到处瘫软，踩一脚，石头都会破损都会下陷。村庄好多人，就走出家门，背着破衣烂衫，拖家带口，到山西要饭吃去了。村里除了几户稍微有点积余人家按兵不动之外，通往山西左权、和顺等县的山地小道上，到处都是饥肠辘辘的逃荒者。母亲说，摩天岭的山间小道上，饿死病死的人的尸体到处可见。

我姥姥就是在那条路上被毒蛇咬伤死的，我曾祖父也在那条路上饿得头晕眼花，失足悬崖摔死的……还有更多的不知姓名的人们。饥饿和死亡多么残忍？！

平民的战争

村庄人们向公路聚拢的行为，体现了对现代文明的一种亲近心理，尽管他们谁也不会意识到，获取了生活上的方便，也带来了现代工业的油烟和偶尔的车祸问题。公路原本就在一道道陡陡的山岭上绕着，像一条白布，曲曲弯弯，路边除了村庄，就是犬牙差互的高低悬崖，坡度大都在30度以上，没有几处平坦的地方。也许是在深山老林住得太久的缘故，砾岩坪村人不管这些，搬迁时，一家家，一户户跟大荒年抢吃食似的，将自己的房子盖在公路边上。但什么事情都有个先后，尽管大家 起奔跑，最先到达终点的永远是少数人。落后的人家看公路上面没了盖房子的地方，再争也没有用，干脆就另找去处，因了挨着河沟和种田方便，后来者大都把房子盖在了公路下面。

插图

乍看起来，公路下面的房子很危险。因为坡陡，汽车就在自己的头顶上，喘着粗气爬坡，像脱缰的野马一样向下俯冲，若是哪个半吊子司机手中的方向盘稍微一偏，"钢铁炸弹"就会凌空飞起，不定砸在谁家房顶上。可过了多少年，汽车来来往往不下百万辆，到现在也没有发生过一起想象中的不幸事件。到了现在，砾岩坪村的年轻人愈发胆大，向着公路一个劲儿靠近。今年回家，路边又盖起了一些新房，其中，张秋林、张云和张之林等几户人家的房顶，几乎与路面齐平，距离也不过三尺远。

通常的情况是，一户人家的儿子大了，娶媳妇就要盖房子，再不肯和父母同住一个院子，同在一口锅里搅勺子。人人心里都想着开创自己的一片基业。村庄从诞生那天起，就一直重复着"娶媳妇，盖房子，养儿育女，再盖房子，再娶媳妇，再养儿育女"的圈子，在村人心里，这就是一个人一辈子的全部内容、奋斗目标乃至一生的价值意义。这实际上是一种与生俱来的扩张行为。人是活下去，人人要生儿育女，儿子大了，就要另建家庭，自己过自己的时光。

吹歌

在时间当中，人口逐年增加，村庄一点点长胖，原来的范围已经没有了可以容纳房子的空隙。向外发展就成为了必然。开始时，一个村庄的人只会在自己所在的村庄范围内拓展，尽量不去侵占邻村的地盘，对这种约定俗成的规矩，前几年，几个村庄的人还都比较自觉，不去打邻村的主意，即使有人多势众，气焰嚣张的人家，充其量也只是说说话，也不敢强行占取。

但这只是以前的规矩，现在就不同了。

由远村到近邻后，砟岩坪村后来居上，因为处在附近几个村庄的中间地带，前面后面的村庄都可以够得着，大队又在砟岩坪村盖了戏园子、小学校和供销社，就自然而然地成为了行政中心。年幼时，有几次跟着母亲，在砟岩坪村的大戏院前面空地上，参加过几次村民大会，好像是选举大队支书、主任、会计的事情，乡政府的人和村里的干部，按大小顺序，坐在一排桌子上面，一个人还讲了话之后，几个帮闲的人就在人群中走来走去，把一张张纸条递给群众，后来我才知道，选举，不过是要群众在已经写好的几个人的名字上打勾或者画圈。

砟岩坪村的中心地位确立之后，喜欢靠近或者占领"中心"，是村民乃至更多中国人的一贯思维。"中心"意味着方便、地位、权势和金钱。在这种心理作用下，离中心远一点的人家就想再"中心"一些。

有这种愿望的人很多，但能够说通或者能"镇住"砟岩坪村的人没几个。最先进入砾岩坪村，开创外姓人进入他人村庄先例的，是我们梨木乡当时的书记兼乡长。听母亲说，当时也没有多少人说起这件事情，只看见刘家的人在砾岩坪村地盘上打地基，拉石头运砖块，很快就叮叮当当地垒了起来，几个村庄的人都觉得纳闷，但很快就释然，村人很会找理由，尤其是那些规矩之外的事情，就像刘姓人家进了张家的地盘一样，明摆着是人家拿官儿压着自己答应的，却说人家媳

大地上

妇娘家在砾岩坪村，迁过来很合理。有的还说，人家来这儿照顾岳父岳母的，看你们多孝顺。

有了第一个，接着就有第二个，但一般人家不可以有这样的奢望，第二个进入砾岩坪村的，还是刘姓人家，虽不是官儿，但一家人都在银行任职，大的当主任，小的做职员，没一个不让村里人眼馋和嫉妒的。第三个是当时的大队支书，还是刘姓人家。村里人都说，砾岩坪村都快被里沟村人占满了，姓张的以后也姓刘吧。普通的砾岩坪人笑笑，不敢说什么，队长会计之流遇到愣一点的群众，就做思想工作说，人家到咱们村来是好事，乡长、银行主任、大队支书，哪一个不是有本事的，咱们求着人家的时候多，占点地方又算得了啥呢。

愣人一想，别人都不说，就咱一家说，那不是明摆着和人家乡长、主任和支书过不去吗？还是关起门来，不碍自己的事情，看见就当没看见算了，反正不是占的

阳光叶片

一个人一家人的地盘。

没有权势，但极想进入"中心"的人看了这等情形，表面说不说谁也不知道，但个个心里不舒服是肯定的。有点实力的人衡量一下，变着法子跟砾岩坪村的队长会计说还有关系要好的群众说，还带了烟酒，但只给队长会计，一般的群众磨磨牙齿就可以了，毕竟群众只是群众，不掌握权力，最多说说话儿，发表一下意见，至于采纳不采纳，那是队长会计的事儿，和群众没关系。

类似的情况每个村都有。有的一个村和一个村的闹，有的村庄和村子之间闹，不是你占了我的地盘，就是我盖房子影响了你走路。整天为此吵闹不休，莲花谷是其中的佼佼者。

自从我记事起，莲花谷村就硝烟弥漫，战火不断。众多的吵闹打骂原因，以房基地和房子之间的空闲地带争端为最。

家庭或说家族人多和人少，在莲花谷，不只是一个数量上的，而且直接关系到在村里的利益得失。每个家庭都在拼命扩充人力物力，每对父母都拼命生孩子，以前政府不管这黑灯瞎火的事儿，开始管的时候，大家还都是以前的样子，一个刚生下来不久，另一个就在腹中孕育，宁可被罚款，也还要跑到外面，把孩子生了，再回到村里。"没人贫死人，有人不算贫"，这是村人的一句口头禅，不但反映了传统的生育观念、经济意识和家族伦理，而且表达出了村人生育对本能的执着。

随便在莲花谷待上几天，就可以听到打骂的声音，沿着深而弯长的河谷，吵骂的声音比河水更为响亮。

杏花村和里沟，李家庄和奶头山，坡树和田地连在一块儿，这个村的占了那个村的一片地，锯了另一个村的树，哪怕是一寸一毫米，一枝一叶，双方都要论个长短，实在没人管，就大打出手，谁人多谁就占便宜。就像古代的战争一样，人多的占绝对优势，人少的大多吃亏。一段时间内，好多人开始练武，院子里面吊个沙袋子，或者买了武术图解，照葫芦画瓢，练个一招半式，不是用来对付越狱之后逃到这里的罪犯，而是为了在争夺地盘的"战斗"中显示威力。前几年，十几岁的弟弟辍学后，一心要到河南少林寺练拳脚，跟母亲说了好多次，母亲心疼钱，没有答应弟弟的要求。我在那时候是个士兵，自顾不暇，没有能力为弟弟提供经费，直到现在，一提起这件事情，我和弟弟都遗憾地摇头。

村里人总是把这种吵闹打骂行为省略为吵架，这可能是一种口语，就村里人争夺地盘的热烈和残酷程度，称作"战斗"也可以。人与人的勾心斗角，恶意伤害、诋毁和打击，与炮火硝烟的战争几无差别，都是不人道，灭绝人性和摧残生命的可恶行径。

南太行莲化谷人之间这种持之久长的"战争"，让人疼痛又叫人愤怒，让人可怜又使人悲哀。它这种邪恶始于何时，南沟村人人都可以说出，而结束却遥遥无期。

消失的地主

上世纪三、四、五十年代，南太行莲花谷和附近的村庄有几家地主和富户，像石盆村的曹白鹭、梧桐沟的白青山、莲花谷的杨明小等，都远近闻名。莲花谷及其周围村庄，三岁的孩童也都知道这几家人有钱。但据1990年谢世的祖父说，莲花谷的地主富户，还没有富到流油、头上长角，对乡亲们颐使气指，逼死人命的地步。大一点的也就每年雇几个长工、养几个丫鬟、给自家儿子闺女请个私塾，房子多点、大点、漂亮点、结实点，其他也没啥。也和村里的穷困人家没有什么隔阂，谁家过不去了，还拿出一些钱和粮食接济一下，也不放高利贷。

即使差一点也不学周扒皮半夜鸡叫，欺男霸女，打骂乡邻。人都有个比照，要是对人不好，小鬼难推没杆子磨，再富没人敢近，找长工也找不上，就是万亩地，也没人种，等于白搭。不过，也确实有常年给地主做长工的人被地主整惨了的，不是苦干到年底不给一文钱、半斗粮食，就是用不小心摔死、病死的牛羊诬赖人，七扣八扣就把一年的工钱顶掉了。

像莲花谷的杨明小，有一年，曾爷爷杨万身给他家种了一年地，最后一分钱没给，反过来还说曾爷爷偷了人家5斗米，还把他家一只羊羔在山上偷宰了烤吃了。隔了一年，又来找曾爷爷做长工，曾爷爷不想干，可一到春天，家里的瓮就见底儿了，一家人饿得跟黄鼠狼似的。不干也不行，全家人都指望着他一个人苦巴着挣来填肚子呢！曾爷爷怎么也不相信狗能改了吃屎的毛病，签了契约害怕再受欺负。后来，大爷爷读过几天私塾，有点文化，就拟了几条"制度"，找杨明小商量之后。杨明小虽不大情愿，可短工确实难找，长工更别说了，只好撅着个老鼠嘴点了点头，曾爷爷这才开始上工。

杨明小鹰钩鼻子鹞子眼，上额窄得像脚板，嘴巴上不长胡子，说话像他娘，嗓门眼被屁打了一般，细声细气，还有点发哑。这小子走起路来像贼，一点声音也没有。经常窜到山上去，看放羊的长工有没有冲着自家的羊儿撒气，遇到故意抽打、用石头狠砸和把刚生下来的羊羔儿掐死的，这小子就像鬼一样窜到面前，照长工脸上就是一个嘴巴子。然后翻身就窜，一会儿就没影儿了，比兔子还快。

那年，五林子他爹给杨明小放羊。秋天，山里有很多的山楂和野梨。有一天，他摘了好多，想带回来给饿狼似的孩子们填肚子。天快黑时，刚把羊赶进圈里，锁好门，扛着一袋子山楂和野梨，可能是心里边高兴，就一个人哼唱着："杨明小，鸡巴小，夹着萝卜胡乱搞；鹰钩鼻子鹞子眼，一看就是杂种蛋。"往家走，正在自个儿图高兴，冷不丁，屁股上面挨了一脚，五林子他爹"哎呀"一声，停下哼唱，转过身来，看见杨明小手里拿着一根短木棍子，瞪着两只老鼠眼，气咻咻地看着他。五林子他爹一看就知道咋回事儿了。急忙说，东家呀，您别生气，村里人都这么说的，不是俺编的，不是俺编的！

说杨明小那玩意儿小，具体谁也没看见。村里人有捕风捉影的习惯，一个说啥另一

挂红

个也说啥，不一会儿，整个村子就统一了口径，你再狡辩再解释也都是白磨牙。最初，关于杨明小那玩意儿小的事情，村里人是从里沟刘明起那里听说的，刘明起赶大马车，经常往山西的辽州、河南的安阳跑。一出门就是一个多月。

村里人问他咋知道的，刘明起说是自个儿看到的。有一次，刘明起和拜把兄弟张流水一块儿上山西，路上闲扯，扯出事情的真相。苍蝇不叮无缝的蛋，刘明起年轻那会儿，赶马车到河南滑县，挣了几个小钱，手就痒痒，和张流水喝了点猫尿后，两个人就大着胆子进了一回窑子。刘明起搞得那个妓女就是他现在的老婆。那娘们爹娘死的早，没活路就进了窑子，心里多少有些不情愿。再说，好多的

娼妓到头来都没有个好下场。做事那会儿，那婆娘一看刘明起笨手笨脚，找不着地方，好不容易放进去，就一泻千里了。就知道刘明起还是个"囫囵货"（处男）。刘明起还没有过瘾，感觉到很不舒服，心疼自个人辛辛苦苦赶马车挣来的那几个小钱，在人家面前唉声叹气地，抠抠索索就是不愿意勒上腰带。那娘们大概也看出了刘明起的心事，觉得这小子还挺老实，唯一不好的就是一个土不拉叽，赶大马车混饭吃的乡下佬。

村里人再傻，也都知道婊子都是无情无义的货色，掏钱脱裤子，完事互不相识，各走各的道儿。可刘明起不这样想，出了窑子门后，就放不下那个娘们了。回来的路上，躺在大马车的铺盖卷上，脑子里、眼皮底下都是那娘们的身子和脸。第二次到滑县，就又去了一次，点名就要上次的那个娘们，人家老鸨不知道他说的究竟是哪个，随便拉了一个出来他不要，指着上次睡过的那个房间，就要去年腊月初四黄昏和他睡的那个。老鸨一看知道来了个痴情的乡巴佬，没办法，少做一个人的生意就少收入一分钱，趁都闲着，让窑姐儿们都出来，破例让刘明起挑了一回。

那娘们早把刘明起忘了，刘明起那天晚上啥事也没干，给那个娘们说了半天，要人家做他的老婆。那娘们觉得好笑。仔细一想，自己身上趴过的男人少说也有百十来个，到头来还没有一个像刘明起这样的痴情种。那娘们盘算了一下，觉得自己年龄也不小了，再在窑子里混几年，也还得找个人家嫁了，过正儿八百的生活。那娘们基本上同意了，而最关键的问题是怎么走。两个人都觉得给老鸨交钱赎人太亏了，毕竟自个儿用身子给老鸨儿效过几年劳，也赚了不少钱。两人合计了一会，一不做二不休，从窗户后面逃了出来。刘明起把三匹马打得皮开肉绽，连夜出了河南省界，到了邯郸时，看没人追来，两人才放下心来。

刘明起常年在外赶马车，做过窑姐儿的婆娘实在难熬。偏偏杨明小那小子就乐意串门子跳墙，老婆和他生气，问他偷人有啥好。杨明小就说：家鸡哪有野鸡香。老婆气得没办法，严加看管。是个牲口还可以拴住，可人有手有脚，上个茅房都可以转眼不见，管是管不住。对刘明起拐骗窑姐儿的事情，杨明小早就知道了，一次到里沟村找人放羊，故意从刘明起家门前晃过，故意停下点烟，看那婆娘不出来，就干咳几声，刘明起老婆探头一看不要紧，两个人都是风月老手，四只眼睛一对，就冒出了火星。等刘明起回来，老婆显得不太热情，就知道里面有点故事儿。刘明起就生气，甩老婆耳刮子，老婆就反驳说，你又不是不知道俺以前是干啥的，你用他用不都一样，磨不烂，穿不透的，不耽误你用就行了呗。刘明起想想也是这么回事，再看看杨明小给他老婆的那块大红绸布，心里气就小了一半。后来，两口子做事时，老婆说，你比那个杨明小强。刘明起说，咋了？老婆说，杨明小那家伙小，一会儿就不行了，拿着萝卜来作弄人，真不是个东西。到这时候，刘明起才知道自己老婆跟过大地主杨明小。

至于杨明小骂"杂种蛋"，大都指着那小子为富不仁，克扣长工的那些不是人的事儿。

祖父年轻的时候也给地主做过长工。主家是五里外石盆村的曹白鹭。曹白鹭的老婆是莲花谷杨人金的远房外甥女，南街铁匠张大栓的二闺女。张铁匠有个打铁的手艺，而且在附近几十座村庄里面，干铁匠的独此一家。家境也不错，曹白鹭他爹和张铁匠小时候拜了个干朋友，两家生养孩子后，相互都觉得门当户对，曹白鹭和张曹氏还没有成年，两家大人就给他们订了婚，曹白鹭刚满十五岁，就把比自己大两岁的曹张氏娶了过来。

曹地主长得瘦小，除了骨头就是皮，手指像鸡爪子，屁股像麻花头，大得有点邪门的眼睛像旗杆上的两只探照灯。经常戴一顶瓜皮帽，哈着腰，哼着杨三姐告状，在自家的地边监工，谁偷懒就捡一块土坷垃，瞄准偷懒者的屁股或是脑袋，使劲儿砸过去。往往，做工的只要脑袋和屁股一疼，不用看也知道是曹白鹭嫌自己干活慢和偷懒了。曹白鹭虽然监工很严，但从不大声骂人，下工后也不对谁唠叨，就当没事似的，该笑还笑，该给吃啥还吃啥。

祖父说，曹白鹭除了身上没肉之外，就这一个优点。

曹白鹭有一个闺女，叫香兰，和她娘张曹氏一样，长得细皮嫩肉，一掐就流水。张曹氏年轻那会儿，村里男人看见嘴巴就成了泉眼，上吊也都想挨一挨，就连里沟的老光棍刘二那样的半吊子，竟然也发誓非张曹氏这样的婆姨不娶。倒是杏花村经常给人家抬轿子的傅连球逮过一次便宜，张曹氏过门那天，给人家掀轿门的时候，手背在人家屁股上擦了一下，回来后就兴奋得不得了，忍不住和自家老婆炫耀，老婆一个巴掌打过来，脸上就有了五根手指印儿。

长到十八岁，父母就开始为香兰找婆家。富人家的闺女，村里的穷小子们只能看不能摸，只可躺在被窝里胡想，不可以把人家拉过来一起睡。那年冬天，听说曹白鹭和梧桐沟村的大地主白青山结成了亲家。村里人大都认为是应当的，门当户对嘛，村里的年轻人私下说：马就应当配马，骡子和驴想也白想。地主和地主间的事儿，穷人不方便打问，更没有权利制止和提意见。毕竟中间隔着钱，有了钱，什么话儿都好说，没钱啥事儿都是扯球蛋。

村里人很少能看见曹香兰。大户人家的闺女，除了春天出门到后山摘几支杏花、梨花和野黄花之外，再就是天快黑了的时候，到门前的地埂上走走，一般都有她娘陪着，不是亲戚的人隔着老远给人家说话，好的时候，她娘曹张氏哼哈一声。穷人给富人说话，那是仰着脸的，富人给穷人说话，却是可以不用眼睛看的。

古宅

到了腊月，灰蒙蒙的天空飘下了雪，一下就是好几天，东边山上，西边林子，还有房顶和麦地，到处厚厚的。原订着小年二十九过门。早十天前，曹白鹭就颠着一身干皮和骨头，跑到乡公所所在地蝉房买了酒、粘牙糖、大红绸子和土制旱烟，又在木匠杨支松那里订了穿衣镜、衣橱和两把大靠椅。一张瘦脸上贴着一堆笑，见人就说要把闺女嫁得体体面面，热热闹闹，谁叫咱有钱呢？说完，又故意唉了一声，头还没有抬起，瘪瘪的嘴巴里就又冒出一句：有钱也麻烦。

村里人不笑，心里头都认为曹白鹭这小子炫耀，背地里骂曹白鹭这小子有几个臭钱就净拿穷光蛋开心,简直不是个东西。生气归生气,骂归骂,曹白鹭这小子也不算坏,村里人对他还是比较尊敬的。听说曹家要出嫁闺女,一个个都来帮忙了,贴灯笼的贴灯笼,写对子的写对子,扫院子,帮着擦拭家具、油漆大门,你来我往,偌大的曹家大院到处都是不停忙活的乡亲。有些半大小伙子,帮着干活是假,拿着扫帚心不在焉,两只眼球直往曹香兰住的房子窗户瞟,其实什么也看不见,可贼心不死,非要看一回曹香兰不可。

曹白鹭何等精明,对那帮子年轻人的心思了解得很透,就鼓动小伙子们说,大家快点干,干好了叫香兰出来倒水大家喝。小伙子们一听,一个个用起劲儿来,霎时间把个曹家大院搞得尘土飞扬,不到半天工夫,就把曹家24间房子,三个大院和四个过道打扫得一尘不染。

腊月二十八那天早上,村里人起来一看,曹家大院挂了几天的大红灯笼不见了,红漆涂抹的院梁上除了几张没撕干净的红蓝纸之外,一点喜气都没有了。村里人说,曹白鹭这家伙也不知道搞什么鬼,挂着好好的灯笼取掉干啥呢?一时间,村里的男女老少都莫名其妙,三五一伙,蹲在灶火边,或是盘坐在热炕上,悄悄议论,个个都是一副猜不透的样子。

这时候,算命刘说话了,只要他那张长满胡子的嘴巴一开,村里人就像猴子一般从自家门洞窜将出来,钻进算命刘那间被柴烟熏得像黑窟窿似的房子,坐着或是站着,听算命刘信口胡诌。算命刘说,我昨几个黑夜里掐指一算,午马冲了子鼠,东南方向冒起一股黑烟,就知道这事不行了,肯定会出问题。算命刘还没说完,心急的已经等不及了,一个个张着嘴巴问咋了咋了?比自家婆娘跟着说书的跑了还着急。算命刘看大家的胃口吊起来了,就叫桂林子倒一碗水来,摸出旱烟,用火链石(石英石)点着了,抽上一口,吐出一团烟雾,再喝一口水,这才话归正传。

算命刘原名叫刘家林,他爷爷也是一个远近有名的地主,家财和房屋规模一点儿不比曹白鹭家逊色,可惜他爹刘如风是个大烟鬼,整天没命似的泡在白塔镇的大烟馆里吞云吐雾,像个活神仙。他爹刘德贵气得发疯,可刘如风不管老子死活,爱怎么闹就怎么闹,只要自个儿每天能到烟馆过瘾就行。刘德贵没法子,把不争气的儿子吊在梁头上,用沾了水的麻绳抽打,打得刘如风哭爹叫娘,浑身上下没有一块儿好肉,还被刘德贵用针穿了嘴巴,要不是他娘阻拦,刘如风恐怕连饭也吃不了了，可皮肉之苦不解身体的熬煎，刘如风就是改不了抽大烟的毛病，伤口还没好，结着满嘴的疤，就又窜到了大烟馆，不管死活地抽了起来。

刘德贵看着这个儿子死活不改，也就不再打骂了，口口声声说自己前辈子造了孽，这辈子来偿还的。这样一想，刘德贵也就没那么气恼了，认命了。任着儿子把家里的钱财拿去烟馆，然后变卖家具田地房产。到最后，老两口死了连口棺材都没有，刘如风就在坟地里打了两个坑，把爹娘的尸体用草席裹了，扛到坟地埋了完事。

算命刘的娘看着没活路，就跟着一个河南的说书人跑了，直到刘如风死也没有回来看过半回。算命刘的舅舅见外甥可怜，就把他交给邢台县北章村的一个算命先生，学一门手艺，冻不死饿不着，还能混碗饭吃。算命刘也真争气，掏空了算命先生的绝招后，自个人走村穿寨，给别人算命、看风水、降妖除魔，在方圆百里混出了名头，每天来请的人不下三个。

其中，算命算来老婆可能是算命刘一生中最为荣耀的事情了。说起这件事情，算命刘满脸的胡须都笑得翘起老高。那一年，山西四庄一户人家的闺女患了病，请了好多医生都没看好，眼看一个黄花闺女就要归黄泉了。这时候，算命刘出现了。闺女父母抱着死马当作活马医的侥幸心理，让算命刘降妖除魔。算命刘在人家房前屋后溜达一圈，转头，拿了黄裱纸、梨木砟子、桃木弓、柳木箭，挥着个木头剑，在人家堂屋里折腾了大半夜。按照算命刘后来透露的消息，那不过是诈唬诈唬，自己也抱着一种侥幸心理。不料想，那闺女第二天就有了生气，能吃下饭了。闺女父母欣喜若狂，把个算命刘捧到了天上。最后，人家问他要什么，算命刘说俺啥也不要。其实是在卖关子，人家父母过意不去，执意要算命刘要点什么。算命刘就说，把你闺女给了俺算了。原想说个笑话，没想到，那家父母一合计，还真把闺女给了算命刘。

算命刘名气大了，架子也就大了，凡是来的人，如果没有带烟酒或是不交押金，就吊儿郎当地板着个驴脸不理睬，非要人家请上三四趟不可。记得上小学的时候，母亲还带着我到算命刘那里算命。算命刘已经85岁了，老婆倒早在十年前就得肺痨死了。

算命刘摸摸我的前额下巴，眯着眼睛把我的生辰八字在指头上一掐，睁眼说：这小子一辈子算不上大富。顿了顿又说，可小贵也不错。又拿出六十四张牌让我用左手恭恭敬敬抽了三张，我只记得其中一张是：老鼠拉木锨，大头在后边。我不知这是什么意思。母亲说是大了后才好过，才享福。

再说曹白鹭家嫁闺女。算命刘对着满屋子人，压低声音说，曹家那丫头根本就成不了白家的媳妇。我给白家那小子算过命，也给曹家丫头掐过指，他们两个一个是石头上的绿缪子（苔藓），一个是灶爷板上的土，两不掺和。听的人几乎异口同声"啊"了一声，算是明白了。可明白只是明白，曹家还和白家是亲家，虽然闺女没嫁，儿子没娶，两家还像以前一样，按亲戚的礼数你来我往。表面上笑哈哈，互敬如宾。

过了好多天，村里人才听到风信，曹家的闺女得病了，曹白鹭骑着毛驴专程到梧桐沟去了一趟，向亲家说明原因，恳请等闺女病好了再婚嫁。白青山何等精明，眼球一转，想着是亲家肯定有了其他想法。按照一贯的婚嫁规矩，到闺女出嫁的前几天，想个办法，找个借口，再向男方要点财礼，抠一点是一点，总比没有强。

再说，嫁闺女一辈子就这一次，错了这个村就没这个店儿了。白青山心想，你个白骨精曹白鹭，使这一招儿无非想再要些财礼罢了！这心眼，跟别人玩说不定还能蒙过去，我大名鼎鼎白青山岂是肉眼凡胎？便上前问道：香兰好端端地怎么突然病了呢？这句话原以为正中曹白鹭要害，谁知曹白鹭两眼一翻，撸了撸下巴上几根鼠须，说，亲家呀，你不是不知道，这人得病简直就像　阵风，说来就来，谁也防不住呀，我看咱们香兰好好的，吃能吃得下，睡能睡得着，白天还和她娘在院子里绣花，谁知道第二天早上起来就病了。这不，已经有四天没好好吃饭了，总说肚子疼，疼得在地上打滚儿。找了那么多医生，也都查不出是啥病。

曹白鹭这么一说，白青山也不好再说什么，只好将婚期向后推了，具体的时间，是等香兰的病好了之后。

十天半月后，村里人就把算命刘的话忘在了脑后，生活还一样贫苦着，春节一过，该出门的出门去了，该做长工的还做长工。曹白鹭还是老样子，整天阴着个瘦脸，在自家的田埂地边胡窜，行为举止上基本没有什么变化。村里的婆娘们就暗地里喳喳起来，咸吃萝卜淡操心地猜测曹香兰得的是啥病。有好事的装作关心的样子，去打问曹白鹭，曹白鹭习惯性地将眼皮一翻，瞪一眼，好的甩一句快好了，不好的就是一句关你屁事。

转眼就是六月了，收割了麦子，又打了雷，下了雨，玉米苗儿就一天一寸疯长。一天中午，祖父和村里的人正在啃窝头，在石盆村给曹白鹭放羊的杨三回来了，带回来一个炸人的消息。杨三说，昨天晚上，我把羊赶回圈，在羊圈旁边的小房子拿荆条子，却发现里面躺了两个人，腿脚都成了直棍，直直地向上竖着，样子吓人的很。我叫来东家曹白鹭一看，就号啕大哭起来，原来是自家的闺女香兰和花木村的尕小子朱大宝死在了里面。

祖父说，人死在夏天，一打雷，尸体就会炸起来，胳膊腿儿像直棍一样，怎么弯都弯不会来，棺材里装不下，就得把长出来的那部分砍掉放进去。无疑，香兰和朱大宝是喝毒药死了的。村里人谁也没想到，地主曹白鹭家的香兰竟然和长工朱大宝有这回事儿。多少年后想起来，虽然时过境迁，村里人还觉得不可思议，对我来说，也很是震撼。那两个人竟然用死为自己的爱情造了一间洞房，不知道那里面有没有灯笼、红绸布、幸福的呻吟和欢笑。

这些事情，村人议论一些时日，便风住雨停，再不会有人特意热烈说起了。在土改之前，莲花谷和石盆还是一片风平浪静。一个人死了，几家人合起来帮着埋进土坑；一个人出生了，亲戚们拿着白面或是鸡蛋前来眊眊。对于村庄及其人们来说，人世上所谓的大喜大悲，人生厄难，也不过是一阵悲痛，一片号哭和男女老少的一阵嘻嘻哈哈。通常的情形是，一些人走进黄土，一些人就迅速占据了他们原来的位置，父亲睡在了祖父炕头，儿子占领了父亲房间，儿媳妇对着婆婆叫骂不久，自己又变成了婆婆，被自己的儿媳妇呼来唤去。一茬茬变老，一茬茬长大，一个个地出生，贫穷而自然的村庄，到处是一片原始的安静。

外面的浪潮很少能在村庄引起响动，即使是辛亥革命、日本鬼子南京大屠杀、抗日战争等等，如果不是烧到自个儿门前，习惯于日出而作，日落而息，经年鸡鸣犬吠，水波不兴的村庄，根本不会听到一丝风声。那个年代，地理和心灵的封闭，莲花谷乃至石盆村的人们几乎生活在蒙昧中，高大的山峰将阻挡了外面的炮火和声浪，也堵塞了他们的听觉和远望的目光。

一阵风后，革命来了，可对于莲花谷乃至临近村庄的人们来说，对这一新事物完全陌生，甚至将革命理解成了"革"地主坏人的"性命"，打倒一切就是将比自己富裕的那一部分人摁倒在地，让他们不再趾高气扬，作威作福。把富人的财产变成自己的财产，把富人的老婆小妾分配给光棍，田地人人有份的狭隘境界。

对于莲花谷内外的那些地主，长期的封闭和对知识文化的疏远，导致了嗅觉和信息上的迟钝。土改时候，许多地主们还沉浸在自家的富足生活和进一步扩充财产规模的简单理想中，外面发生的翻天覆地的巨变丝毫没有影响到他们。而时代的脚步不会对任何人表示怜悯，也不会对什么人格外垂青。它只是迈着自己的步伐，向着既定的方向行进。在时间和新时代的面前，一切都无可阻挡，一切都可以踩在脚下，哪怕尸骨堆成山峰，鲜血流成江河，也是毫不可惜和全然不顾的。

谁也想不到工作组会来石盆这个小小的村庄。在村里人心中，外面的世界太大了，石盆村不过是一只蚂蚁而已，一贯的自生自灭，一贯的幽静和不闻世事。历史上，别说皇帝大臣，就连沙河县的历任县老爷，也没有真正踏进过石盆村和莲花谷。

工作组的到来，自然在村里人的心中激起了响声，人们窃窃议论，声音压得比苍蝇还低。可议论归议论，对工作组的真正意图，谁也说不出个一二三来。

第二天一大早，村里的张大秀才和王二贡生就被工作组叫去了，人们聚在一起摸肩膀咬耳朵。到下午，身穿军装，腰里别着匣子枪的工作组人员，拿着白面熬的浆糊，把一张张写满黑字的纸张贴在了老戏院和各家各户的墙壁上，花花绿绿，满街满墙都是，看得人眼发花。祖父后来说，除了大地主家的婚丧嫁娶，村里人还没有见过这么大的阵仗。在村里人一贯的意识里，这种权利和开销，不是地主，就是官府和富商。

这种阵仗，对于已经贫苦多年的石盆人和莲花谷人来说，无疑是一针兴奋剂，有年老的老人们颤巍巍地走出门洞，抬头看看依旧飘着云彩的天空，喃喃地道，难道这天真要变了？更大的骚动在年轻人那里，一个个辞掉了地主的活计，从远处近处回到家里，大家围在一起，讨论即将要发生的事情，以及事情的发展方向和自己的利益。

而地主们的骚动是最明显的，一辈子谨慎如王老大、曹白鹭、曹宝印之流，一个个心神志忑，搓着手掌，皱着眉头，在屋地上转来转去，像热锅上的蚂蚁。

刚吃过晚饭，曹白鹭家的大门吱扭一下，瘦骨伶仃的曹白鹭出来了，在门前的站了一会儿，磕掉烟锅里的烟灰，回身掩住大门，夹着一尺多长的旱烟杆，走下青石台阶，低着头，碎步走在窄小破旧的街道上，眉头拧着一团疙瘩。路边的人见曹白鹭出来了，就打招呼，曹白鹭就像没听见一样，自顾自地走。但曹白鹭明显地感觉到了,以前那些在自己面前点头哈腰的穷光蛋们声音大了,少了许多的卑微和巴结,还夹杂着一种说不清的味道。

　　白白的太阳刚刚隐进后面的山峰,一绺日光仍还顽强地洒在石盆村错乱的青石房顶上,张家的猪猡或者你家的毛驴正被自己的主人牵着赶着,往房屋后面的圈里走。

　　走到大戏院门前,曹白鹭站住,墙壁上的标语让他心里发紧,背后的骨头像

山村起舞

是折了一般,想挺直后背,却总感到有种东西压着。看着面前熟悉的大戏院,曹白鹭突然有了一种陌生的恐惧。以前,曹白鹭每年都要请戏班子来唱几台戏,每次来都挺直腰板,村里人自动让出路来,让自己和老婆儿子女儿先走,等自己一家穿过人群,坐在了最前面的位置之后,村里人才各找地方,支架着个脑袋,等待锣鼓呛呛,大戏开场。

　　而今不同了,大戏院成了工作组的办公室,曹白鹭已经没有了自由进出的权利了。大戏院门上的锁子也不知道什么时候换了,齐整整的石头墙壁面孔也生硬

了许多，更没有了往日那种朴实和亲切感觉。工作组可能分头到谁家吃饭去了，已经剥落了油漆的大门上贴着大红纸，上面写着"打倒土豪劣绅，农民翻身当家做主"等一串大黑字儿。门口左边的墙上，写着"办公室"。这些语词，曹白鹭不陌生，但几个字拼在一起，就让他害怕起来。

许多年后，村里人还说，曹白鹭还不算是土豪劣绅，也没有做过多少缺德事儿，那一天，同村的曹培德老婆得了痨病，他还给了十几吊钱和一斗麦子，村里人有什么难事大事找他，多少也帮点忙。村里人恨起来就恨得要死，牙根都咬烂，宽容起来也没边没沿，哪怕你气死亲爹，租卖亲娘，照搭理还搭理，而且张口不提旧事。

工作组的人回来了，曹白鹭学着喊了声同志。一个半大小伙子看了看曹白鹭说，你就是石盆北街的曹大地主是吧。曹白鹭一脸惶恐，忙不迭地回答是是是。曹白鹭像自己家以前的老长工一样，哈腰跟着那同志屁股后面，进了办公室。同志点燃了煤油灯，淡黄的光打在旧了的桌子上。曹白鹭本来就很蜡黄的脸更显得没有血色了。两只手捏着旱烟袋，脚尖并拢，把探照灯一般的眼睛尽量眯起来，做出卑微的样子。自古以来民不和官斗，人要能屈能伸才行，曹白鹭深知这个道理。

过了许久，曹白鹭出了大戏院，就颠着一双瘦脚，一溜小跑往家赶。老丈人张铁匠和张曹氏早等得着急了。张铁匠一见曹白鹭进门，就从椅子上跳了起来，冲到女婿面前，一个劲儿地问咋个劲儿？其实，张铁匠不用问，但看曹白鹭那张沮丧的充满皱纹的脸，就什么都明白了。

第二天一大早，曹白鹭就挨门挨户跑了一趟，毫不痛惜地主动将自家地田地分给了乡亲们。事后，同村的曹培德说，曹白鹭一进门，还没等点着旱烟，就对他说，把河沟边儿的那块水地你种了吧。我哪里敢？可曹白鹭硬是要送，俺就不敢要，谁知道曹白鹭扑通一声就给俺跪在了地上，鼻子一把泪一把说就当求俺帮个忙。俺一想，人家以前还给过咱十几吊钱和一斗麦子，到这份上，不帮忙就说不过去了。

事实也是如此，曹白鹭东门到西门地窜了一天一夜，也就是办了这么一件事儿，将自家的60亩地统统给了乡亲，就留下房后一块一亩旱地。主动将几个没儿没女的孤寡老人接过来住，给了粮食和衣裳布匹，比自己的爹娘还亲。

村里人说，曹白鹭这个人就是精明，其他的地主还在按兵不动，踌躇观望的时候，他已经主动做了，散尽家财，自己落了个清清白白，也为村里人做了好事。而从工作组那边传来的消息却不容乐观，据说，村里有人偷着到工作组告了曹白鹭一状，说曹白鹭是假慈悲，他爹曹景山坑害过山西的一个李姓财主。某一年，人家在他家里住了一夜，第二天起来，带着五十两银子不见了，问曹景山，曹景山说你的银子谁知道，要不是你把我家翻开来找。人家再有钱也是外地人，强龙难压地头蛇，听曹景山这样一说，只是哼了一声，抬脚就走了。本来两家关系很好，年年都走动走动。这事儿一出，山西的李财主再也没有进过曹白鹭的家门。

白青山和王老大闻听曹白鹭做的事儿，就想照着葫芦画瓢，学曹白鹭这一招儿。可惜的是，他们已经迟了，工作组已经明令禁止这样做。王老大觉得形势不妙，就带了细软，老婆孩子一夜不见了影踪，有人说，夹沟那地方离山西近，又有山路，逃跑很方便。工作组发现后，就派人住到了杨明小、曹宝印和白青山家里，还组织了几个半大小伙子，把通往沙河城、山西辽州、河南滑县的路口给把住了。

隔了一些日子，工作组理好了头绪，摸清了莲花谷、石盆村一带的地主基本情况，就开始了行动。最先被揪出来的是梧桐沟的白青山，那老爷们还不知道怎么回事，就把被工作组带的一帮子群众从老婆的被窝里拉了出来。那时候正是初春天气，北风呼呼地刮，地边的茅草都还没露头。白青山被五花大绑，用一根梆子插在后背的绳套里面，远远看起来，白青山就像拉磨的驴子一样，整个身子弯成直角。

工作组发动群众，在石盆村的宽阔的河道中间用木头搭起一个台子，上面用草席棚了起来，叫每个村的村长把十里八乡的群众叫了来，一起参加对地主的批判。一时间，昔日空廓的河道一下子被黑压压的人群站满了。看人到的差不多了，工作组的庞组长才走上台来，拿着一张纸，讲了几句话，大意是打倒土豪劣绅，分田分地，让群众结束几千年来受剥削受压迫的苦日子，过上人人有田种，人人有粮吃，人人有衣裳穿的好日子。

庞组长还没讲完，台子下面的人就炸开了锅，嗡嗡的声音一浪高过一浪，每个人的脸上都充溢着复杂的神情，既是高兴，又是怀疑，有人在笑，也有人在哭。笑自己即将得到从来不敢想的，天变得不可预料；哭自己将要一无所有，变成赤裸裸的穷光蛋，再也不可以雇佣长工丫鬟，衣来伸手，饭来张口。

白青山被推上台子，人群顷刻鸦雀无声，偌大的河道，只是头顶的风在不明所以地吹动。人们的目光一下子聚在了白青山的身上。祖父后来说，真想不到，大名鼎鼎的白大地主，以前都是背着双手，哼着评剧走路的，怎么一下子就被五花大绑，押到高台子上去了呢？世道真是变幻无常！今天是这个样子，明天谁知道又是啥样儿？

白青山微胖，皮肤白，就像一个养尊处优半老徐娘。由于腰大幅度弯着，人们看不到他的脸，只是看见裸露的脖颈，胀成了猪肝色。工作的一个半大小伙子说：同志们，老乡们，这就是当过汉奸，贩过私盐，梧桐沟大地主白青山。受剥削受压迫的老乡们，我们要打倒白青山这样的汉奸大地主。

村里人说，白青山之所以最先被揪了出来，当过汉奸是最致命的。那天，白青山可能是平生第一次当众出丑，挨了鞭子，之后又被关进石盆村口大槐树下的一间破房子里，家里人给他送铺盖来，被工作组的人挡了回去。

瑟缩在破房子里的白青山，后背紧紧贴着墙壁，虽然墙壁很凉，挨在皮肤上像刀子割一样，但一会之后，就有了一点热劲，总比蹲在屋子中间的干地上暖和。心里一直在恨自己，当什么不行，偏偏当了一回汉奸。虽然没有帮着日本鬼子伤害过一个人，但鬼子给的那面膏药旗还是在手里摇了个把月，跟在保定来的大汉奸魏德行后面，走村串户，喊了几天"皇军万岁"，说了几回建立大东亚共荣圈好。至于贩盐那事儿，纯粹是为了赚钱。又不是偷不是抢，更不是从村里那些人身上刮下来的。

好不容易捱到天亮，白青山冻麻木了，身上的细肉冻得青一块紫一块，嘴唇裂开了口子，血都冻在牙齿上了，要不是后半夜在屋子里一刻不停蹦跳，早就冻死了。那一夜，白青山想了好多，几乎把自己大半生的每一件事儿都想了。白青山真没想到，风风光光几十年，到小六十岁的时候遇到了这样一件倒霉事情。

想到最后，白青山都想糊涂了，拉他出来的时候，嘴里不停地念叨着说：这人活着到底为了个啥？

第二个被拉到台子上的是莲花谷地主杨明小。杨明小倒没有当过汉奸，但他打骂过长工，刁难和克扣过长工工钱，还好诬赖人。行为不检点，和里沟、骡子圈的几个娘们不清不白，道德败坏。工作组宣布了几条罪状后，抽了一顿鞭子，就由专人押回莲花谷看管起来。

接着是曹宝印，几乎和杨明小一样，押上台子，抽打了一顿之后，押回家中看管。

又过了没有多少天，白青山、曹白鹭、曹宝印的钱、房子和地被充公。曹白鹭自个人分给村里人的不算，重新收回，由工作组统一分配。工作组的人说干就干，雷厉风行，把地主一个个拉出来亮了相，宣布罪状，照例打了一顿，然后召开群众大会，按照人口，将地主们的财产分了。

批斗地主们的时候，工作组动员群众上台诉苦，出气，开始没有一个人敢上前去，揭地主的短，骂地主的娘，村人认为，都是乡里乡亲的，抬头不见低头见，更重要的是，谁知道这天什么时候变，还是不说的好。村里人虽然穷，没有文化，但明哲保身的技巧却无师自通。

但当另一个运动到来之后，村庄的人们在公社干部的宣传和教育中，逐渐明白了当前的已是社会主义江山一片红，不会再像旧社会那样，鬼子土匪军阀来了走了，不是杀就是抢，没有一个正经东西。而现在不同了，新中国的曙光已经照在了每个人的心上。

因此，不必要再害怕地主有朝一日翻过身来，要回自己的房子财产，现在是穷人当家做主的时代，地主没有好下场！白青山再次被揪了出来，戴上高帽子，脖子上挂着一块木板，写着大汉奸、卖国贼等大字，被群众揪着，用口水吐着，鞭子和棍子打着，从梧桐沟一直游到20里外的公社门前。与上次不同的是，这次是群众自发的行为，对地主和汉奸毫不留情，因为他们是阶级敌人。

当年表现良好的曹白鹭也没能幸免，挂着假慈悲，伪君子的牌子被群众推搡着，敲锣打鼓，四处游街；逃跑的王老大被愤怒的群众五花大绑，吊在夹沟村南岭上椿树上面，用绳子抽打。杨明小被几个愤怒的男人抓起来，他没命奔跑，跳进路边的一个池塘。汉奸白青山也没有落下个好下场，游斗的时候，身困力乏，一不小心，从梧桐沟到石盆路边的悬崖上摔了下去。

八十年代中后期，不断听人说，几个地主的子孙在拆老房子的时候，在墙缝和地下挖出了金子和银元。我没有亲眼看见，不敢判定真假。有一年，听弟弟说，那些人挖到金子后，一个个高兴坏了，杨明小和曹白鹭的重孙子分别在饭店里面摆了几桌，亲朋好友一起祝贺，那天，好多人都喝醉，吐得满大街都是。

风俗风味 之

十里不同音，隔河隔山移风俗。
北方也是如此，
即使是一衣带水的自然村落，
因为距离，因为人群，
也有诸多的不同。
其中还有一些蹊跷的因素，
致使人和人之间，
有了区别和偏差，
更有了不可思议与某种必然……

三岁看大，十岁看老

祈愿

煤油灯下，黑影憧憧，呻吟在黎明的乡村显得格外清晰——随着一声响亮的啼哭，又一个生命在南太行出生了，惊动的只是沉沉的，或是有月光照耀的黑夜，还有创造他（她）的人。接生婆一般是婆婆或者母亲——产妇经过一场痛苦的煎熬，已是筋疲力尽了，婴儿的撕开，让她血流如注，满身苍白——但每一个母亲都是仁慈的，看到从自己身上掉下来的生命，哪怕再痛苦，也会露出微笑。

所有这些，新生儿没有印象——大人们对这类事情也很忌讳，很多次询问自己的母亲：我从哪儿来的？母亲总是说：你是石头缝里蹦出来的。这种回答似是而非，但隐含了一个传说：大闹天宫的孙悟空就是从石头缝里蹦出来的——如果再牵强附会一些，女人的骨盆就是一座天然的孕育神奇的石头缝儿，蹦出的生命都具有强大生命力。

长到三岁，孩子逐渐有了自己的思维意识，能够清晰地喊出"爹"和"娘"了，这种神奇的声音让父母觉得了某种幸福——生命是用来发声、动作和思想的，不仅仅是一具皮囊。这时候，孩子的言行举止都成为了人们判断将来的依据：有人拿了铜钱、勺子和书本，放在孩子面前，让他自由选择。如果孩子选择了铜钱，就意味着将来会很富裕，如果是勺子，大致就是只能面朝黄土背朝天了——书本是最高贵的选择，不仅意味着文化，还预示着权势、富贵和地位。

村人虽然很少知道"书中自有颜如玉"、"书中自有黄金屋",但意识里一定有这样的概念,只是有些模糊罢了。还有一句名言是:学而优则仕。读书的目的就是当官,为王朝服务,主导和操持社会公器——以现在眼光看,这种意识功利得有些无耻——但南太行人也和其他地域的人们一样,对这种意识进行了严格的遵守和实践——很多人家门楣上刻了"耕读人家"或"书香门第"的字样,多少年过去了,虽然没有出现过一个货真价实,并实现"学而优则仕"梦想的人,可字迹仍在,每次翻修,都要重新刻上。

更多的与泥土同在——走完了一生,再转到泥土下面,闭着眼睛看后来的人们。做生意也很少,大都不善此道——传统的手艺安身立命的观念和以田地为本的农业意识,使得商贾稀少,即使有,也凤毛麟角,最多混个土财主。不像山西商人那样——成为一方经济大佬和诸侯。

在南太行,孩子不仅是家族血脉的流传者,还承担了"光耀门楣"的"光荣"使命,"三岁看大"的意思是:三岁,孩子的将来就该初露端

乡村孩子的夏天

倪了,聪明的孩子总是意识超前的。比如,三岁就懂得了人情礼道,见人嘴巴特别甜,会撒娇,会说好听话;若是木讷不言,见人就躲,很多人都会在背后说:这孩子将来没出息。

三岁的孩子犟,有主意,也会被认为是有出息的表现——但事实上,在南太行乡村,自小聪明的孩子很少有出息,只是比一般孩子更懂得乡情世俗,木讷的孩子往往会一鸣惊人——很多年前,我听说一个穷人家的孩子,自小没人喜欢,鼻涕都擦不干净,爹打娘骂,处处遭人白眼,但长大后,竟然走出了南太行,在当时的民国政府做了一名小吏。

更有甚者,三岁时就开始判断孩子将来是否孝顺父母了——可能有一些经验在里面,但不会太绝对——按照黎鸣先生的说法:孝是唯一传统美德,我也觉得,孝是感恩的一种表现,有着人性当中的美好基因——孩子长到十岁,若是在

解放前，就该有媳妇了——或者早有了童养媳，无论是生理还是心智，都开始走向成熟了，其中，有不少人结婚了，还有一些人有了未婚妻。

姐弟

这时候，人们会对自己的孩子有各种各样的猜测——若是举止周正，言谈得体，必被认定为有用之才，大可以读书及第，小可以治家安族；若是思维缜密，世事通透，想来大致是做生意的好材料儿——剩下的都是出身不好的，没有见过大场面，言语笨拙，反应迟钝，当然就只能属于面朝黄土背朝天的那一类人。

事实上，这种经验性判断常常出错，导致了父母对子女的重视乃至偏向程度，在两个孩子的家庭当中，父母总是偏爱其中一个，很多又不是他们有意识的作为，好像是一种自然现象——在南太行，经常有兄弟姐妹反目成仇的事情发生，诱因除了利益冲突之外，就是父母偏心导致的不满——在物质匮乏的乡村，偏心的结果可能致使其中一个儿子遭受一定的苦难作为代价——为免遭苦难，争夺和反抗的行为就会在血缘之间不可避免地展开了。

在偏颇和谬误面前，事实是唯一的惊醒的雷霆——其实，并不懂得更多真理和逻辑的南太行人是具备自省能力的，事实给予了他们最有力的说服。有一对老人，生养了一儿一女，从小就特别喜欢女儿，再后来是外孙，很少关心木讷的儿子乃至儿媳、孙子，在他们心目中，所有的好都是女儿一家的，包括他们身后事。但事实上，当他们卧病在床，病入膏肓时，儿子就搬到他们炕前来了，一年没回近在咫尺的自己家一次，直到他们离开了人世。

现在的南太行——"三岁看大，十岁看老"这句话依旧流传，但说的人似乎少了，这里面还有一个重要信息是：十岁时，大致可以判断出一个老时的状况，但这样的推断大致都会遗忘——几十年过去了，一个人老了，谁也不会记得当时的推断——他们所能够做的，只是坐在冬天的太阳下面，说念往事，叹息时间的迅即，并在仰头看天的时候，深深地叹一口气，摸摸花白的脑袋，点一袋旱烟，一口口吐出，看青烟如何喷薄而起，又如何忽然不见。

老天生人，总要给一碗饭吃的

　　每年八月十五这天，马路上总是多一些奇异的人，背着一只破旧的黑皮包，小心翼翼行走，一手拿着拐杖，在砂土路面上探询。我在对面的村庄看到了，暗地里替他们捏一把汗——修在山上的公路，到处都是悬崖，深的数十丈高，浅的也可以致人死命——他们的步速虽然慢，但是安全的，好多年，在南太行一带，没有一个"瞎仙子"（会算命的盲人）因为行走而丧命——当他们的某一器官发生障碍时，某种感觉就会发达起来。

　　南太行人总是对那些眼睛盲了，懂得阴阳八卦的人表示同情，说："老天生人，总是要给一碗饭吃的。"言词之中，包含了深深的怜悯和同情。还有那些智障者——聋子和哑巴，虽然是残疾的，尽管生活简单甚至悲惨些，但只要有人用他们帮助做农活，每天就可以吃到香甜的饭菜。对此，南太行人还有一个名言是："天不绝人"——绝对区别于那种文绉绉的"天无绝人之路"，前者是南太行人朴素经验的总结和发现，后者是文人的提炼和拔高。

　　瞎仙子穿村过庄，整年在外面游荡，给人推算命运，搁置阴阳，收入不算多，但至少可以养活自己。更有的聪明伶俐的瞎仙子，鼓动三寸不烂之舌，以薄薄的两片嘴唇，

插图

使得一些人对自己的命运产生某种幻想和怀疑，尤其冥冥中的厄难，人人都很害怕，瞎仙子抓住人的趋富避祸的心理，以看不到摸不着的阴阳法术获取更多的物质报酬。

每年的八月十五这一天，是他们聚会的日子，南太行（河北南部，河南北部、山西东部）远远近近的瞎仙子都要赶来参加。有一年秋天，两个男性瞎仙子带着一个女性瞎仙子来到村里，给其中一户人家算了一卦，没有要钱，而是以一顿饭食和一夜住宿为交换条件——第二天早上起来，两个男性瞎仙子脸带明显抓痕，将出不出的鲜血使得他们面目丑陋——女性瞎仙子安然无恙。他们走后，房主说：昨晚听到三个瞎仙子在打架，随后传来性爱的欢娱声。

聚会开始了，瞎仙子们聚在空阔的麦场上，由德高望重的人讲话，针对掌握的问题，尤其是那些喜好坑蒙拐骗的瞎仙子，表示批评，惩罚的方式是一段时间内不准再给人算命打卦，否则，开除会员资格——每一个群体都有自己的裙子，也有利益原则和行为规程——散会之后，他们会大吃一顿，然后相互道别，再次踏上漫漫算命之旅。

针对这些残障人，南太行人还会发出最简单的同情：人生下来就那样，老天爷不给人家一碗饭吃，那就不公正了——我听了，蓦然想到"人本善"这句话。但是有一些瞎仙子心眼很坏，被钱财收买，成为以神鬼介入人与人之间的争斗——他们本身没有什么利益冲突，都是受雇于人。在迷信的乡村，这种是虚无的，但给人的心理压力是巨大的。

插图

　　但被诅咒者不恨瞎仙子，而是恨雇用他们的人——也就是说，在南太行人的内心，弱者的先天劣势赢得了普遍的宽恕。还有那些哑巴、瘸子和痴呆半痴呆者，村里再凶恶霸道的人，都不会欺负他们，有一些人，喜欢捉弄眼睛看不到的人，年长者看到了，就会出来阻止；要是孩子，父母肯定会大声呵斥。这里面包含了两层意思：一是欺负弱者不道德，二是暗暗惧怕瞎仙子所携带的那种神秘的力量。

　　我小的时候，对这些也很惧怕，但还有一种怜悯，总觉得这样的人，有一种说不出的残缺感和悲惨感——每次看到，内心出奇的郁闷，有一种被悲凉袭中的感觉。乡人还有话说："哑巴毒，聋子心灵手巧，瘸子聪明。"这也是他们经验的一种局部总结——邻村有几个哑巴和聋子，打人特别狠，下手就能把一只成年的羊打死，瘸子聪明得让人防不胜防，还特别心灵手巧，会做很多手艺活儿。

　　还有一个智障者，在家排行老大，没有婚娶，现在差不多六十多岁了，整天咕咕囔囔，从这个村跑到那个村。农忙时候，有人找他帮忙，给他饭吃；有一些上了年纪的人，即使不给做活，也会给他饭吃——有一段时间，每到吃饭时候，就到我们家来，母亲总是给他一些东西吃；到奶奶家也是，其他人家也会给他吃的——吃完就走，不停地咕咕囔囔，谁也不知道他说的什么。

　　村人说，吃百家饭也是一个本事，要是健全的人，恐怕就不会有这么多人给饭吃了——此外，附近村里还有几个身智健全的光棍，相比较而言，他们都承继了父母的财产，并有经营自己生活的能力，生活自然好些。但在村人的眼里，那也是一种残缺——人生是由两个人乃至他们衍生的另一些人组成的，他们没有，自然就被有意无意划归到残缺者的行列。

　　很多年过去了，现在的残缺者越来越少，他们都随着时间远去了，像风中的灰尘　　但"老天生人，总要给　碗饭吃的"这句话依旧流传，大都表现在对白家未成年孩子命运前途的忧虑上——我相信这是真的，但更愿意再引申一下：在世上，活着的每一个人都会有自己的位置。

乡村的春节

记不清是哪一年，有人在村口盖了一座土地庙，用石头砌起。大小如牲口圈，个子高的人进到里面连腰都直不起来。平时，庙里冷清得连根烟头都找不到，一旦逢年过节，霎时间热闹起来。

往往，一进腊月，我们这些小孩子们就开始兴奋。不知道时

插图

间之快，只知道一年只有一个大年初一。总是嫌日子过得太慢，像老牛推磨，优哉游哉的，好像没有尽头，一到腊月，就掰着指头儿算，今天初一，明天初二，后天初三。越往后算，心里边越是焦急，恨不得把两天算一天。

好不容易到腊月二十三，往后的日子就都有了说法。有顺口溜说：二十三，打发老灶爷上天；二十四，扫房子；二十五，花花儿贴；二十六，蒸馒头；二十七，胡个咧，二十八胡个走；二十九，捏饺子；三十，端着饺子把头磕。

其中，迷信色彩最重的是二十三，因为灶爷就在各家的灶火上边，家里的事儿，不管阴明好坏，瞒不了自己，也瞒不了灶爷。

目前说，老灶爷要上天汇报工作，村人怕自己做的那些事儿不好，老灶爷对玉

帝说了后，降灾给自己。不管是实在还是好做恶事的人家，到这天傍晚，都要蒸了馒头，买了红蜡烛、黄表纸和柏香，对老灶爷毕恭毕敬。

蒸好馒头，即使再饿，人也不可以先吃。母亲掀开锅盖，一股白色蒸汽雾岚一样奔突起来，迅速占领房间。母亲伸手捏捏其中一个，熟了，让父亲把灶膛里燃烧的粗大柴火拉出来，再拿了篦子，把馒头一个个晾在上面。再放一锅进去。然后用洗干净的盘子盛了馒头，走到老灶爷神位下，小声念叨，再跪下磕头。与此同时，还要放一挂鞭炮，欢送老灶爷回天奏事。

母亲说，老灶爷会把咱家一年的事情，包括心里想的和已经做了的，毫无保留地告诉玉皇大帝。我歪着脑袋说，那老灶爷比村长还公正？母亲嗔怪说，傻小子，村长和咱一样是个人，老灶爷是神仙。神仙当然说实话了！我又问母亲说，咱做过坏事没？母亲伸出粘着面的手指，在我头上磕了一下说，笨小子，咱家要是做坏事，还能没钱花？

母亲跪下来，像戏中人物一样，全身伏地，向老灶爷的神位磕了三个响头。我想，就凭这个，老灶爷也会感动，在玉帝面前为我们家美言。然后点燃了鞭炮，噼噼啪啪的声音在越来越黑的村子内外炸响。

从这一天开始，平时睡得很早，安静得村庄就有了热闹劲儿了。零星的鞭炮声音不是从那个村响起，就是从这个村传来。快过年了，有钱人家更高兴，录音机里整天放着李双江、郭兰英的歌曲。到晚上，还故意把音量调高，尽管到夜深时候，那歌曲都有了点鬼哭狼嚎的意味。年轻人爱听，有的还跑到人家家里，坐在门槛上竖着耳朵，一脸沉迷。老年人不喜欢，发牢骚说：放这个东西，还不如来段儿豫剧听得过瘾！

农历二十四，帮爷爷奶奶扫了房子，贴了对子，劈柴蒸馒头。有了事儿干，就不觉得时间慢。我和弟弟平时懒得连屁股都不愿抬一下，可在这时候，总想方设法替长辈干些活儿。

其实，干活儿不是目的，早早穿上新衣裳，哄着母亲多买一些鞭炮，才是目的所在。

母亲早就看穿了我俩心思。新衣裳早就做好了，放在柜子里，用一把铁锁看住我们的手。

老军蛋家买了很多的鞭炮，拿出来炫耀，腊月二十五那天兜里就装了鞭炮，拿着一根燃着的柏香走到哪儿放到哪儿。我和弟弟说，凭啥你老军蛋就有那么多炮？我们的就很少呢。然后哼哼唧唧地让母亲掏钱，再去代销店买。母亲说放炮顶啥用？有个响声就很可以了！我说：为啥老军蛋就有那么多鞭炮？母亲说，老军蛋爹是大队的支书，咱不能和人家比。

弟弟还在央求母亲，母亲不说话，忙事情，我也说不够，弟弟呜呜哭。母亲看我俩这样子，叹息一声，从兜里摸出一张揉得如老头子脸的毛钱，去买吧！

那时候，我们家打盐的钱都是母亲卖鸡蛋省出来的，逢个会赶个集，母亲也只是去转转，最后饿着肚子回来。大致是2000年，我未婚妻一个人回老家，恰好碰上莲花沟村每年一次庙会，母亲和她一块儿去了，在集会上转了半天，买了几件衣服，到中午，母亲想吃一碗凉粉，在摊子前走了几回，眼睁睁地看着别人在吃，自己只是咽着唾沫。饿肚子回到家，才对我未婚妻说很想吃凉粉。未婚妻说她也会做，一下子做了好多，母亲吃了满满两碗。

大年二十九早上，母亲拿出新衣裳，叫我和弟弟穿上。我和弟弟本来还很瞌睡，一看新衣裳，就像电击一般，骨碌碌地穿上，脸都不洗一把，就跑到村里去了。

母亲是坚定的素食主义者，五十多年来没有吃过一块儿肉。父亲则喜欢吃肉，只要是肉，都嘴巴嚼的流油。

平时，父亲很难吃到肉，到二十九这一天，母亲称上几斤，算是对父亲一年多来辛劳的补偿。16岁以前，我也是一个素食主义者，过年时，跟着母亲吃素，弟弟则跟着父亲吃肉。一家四口人，泾渭分明。

剁好干萝卜条

插图

228

儿，母亲点火把小铁锅烧干，倒上一点花生油，打上几个鸡蛋，不一会儿，就是金灿灿的炒鸡蛋。母亲总把我和弟弟叫来，一个人喂上一两块儿，我们吃的很高兴，也劝母亲吃，母亲就说，等包到饺子里面再吃。

母亲先把和好的面在案板上揉了，用刀切成几段，手来回一搓，就变长变细了，再用刀左一下右一下切成小块儿，再用擀面杖擀成一个个的薄片儿。往往，捏够四口人吃的饺子，天就黑黑的了。

晚上，父母亲忙着准备早上的饭，还有用的东西。我和弟弟在分鞭炮。然后躺在炕上看着窗户，期待着马蹄表一下就蹦到凌晨。

迷糊一阵子，起来看看，还不到十二点，再迷糊一会儿，到凌晨两点，我和弟弟就不睡了，在被窝里烙饼。大致三点多，有人燃放鞭炮，清脆的声音把整个村子都震得地动山摇，也把我和弟弟从被窝里拽了出来。

父母亲起床，生火煮饺子，我和弟弟拿了鞭炮，点着柏香，在伸手成冰的院子里

插图

依次点燃。嘣嘣叭叭的鞭炮在暗夜里一个接着一个，一声接着一声，站在院子，还可以听见从后沟传来的跌宕回声。

一家人开始放了炮，响声就会把全村乃至附近村庄的人惊醒。那时候，我们这些小孩子家总是争着在凌晨第一个放响鞭炮。按照老人们的说法，大年初一这天早上，谁要是第一个放鞭炮，就等于这一年是全村人家中最顺利平安的。什么事情都能争个第一，出个头彩。

饺子好了，我和弟弟风卷残云。母亲吃完，让我和她一起去土地庙上香。母亲端着一碗饺子，叫我拿了鞭炮、柏香和黄纸，打手电跟在后面。

翻过一道山岭，涉过一道河沟，再爬上一段山路，我和母亲走到土地庙，简陋的石台上，几十根红色蜡烛齐刷刷亮着，照得庙前山路都像白天。土地爷泥像端坐供桌，真像是一位面色和蔼的老头，要不是冷冰冰的，还可以和他亲近。我

对母亲说，这土地爷总是在这坐着，肯定很累。

母亲嗔怪说：小孩子家知道个啥，别胡说！神仙那像咱凡人？

那他为什么长得跟人一样？

人家是也是人，成仙之后，才当了土地爷的。

那还是人呗！

成仙了就不跟人一样了。

到底有啥不一样？

母亲不耐烦了。不一样就是不一样！人家能享受百家香火，人都跪在人家面前，怎么没人跪在咱面前，跟咱磕头哩？！

我说，那你和爹不是也给爷爷奶奶磕头吗？母亲说，你个傻小子，那是小辈儿对长辈儿的尊敬！

从土地庙回到家，父亲要去给爷爷奶奶拜年，还有村里那些长辈。我和弟弟就跟在他后面，先到爷爷奶奶家磕头拜年，然后，又跟着父亲，一家一家磕头拜年。到了谁家，都说吃饺子吧，俺这个是肉馅的，你那个是啥馅儿？尝尝吧！所说的话几乎二致。大部分人家给小孩一点鞭炮和糖块，大人不吃饺子就给一支香烟烟。

大约一个多小时，晨曦慢慢打开，我们也转严（意为走遍）了。大人们坐在一起说话或者喝酒，孩子们则凑在一起，看谁挣的鞭炮多。这时候，马路上突然也冒出很多人，都提着竹编的篮子，朝着大土地庙、龙王庙和猴王庙方向，放着鞭炮，说着笑话，兴致勃勃走去了。

地理禁忌

　　村前有几道不算高的山岭，第三道外形像"h"，上部至中间部分荆蒿茂密，顶部有一溜大致三里多长、两米多宽的石英石线。山后有村庄，山前也有人家，接近马路的一处坡面上长着数十棵白杨树；下面是深逾30米的河沟，从数里外后山发端，一直蜿蜒到40里外的秀水镇。所不同的是，十年以前，这河沟流水流不尽，现在是流水看不见。"h"形山岭的右边，有人修过一座庙，据说供奉着本地的土地爷，每年春节，鞭炮皮和香火比山上的野草还要茂盛。庙下是上世纪六十年代修建的战备公路，公路之下，是大致5丈高的悬崖。爷爷说，以前，村里有一个人正在路上走，忽然就被鬼架住了，两腿比马车轮子还快，从高崖上跳下去，没受一点伤，也没有跌倒。到下边田里，又飞快地跑，放个屁的工夫，就跑到了对面的山坡

拐弯

上，蹲在一块田里，俩手抓土，往自己嘴巴鼻子耳朵和眼睛里灌，等人赶到，那人早就翻了白眼。

还有一个外村人，在我们村里喝酒喝到晚上，亲戚说，住下吧，别回家了。他不听，非要回去。第二天一早，看到路上横躺着一个人，也不知道是咋回事，走近一看，原来是昨夜喝醉了的人。叫醒后，那人惊愕说：俺咋在这儿呢？拍了一下脑袋，忽然想起昨夜的情景。对人说：走到那地方就身不由己了，看到一个满脸络腮胡子的汉们，非要拉着俺去他家坐坐。俺说俺急着回家，他不让，拉着俺的胳膊，一转眼就到了他家。他家门前长着两根大杨树，后面还有一棵不高的垂柳，后面是山，山顶上好像还有座庙。俺说俺不坐了，老婆孩子还在家等着哩。那人说，没事没事儿，坐一会又咋了？说着话儿，一把把俺按在椅子上。又倒了酒，炒了一个豆腐，切了俩苹果，还上了一盘油炸花生米。俺不喝，人家非要劝。喝了几杯，就啥毬也不知道了。

爷爷还说，村里喜贵爹有一年半夜从外村回来，也在这看到一个穿着一身白衣服的娘们，坐在马路墩上嘤嘤唧唧地哭。喜贵爹上去问。那娘们开始咋也不吭声，一边哭，一边用手指抹眼泪。喜贵爹又问，那娘儿们才说，她家汉们死了，公婆嫌弃，就一个人跑出来寻活路来了。喜贵爹脑子转了转，说：他兄弟三十了还没娶上媳妇儿，要是愿意的话，就跟他到家里看看。那娘们开始不愿意，经喜贵爹又劝了一阵子，才点点头。俩人一前一后，走到家门口，喜贵爹叫开门，一回头，那娘们一下子就不见了。

以上三个故事都和这道山岭和悬崖有关，村人普遍认为，那个地方是诡异事情多发的地点，除了第一个是目击者多以外，后面两个充满了偶合和杜撰色彩。但这样的故事一代传一代，一代人和一代人都以为，肯定不是空穴来风，不然，大家不会在同一地点遇到那类事情。

与此相对的是，是邻县的一片芦苇地，因为靠的近，村人经常到那边办事或串亲戚。我刚学会骑自行车的时候，经常和几个同学到邻县某乡供销社打酱油和醋，也经常路过那片芦苇地。有一晚，听一位爱讲故事的长辈说，白家堡白老三说，以个（即昨天）黑夜他从武安回来，走到芦苇地，听到有人叫他名字，还是个娘们，白老三左右看了看，除了芦苇，啥个都没有。白老三头皮一炸，赶紧往前走，走了好远，还听到那个娘们在叫他。白老三这回可吓得不轻！还有一次，是咱村的杨柏奇，到武安那边贩骡子，走着走着天黑了。手里牵着的一匹枣红骡子突然撒开蹄子狂奔，杨柏奇摔了一跤，起身就追骡子。谁知道，那骡子跑到芦苇地边，一边用蹄子刨地，一边哞哞叫。杨柏奇走过去抓了缰绳，骡子叫了一声，就硬往芦苇地里走，杨柏奇使劲拉缰绳，骡子就是不听。杨柏奇没有办法，拿着鞭子在骡子屁股上甩了一鞭子，骡子疼得大叫，一个纵身，就朝芦苇地里面跑。杨柏奇死拉着缰绳，被拖了好远，等骡子停住，杨柏奇起身，那儿是一片空地，正中间隆着三座坟。那年，杨柏奇在炕上躺了俩月才起身，就是因为这件事。

另外一件关于那片芦苇地的事情：有一天黑夜，赵家庄的赵如德在那遇到一个身穿孝衣的娘们，坐在芦苇地边哭。赵如德上前问话，那娘们说：你走你的路，别管俺的事儿。赵如德说：这深更半夜地，在路边哭很是不吉利，还是回家吧。那娘们不但不领情，反怪赵如德说：俺哭俺的，碍着你啥事儿了？赵如德连连被呛，心里很不是滋味，摇摇头。走了四五十步，往回一看，那个娘们却没了踪影。赵如德这才意识到，自己遇到的不是人。吓得尿了一裤裆，连滚带爬地跑回家，一进门，就昏迷不醒了，老婆掐了半天人中，才哎呀一声醒过来。

这是南太行乡村人集中以为好出诡异之事的几个地方之一，八十年代中后期，战

插图

备公路重修的时候，因为放炮或者搬运石头，有不少人丧生。其中南转盘（平涉线290公里处），有一座山崖，施工队按测绘好的路线开山运石，第一天刚刚修好，第二天早上再去，又有石头和渣滓填在了原处，连续修了几天，每天都是这样。有一天，留一个工人在那看管工具，连人带家具都没了影子，刨开石头，却发现早成了一团肉酱。后来，马路改道。现在从那儿过，还是一堆乱石滩。从那以后，很少人单独从那儿走，中午和黑夜最瘆人，即使大夏天，也觉得全身凉阴阴地。上世

寒山

纪九十年代初期，一个砍柴的人从那里不小心滑了下来，因好长时间没人发现，失血过多而死。

再一个地方是一个隐秘的山沟，备战备荒年代，村里组织在那里修了不少田地，建有房子，包产到户后，种了苹果树，南漳村的几户人家联合承包。每年到苹果能吃的时候，几户人家晚上轮流去看管。几年后，传出的怪异之事大致有5个：1、晚上在屋里睡下，总是听到外面有人唱戏，锣鼓笙箫，吹吹打打，铿锵锵的唱调满山沟里响。人开门一看，唱腔和锣鼓戛然而止；人回屋，唱声再起。至鸡鸣方歇。2、在那睡觉，到半夜，满屋子都在响动，有人说话，有人做饭，还有人吵架，打着灯，屋里啥都没有？3、一天傍晚时候，某人坐在门槛上吃饭，看到对面一棵

234

核桃树下站着一个人。开始还以为是到这打柴的人，就喊，那人不吭声，再喊，那人一扭身，倏地一声就不见了。4、晚上在屋里睡下，第二天早上却睡在院子里。5、某人在那里睡觉总是觉得有人喊他（她）名字，还说起他（她）的家事，不管是换了谁，都有板有眼，丝毫不差。

事实上，这些地方都是事故多发地带，南转盘迄今为止已经有上百辆的汽车在那里车毁人亡。从我记事到十八岁离开南太行乡村，几乎每年都有几起翻车事故。隐秘的后沟及村外的荒野间，坟茔众多，其中有早夭的孩子及青年，还有寿终正寝的老人。因为少人前去，就有些生分之感，再加上历代乡人的有意无意渲染，以至于这些地方更加诡异和恐怖，成为乡人的一方地理禁忌。我在南太行乡村时，也曾对这类奇异之事深信不疑，出去多年以后，每想起来，也觉得蹊跷和诡异，到现在，却以为，这类事情无非是心理作用，还有乡村人喜好夸大某种危险境遇借以炫耀的天性。——在信息闭塞的纯农耕时代，乡人的谈资除了眼前和身边发生的人事之外，可能就是紧张刺激的异灵及其传说了。

民间的"信则有，不信则无"是对鬼神之事的最合理解释，也是他们为自己壮胆甚至打击某些杜撰之事的有力精神武器。

传世口诀或谶语

　　村子前边，有一处名叫高崖（音nie，阴平，阳平，去声。）洼的地方。九十年代中期以前，从无一人居住，到处都是荒草和荆丛，还有少许的洋槐树和白杨树。听老辈人说，从古至今一直流传了一句口诀："高崖前后，金子银子两箩筐，要想财宝到手，除非黑小子放黑牛。"我初懂人事时，第一次听母亲说，因为是方言，母亲又不识字，一直拿捏不准到底是哪些字。2005年回乡，打问了几个读过书的老人和同学，才确定了上面的口诀。

　　关于财宝的来历，似乎没有人能说清。归结到一点，为自然生成，至于神仙放置、富豪藏匿和盗匪秘窟之类的不足为信。还有人传说，这笔财富是从前一个高人，为考察南太行乡村人的智慧和能力而设置的，并扬言说，谁破解口诀找到财宝，就可以做他的关门弟子，告别苦愁人间，脚蹬五彩祥云，位列仙班。还有人说，这财宝根本就属子虚乌有，不过是古时候某个秀才闲极无聊，编了一个顺口溜蒙人罢了。

　　若这个口诀及财宝真有其事，这么多年过去了，南太行乡村几代甚至数十代人，竟然没能破解，只能说明一个问题：这里的人太缺乏智慧了，似乎也缺乏持续的勇气及宽仁至爱之心。当年，母亲讲了以后，我的心蠢蠢欲动。每天放学，我就蹲在路边，或者上到更高的山岭上，朝高崖洼这一带看。依照所有藏宝口诀的经验，我猜测：口诀中所谓的"黑小放黑牛"无外乎4种解释。1、"黑小"应当是一个名叫黑小的孩子或成年人，在放黑牛的时候，走到某个特定地点……只有两者齐备，财宝才能显现。2、所谓的"黑小"和"黑牛"不一定是人和牛，说不定就是山或者河沟里某个大石头，只是形肖而已。3、专指某个时刻，比如傍晚或者早晨，阳光使附近的某些自然物幻化成人放牛的情境。4、这口诀可能只是开启财富门扉的"钥匙",类似于《阿里巴巴和四十大盗》中的"芝麻开门"。

看了很长一段时间,我还是没有摸出门道。但我始终坚信,如果真有财宝,那就非我莫属!理由有3个:一是我应当是南太行村庄里最聪明的孩子,我破解不了,其他人永远不会。二是我坚信我有某种天赋,比如,对词语的理解能力,比其他人更多的阅读量等等。三是我是一个纯正的人,得到了财宝,会全部拿出来,给大家做事情,不会全部私吞,也更不会因得财而作恶,甚至伤杀无辜。

这些理由,现在看起来是狂妄的,甚至有点无耻。世界上比我好的人和比我坏的人一样多,凭什么我就可以,其他人就不会呢?可惜的是,这个口诀至今还没有人破解。1979年左右,新修公路时,在山岭上挖了一个大豁口;1995年左右,附近村庄先后有5户人家在这里修建了新房子。这样一来,有路和房子的地方至少可以排除在外。剩下的,也是最有可能的地方。

具体说,第一处是山岭路下的悬崖,由石英石和部分青石组成,陡峭不可攀。突出有土处,长着一些荆丛和杂草,还有小椿树、酸枣树。崖下是沙土水渠,水渠下有两块田地。财宝存放的可能处,是悬崖中部,具体位置难定。第二处是下面河沟向上300米流水石崖,高4米多,一侧也有一面刀切悬崖,下方是一方水

野河晨韵

潭。那些财宝极有可能藏匿在水潭一侧或石壁之内。第三处是山岭和河沟直线均等处的青色巨石下，至今矗立在某村某人的田地中央，数次想把此石瓦解，腾出地面，种植粮食，可数次都信心百倍，最终徒呼奈何。除此之外，其他地方可能微乎其微。

有几次回到南太行，一个同学还说：他研究多年，那口诀本身就是财宝藏身的具体方位，就在河沟中间的流水石崖里面。并说，几次想动工，可都遭到了上年岁的人阻挠，理由是这石头没人的时候就长在这里，现在要用炮把它轰掉，风水就会坏掉。说到这里，该同学叹息一声，眼看着那面石崖，啧啧嘴巴，一脸藏着不甘心。我说，财宝绝不可能在流水石崖里面，一边的刀切石壁倒是有可能。该同学说，那就更不可能动了，上面是某某村某某人的产粮地，真要挖出来，得分给人家一半。

我说，那就别动了，等咱们的下一代吧。或者，保留着这个传说，这份猜想和悬念，也未尝不是好事。该同学说：这是考验，就是个考验。我说我以前听俺爹俺娘说：世上的财宝从来不给自私的人，也不会给恶人，财宝也是有灵性的，谁好谁坏它们都知道。该同学笑笑说：以前是，这会可不再是了，你没见现在发财的人哪个有咱哥俩好？话落，兀自笑了起来。

除了这个口诀，据我所知，南太行乡村一带还有一个妇孺皆知的口诀说道：

古村

双公鸡

"大寨、小寨、婆婆寨，道士、和尚轮着来，要是八月十五月亮圆不起来，不是火烧就是土埋，谁也跑不出大寨怀。"其中的大寨、小寨、婆婆寨都是山名，而且在一起。正中庞大如座椅的叫大寨，两边形状高低相同的分别为东小寨和西小寨。婆婆寨在大寨小寨西侧正中部位，四边为大小村庄及田地、河沟等。

至于这口诀或者说谶语之意，似乎与某种集体性的灾难有关。从前，这里的山不是道士为庵，就是和尚成庙。以大寨为例，据说最后一个和尚是解放前从这里消失的，到八十年代初期，又来一个和尚，住不到3年，也一路东去，再没回转。而更早年代，有道士在这里修行，至于是不是曾在30里外北武当山（俗称老爷山，供奉真武大帝）修行的太极宗师张三丰，村人谁也说不准。后来又来几个道士相继而来，住了一段时间后，也都不知去向。

从字面上看，说的是佛、道两家轮流占山修行，若是某个"中秋节"月亮不圆，这里就会发生火灾或者地震，任凭你再跑，也跑不出大寨怀。这个道士不难解，可编创这一谶语的人究竟是谁，又如何预知？他又有什么样的用心？村人谁也说不出个所以然来，只有这一谶语，在附近村庄人的口舌中流传。其中一个古怪的事情是，大寨小寨山下，两座两两相对的村庄，只要对面村庄有人过世，不出3天，这个村子里也会有人与世长辞。若一村一次逝去2人，另一村也会有2人失去性命，依此类推，至少百余年来无不应验。

到现在，大寨山脖颈部位红石岩下，长年滴水不断，早年间，有游方僧人定居数年，建了庙宇。每年正月初三，远近村庄的人都提了东西，到山上烧香跪拜，求子的求子，求姻缘的求姻缘，求财富的求财富。庙宇也都披红挂绿，香火缭绕。到春后，万木翠绿，一色的红岩石被映衬的庄严肃穆。夏时雨水多，若连阴半个多月，桵树根部便滋生出黑木耳，是纯正的天然食品。只不过，因为山陡悬崖多，几乎每年都有人会在那里出事，不是砍柴不小心摔死，就是捉蝎子、放羊从悬崖上摔死。其中许多事故很蹊跷。某人正在下坡，忽然看到另一个人，当意识到那个人已去世后，自己也摔倒了，身子没滚几下，脑袋就被硬石磕烂了。还有几个邻村的妇女在那上吊，雨天采蘑菇的村人若是不搭伙，十有八九有去无回。

东小寨两侧各有一座村庄，比大寨低矮许多，隆起根部向上，是高逾20米的红色悬崖，鸟可飞度，人难攀爬。西小寨下也有村庄，山顶长着茂密的椊树。另一侧还竖有约有40米高的独立山峰，状似公驴生殖器，惟妙惟肖。村里娘们吵架，常以此做比方，用言语把对方"戳个稀烂"！西小寨后，有一座村庄，极其偏僻，常发生一些稀奇古怪的事情，大村人家的闺女极少人愿意嫁到那里去。

婆婆寨海拔大致一千米左右，顶部是一道长有40米的独立悬崖，只有一个地方可攀上。但人都说，这山顶不能去，上去就下不来。从前有个放羊的上去赶羊，到了山顶，羊也找不到下山的路径，被赶得紧，就朝下跳，摔死了好几只，他转悠了半天，就是找不到下山的方法。大喊大叫一阵，叫来一堆人帮忙，才顺着绳子下到山根。山下有坡地，栽了几百棵苹果树，不大的沟岔间，有数座坟冢。再向下是田地，无水可浇，雨多多打粮食，雨少就收点瘪谷子小玉菱。到河沟，有一座不大的水库，我上初中的时候，每年夏天中午到那玩水，后来被洪水冲垮了，坝基一点没剩。

巫术及其器具

楸子

有一天黄昏，我感冒发烧，连续几天都是这样，烧的全身皮肤发紧，骨头酸疼，吃了一些药物，还是不见起色。黄昏，奶奶就用大瓷碗舀了大半碗清水，放在炕前灶台上。然后拿了一支筷子，嘴里一边念叨，一边试图将筷子自立在清水中。几次之后，那筷子果真直直地竖在了清水的碗里。提住水外的部分，整个碗也会被带动起来。

我当时年纪小，吓得出了一身冷汗，只觉得平时毫无新奇之处的房间充满了诡异气氛，像一种特殊的气体，深入心脏，浸染了人的肉身及灵魂。奶奶长出一口气，说是后水井上的蛇精——理由是：我有一次砍柴回来，把背着柴禾的木架子放在了蛇精的石台上，还在她的家门口汪洋恣肆地撒了一泡尿。

这就是冲撞与被惩罚的理由，我是无意的，而蛇精却以为是故意的。其中的因素不仅仅是一种人和动物的文明冲突，还有一种强势者对弱势者无所顾忌的惩罚权利。人和动物理解事物及某种现象的思维方式绝对格格不入，而后者揭示了人世乃至自然界弱肉强食、优胜劣汰的生存本质，也饱含了人世间某种残酷的现实品行。

奶奶提着苹果、馒头，还有柏香、锡纸等物品，到水井边祷告一番，回来问轻点了没有？可能是心理作用，感冒症状确实有所减轻。从那时开始，我更加笃信，在乡村，在人之外，还有许多肉眼看不到的强大生灵于各个角落存在，它们一方面与人保持一定的距离，一方面又与人有着千丝万缕的联系。它们是人心当中的禁忌与恐惧，又是超然世外的另一类天赋异禀的优势生存者。

生涯

其实，多年后，我才知道，清水竖筷子是一种偶发的物理现象，与迷信与鬼神毫无关系。但在彼时的乡村，人们似乎没有理由不相信这不是神灵或者某种超自然能力在起作用。类似的情况很多，几户每家，尤其是那些生于20世纪初年的老头老太太们，在他们的内心信仰当中，鬼神是生生不息且传之久远永不衰落的，那些侥幸躲过自然规律及灾难的动植物和具有各自独特形体的存在物，通过长时间的修炼或者某种神异的点拨与偶合，会成为永世不灭的灵异之物。他们甚至认为，人也可以达到这种境界，但必须有一条修炼的路径及相应的慧根和机缘。

综上所说，南太行乡村的信仰应当是道家文化居上，每年的各个节日，如正月十五，仍旧要去祭拜某些已经成形的神灵，从天帝一直到列祖列宗。他们相信：天帝住在他们房子的外墙壁上，灶君就在灶火里，财神爷就在炕沿一侧的墙壁上，死去的祖宗就坐在他们的炕沿上，土地爷就在村子外面的某个地方，路神肯定蹲在道路的任何一处。另外的杂类神灵，类蛇、狐狸、石头、树等等则不能公开祭拜，普遍的处理方式是：敬而远之。

但也有人专门供养那些杂类妖灵，其形式像是养蛊，主要是为了护佑自己家庭及其成员的安全，也偶尔会放出来替人做某些诡秘之事，以报复某人。但没有"蛊"那种凶险及威力，只是可以让某人患无法诊治的疾病，再或者因不慎而使身体受伤等，绝对不会夺人性命。有时候，自己供养的异类妖灵也会祸及自身，因为这些妖灵性格是反复无常的，稍有不满意，即大发脾气，降灾于人。

这样的人和事我少小时听到许多，都是远近村庄的。多断断续续，几乎没有一个是完整的。大人们在一起讲的时候，一般要避开孩子，怕孩子们害怕。我至今还有记忆的是：1、某人家里供养的一只狐狸精，每逢农历四、七、九日，要拿公鸡血祭拜，稍有不敬，就会祸延自身。一只公鸡可以卖十多块钱。因为成本较高，家境一般的人养不起，就想法转让给其他有意者。2、某人家里供养石头精，每到月圆之夜，需要到石头精跟前虔诚祷告，且不能被其他任何人看到。3、某人家里供养一棵槐树精，跪拜时不能点火，或点火不能靠近，祭品一般由井水（最洁净）、银锭（一种用切成方块，撒锡粉的纸张，专用于祭奠）构成。

我遇到两件事。一是十三四岁时某一个黄昏，天擦黑，我才从外面玩回来。见家门紧闭，正在诧异，母亲开门出来，说，家里有事儿，就在院子里玩，千万不能进去。我不解，坚持要去看。母亲说：×××村的巫婆×××正在喝溜，进去不好。我听了，赶紧闭了嘴巴，在院子里心情忐忑，满身寒意地等。我听到，屋里有个妇女在唱，唱得啥词，一句也听不清，再后来是身体倒地的声音。再后来，门打开，一个左胳膊肘子上挎着蓝色布包的妇女走出来，母亲紧跟在后，说着感谢话，那妇女说没事儿没事儿，都是自己人，这点事儿算个啥？说着，就出了我家院子，往他们村子走去。那个妇女至今还在从事巫术活动，我也相当熟稔，至于那晚因何到我们家，又做了怎样的巫术活动，我至今没听母亲说过。

二是弟弟三四岁，我八九岁时候，秋天某日，盲眼的爷爷带着弟弟在马路上玩。马路下是一个三四丈高的土悬崖，下面是河沟，还有一些杂七杂八的树。也不知道咋回事，爷爷从路边跌了下去。当时，其他人大都在地里忙，过了很久，才有人发现，弟弟趴在路边的马路墩上，一个劲儿朝河沟喊爷爷。等把爷爷奈何（抬送的意思）回家，找医生检查，才知道爷爷的左手臂肩关节脱臼，肋骨也摔断了四根，脖颈和腰腿也都受伤。人都说，这就不赖了，没要了命就是大好事。

父亲、母亲和姑父、姑母等带着爷爷去了好几家医院检查，才把断开的骨头接好，回到家里休养。过了一段时间，我断续听说，爷爷的左肩胛越到晚上越疼，疼得整夜喊叫，白天减轻。南太行乡村人说：凡是病，都是白天轻，晚上重，或上午轻，下午重。又过了几天，爷爷说：他的那种疼有点稀奇古怪，好像有个人耽意（即故意）坐在伤处蹦腾（即不停折磨、压制和揉搓之意），有几次，半夜他疼醒，看到一个满身黑黝黝的小胖孩子，在他左肩上不停蹦跳。奶奶先是用了碗中清水立筷子的方法，说是那河谷的一个什么小石头精捣鬼。

请来的巫师姓曹，是外村的，在当地有点名气。那人的眼睛早年间放炮不慎而全盲，后来改行学了辟邪驱鬼及阴阳术数，用来赚个活路。姓曹的巫师到家里看了后，叫父亲和奶奶准备以下几样东西：1.黑狗血；2.朱砂；3.桃木楔子；4.石英石；5.活公鸡。具体方法是，朱砂掺水书写符咒；备黑狗血以防妖精太强，黑狗血是对付它的最有效法宝。桃木楔子做武器，因为桃木向来是辟邪的主要器具之一。石英石边刃如刀，又能擦燃棉絮，凡是妖物，都害怕火焰；活公鸡的鸣声会令妖鬼之类的邪祟魂飞魄散，人说，只要怀抱活公鸡，一路不停咯咯叫，什么妖魔鬼怪都不敢近身。

当日下午，曹姓巫师要在爷爷奶奶房里施法捉妖，村人围了一堆，后来又被巫师赶了出来，说人多不好施展，妖精从这儿逃的时候，说不定会附上其他人。众人惊恐，纷纷后撤，我们这帮孩子早就被清理到大门以外，并有专人看守，不得私自上房或在院中观看。折腾了好长时间，村人在院中惊呼了好几次，才见曹姓巫师开门，叫奶奶和父亲进去，说是邪祟已走，还说，这石头精道行还挺深，要不是咋咋样，恐怕很难打败它之类的话。村人哦哦，表示惊诧。

我十六岁那年夏天，突然很瘦，大姨和母亲说，是不是惹上啥不干净的东西

一柱擎天

乡路

了？要不找个人看看？我知道我没什么异常感觉，坚决不要。母亲就到中药铺买了一小包朱砂，让我每晚放在枕头下，我依言而行。十多年过去了，这类事情在乡村越来越少，那些

阴阳先生及巫师巫婆们都很少再有人请，也就是偶尔算算命，谁家老了人（亡故）了，帮忙掐算一下，定下葬时间，并搁置风水，如坟穴及棺椁方向和镇物等，专门法事及驱鬼活动锐减到数年不举行一次。

现在的南太行，越来越多的人以为邪祟是一种心病，是一种臆想或自我假定，对从前的那种迷信，都持反对和无所谓态度。我想了好久，也观察了许多，蓦然发现，这种从有到无的转变，事实上是信仰丧失、具备知识及心灵物化的结果，以前的人们相信冥冥的存在与惩罚，德和善自始至终都是修身做人之本，作恶必遭唾骂和天谴，行为有所顾忌，心里有所畏惧。而到现在，则是一切以物质金钱和权力作为最高最大最终追求和人生至点，只要可以赚钱，挖掉一座山、砍光所有的树、得罪所有的人、亵渎甚至推翻所有的神也都在所不惜。两者相较，其实不存在利弊，或许是社会进步乃至人类文明的必由之路或说某个阶段，与之外的一切都没有实质性关联。

降福与遇祸

迷信是愚昧和落后的表现，极端功利主义是信仰丧失、为物质及现世利益穷尽心机与手段的特征。在很多时候，我特别怀念爷爷和村里的长辈们讲的那些于村庄间口碑流传的故事，尽管神鬼，尽管唯心主义，尽管到处冥冥，处处幽暗，但那时的人还是有所为和有所不敢为的，在某种程度上，还能够管住和克制自己的欲望。而现在，人们的本能和欲望已经到了无法收敛和自我克制的地步，到处都是横流的物质和唯利是图，为现世和肉身享受无所不用其极地嚣张、自私和不择手段。

在南太行乡村，巫师的巫术和阴阳先生的法术（好像是两个层面的概念及行为）像其他的一切，也具有两面性。为人降灾、指点迷津乃至破解命运，一般

记忆中的村庄

246

会认为会损伤施法者及窥破天机者。他们在施法及点拨之后，收取别人的钱财，就成了一种被折损的物质补偿和精神鼓励，要不然，谁也不会去做专利他人而损自己的事情。人与人之间其实是一种交互的过程，最亲密的成为夫妻和亲人，次之的成为血缘及外戚，再次之的成为朋友和邻居，再再次之即是一生难以谋面，生死两不相干，最次之的可能是相互折杀伤害的敌人。

这种说法最直接的依据可能出自民间众多的缘分之说与宿命论，如"百年修得同船渡，千年修得共枕眠"、"人和人，这辈子谁和谁，咋回事，发生啥事，都是命中注定的"，"谁也别看不开，再难再出奇的事儿，也都是上辈子定了的，胎里带来的，没有啥大不了的。"这其中，既有豁达的人生态度，又有极度消极的妥协意识。这种屈从和抗争，其实就是人在世上的两种基本姿势。

但人们似乎还相信，通过某种手段，可以改变既定的命运。如害怕孩子夭折，用极端难听的名字来降灾。从前的南太行乡村，叫"赖小子"、"石蛋子"、"小尾巴"、"黑小子"、"赖妮子"、"黑狗子"、"屎蛋子"等名字的成年男女数以千百计。按照阴阳先生的说法，叫的名字赖，人喊得多，能够在无形中消除命中的凶险成分及既定因素，使得孩子健康成人，避免那些无法抗拒的力量对个体生命的无情骚扰和打击。如：某人流年不利，通过阴阳先生的施法破解，可以扭转既定命运。很多人为了消除疾病、可能的意外事故、家庭纠纷和失败的生意，宴请自以为灵验的阴阳先生来施法破解。器具及花销由被破解者承担，另外还要给一定的辛苦费。极少数由阴阳先生告知方法，事主自己施行即可。

后者往往很简便，容易操作，但也使得可信度和效果降低。在人们看来，巫师及阴阳先生类似于西方的神职人员，唯有他们，才可能与冥冥中的神灵沟通，并达成相应的目的。事实上，这种作法多少有些自欺欺人的意味，正如詹姆·乔·弗雷泽《金枝》中说："在社会发展的早期阶段，人们不了解那难懂的自然进程，不了解人类控制和驾驭自然的极端局限性，曾经普遍地自以为具有按现代知识水平来看应称之为超自然的能力，从而产生并保持了一种错觉，认为自然本身的奇妙秩序以及和谐一致，像一部庞大机器平稳运转着，使得有耐心的观察者能够根据它的运转情况预卜未来的休咎，虽不能准确做到，也能相当可靠。"

这似乎就是南太行乡村人对巫术的态度，在医疗及其他能力、知识水平欠缺的情况下，为使自己的命运平稳或者达到某种理想效果，摆脱灾难或损伤的侵扰，用特殊的器皿和方法来满足某种精神需求，消除心理上的障碍、犹豫和不安。——相对于听之任之的消极等待和承受，这种作法至少有着心理治疗的积极作用。

除此之外，人们还相信，巫术及法术不仅可以为自己消灾解难，还能将莫须有的罪和伤害转嫁到其他人身上。比如因为某种利益冲突而生出仇恨的人。据说，某人和某人是邻居，因为房基地闹得不可开交，有几次大打出手。后一家连续出了两件大事，一是丈夫开拖拉机翻车，导致腰骨断裂，治疗后，卧床数月仍不见好转；二是丈夫还在病中，妻子却又患上了一种莫名其妙的疾病，一见日光就头晕摔倒，到多家医院诊治，始终不知原因。

忽一日，该户人家请了阴阳先生来看，阴阳先生掐算一番说，到你家后墙下挖挖看看。该户人家儿子当即持镢头到墙后挖掘，意外挖出一张桃木弓和一支柳木箭，还有一张犁铧。这些东西向来是被作为镇压和克服某种强大邪祟的工具，具有无与伦比的法力。置于人房后，会使屋主遭受厄难。但是，这等邪恶之事，不是杀父夺妻之仇，一般人不会使用，因小恩小怨而采取这类手段，会受到村人的一致谴责，并被众人作为重点提防对象，几乎要坏掉一生名誉，甚至延及子孙。"被害者"的老婆气不过，当即站在房顶破口大骂，另一家则忍气吞声，佯作不知。要是平常，早就接上了嘴，恶骂起来。

据我所知，可以致使他人无端受害的方法很多，但起作用的地方只有三两处，一是房前屋后，一是祖坟，一是对面远山近岭，一是左右近地。其他地方或许有作用，但效果较小，作用也是微乎其微。具体方法是，或用砖石由朱砂研墨写符咒埋于祖坟或房侧及其他地方，但必须正对门户或是穴位，否则无效。还有采用巫术，获知对方生辰八字，进行某种测算和虚拟戕害，如扎草人；以人毛发、血液甚至指甲等，都可以使人受伤，影响到现实中的具体人事。

这有点像是弗雷泽《金枝》所说的"交感巫术"，即运用人体的某种附着物及仿实体物，再通过一定手段，远距离地进行攻击伤害，达到某种兵不血刃但可致使对方受害或损失的目的。按照乡人的理解和说法，这种作法是最可怕和恶毒的，最不可忍受和原谅。关于这种巫术的效果，时而灵验无比，时而毫无效果。《金枝》说："（巫师以为），发动自然这部庞大机器运转的弹簧隐藏在神秘莫测之中，远非人们的知识所能窥见，而对于无知的人来说，它又似乎在他的聪明才智可以达到的范围以内：他想象自己可以控制它们，凭借巫术做出各种造福于自己、致祸于敌人的事来。"

使用过巫术整人害人的人一旦自身受到伤害，出事故或是患普通病长时间不能痊愈，自然而然地会猜疑是他人对自己使用了某种巫术，也找其他巫师巫婆或

青天

阴阳先生来询问和破解。往往是有的少，没的多。南太行乡村一带常年在外开车或跑生意的人，常常会遇到不解的现象。回到家里闲聊，就和盘托出，听者毛骨悚然，浑身寒意。再传者可能会夸大其辞，或传的走样。有一个开车的乡亲说：他开车有一次从内蒙返回，走到大境门那一带，已是黑夜12点了，路上没有一个车，走到一个小山坡下，看到前面有个人坐在一块石头上，待走到近前，再一扭头，就不见了。

　　还有一个，说是傍晚路过某地，遇见一对步行的母子拦车。见其可怜，遂将车停下，载了一段路程，那母子却在一个前不着村后不着店的地方要求下车。他诧异了一下，停车后，俩人向一片柳树林走去。到一个小镇吃饭，说了刚才的蹊跷事，店主说，前两天就在那里一个过路车轧死了母子俩，司机跑了。那位乡亲听了，一阵后怕，再走的时候，车开得比平时慢了一倍。在乡下，尤其是长期开夜车的司机，遇见的这类事情可谓层出不穷，每个人都能说出数十上百件。

　　有遇到特别凶险异事的，喜欢买佛像或者大人物的像等装饰品挂在车厢里，用来驱邪镇邪保平安。还有的在家里供奉各路神仙和佛龛，有的加入基督教、天主教。信佛的人说，在家里供佛就是安静，啥不好的动静和感觉也没有，即使有不对劲的人请巫师作法，也奈何不得；信仰天主教和基督教的人说，走到瘆得慌的地方或遇到可怕的事儿，背一段《圣经》上的话就啥也没有了，心跟明镜儿似的，谁再想用巫术害咱咱也不怕，耶稣和圣母玛利亚是宇宙间最大的神。

　　如此看来，所谓的迷信在南太行乡村并没有真正消失。但所有的信仰都是为了祈福避祸，成为家庭及人生命运的护佑者。而对于心灵及精神，则是可有可无，在潜意识当中，南太行乡村人的神，其实是人的奴仆，还有些许的安慰、借口和一种集体的习惯与品性。也许，这些只是几近失传了的乡野故事。